Torsten von Wurlitz

Eisige 7

Die Deutsche Bibliothek verzeichnet diese Publikation in der Deutschen Nationalbibliografie.

Detaillierte bibliografische Daten sind im Internet über
www.dnb.de
abrufbar

Burg Verlag, Rehau
Burgstr. 12, D-95111 Rehau
Tel.: +49 (0) 9283 / 81095
info@burg-verlag.com
www.burg-verlag.com

Lektorat: Marianne Glaßer
Layout und Gestaltung: Stefan Lingl
Lingl & Friends, Werbeagentur, Marktredwitz
Bilder: Torsten Küneth, Pixabay
Umschlaggestaltung: hef
Druck und Bindung in der EU

ISBN: 978-3-948397-13-5 - Erstausgabe Oktober 2020
2. Auflage Dezember 2020

Torsten von Wurlitz

EISIGE 7

Kommissar Wunderlichs fünfter Fall

Ein Kornberg-Krimi

1

„Dieses Oberfranken bringt uns noch alle um!“

Nur mit Mühe gelang es ihm, den brüllenden Wind zu übertönen. Sie kamen kaum voran. Der Sturm peitschte ihnen unerbittlich die Schneeflocken entgegen.

„Die hatten alle Recht!“ Hanns König konnte sich gar nicht beruhigen.

„Recht womit? Und wer ist ‚die‘?“, plärrte Fritz Jahn durch das Getöse zurück.

Es war ein unbarmherziger Kampf, den die Gruppe führen musste. Die schneidend kalte Luft rieb sich wie ein Mantel aus tausend Rasierklingen an der Haut der Weggefährten. Ihre Mienen waren schmerzverzerrt und grimmig. Sie schwitzten wie die Teufel, doch das Wasser auf ihren Gesichtern erstarrte sogleich zu Eis.

„Bayerisch Sibirien! Das sagen die doch immer zu uns, die in ihrem München.“

„Olda Waafn!“ Jahn war aus Rehau.

„Wäi moinst?“ König war aus Schönwald.

„Ich meine, du sollst weitermarschieren, still sein und nicht auf Grundlage unwahrer Gerüchte Landesverrat begehen! Oder wie man es nördlich des Berges ausdrücken würde: Hald dein Rand, sinsd schwarrd iech diech zamm!“

Der Versuch, etwas Humor einzubringen, misslang. Die Stimmung in der Suchmannschaft war weiß Gott nicht zum Scherzen. Alle waren sie angespannt wie ein Bogen kurz vor dem Abschuss des Pfeils. Zehn Mann hatte der Fichtelgebirgsverein für die waghalsige Aktion in arktischen Verhältnissen aufbieten können. Fritz Jahn, Vorsitzender der Ortsgruppe Rehau, hatte die Führung übernommen. Vor einer Viertelstunde erst waren sie aufgebrochen, im Dörfchen Brunn am Osthang des Kornbergs. Dort hatten sie die Fläche vor dem Feuerwehr-Gerätehaus in einen Großparkplatz verwandelt, und die Feuerwehr hatte ihnen literweise Kaffee und sogar heiße Kartoffelsuppe ausgeschenkt. Aber schon jetzt war die innere Wärme wieder verflogen. Bis zum Gipfel waren es von hier nur etwa vier Kilometer, aber das Thermometer zeigte zehn Grad minus, obwohl es schon zehn Uhr vormittags war. Der Schnee fiel unaufhörlich, doch von leise rieseln konnte beim Toben des höllischen Westwindes, dem sie sich entgegenwerfen mussten, wahrlich keine Rede sein. Normalerweise lag das Merzenhaus, das letzte Siedlungsgebäude, bevor es in den Wald ging, idyllisch nach einer kleinen Wegbiegung offen auf einer Wiese, im Frühsommer ein Paradies aus blühendem Raps und bunten Obstbäumen. Heute gab es weder Wegbiegung noch Wiese, denn gerade einmal sechzehn Stunden nach dem Wintereinbruch lag fast ein Meter Neuschnee. Sie sahen durch das Flockengewirr die Hand vor Augen nicht, nur ein einziges undurchdringliches Weiß. Die FGVler waren Naturburschen, logischerweise, wenn man Mitglied war im Verein zur Erwanderung, Förderung und Pflege des schönsten Mittelgebirges der Welt. Sie kannten jeden Quadratmeter Natur um ihren Hausberg auswendig. Aber hier und jetzt war alles anders. Und in ihren vereisten Mienen konnte man die Angst lesen, ganz einfach jämmerlich zu erfrieren.

Hanns König war sich durchaus im Klaren, dass der Spruch von Bayerisch Sibirien Unfug war. Ausdruck eines neidvollen Blicks aus dem Ballungsraum im Süden, der an seiner Größe erstickte, auf die weite, grüne, ruhige Landschaft im Norden dieses Freistaates. „Lieber hundert Prozent mehr Lebensqualität als zwei Grad mehr auf dem

Thermometer“, pflegte er zu sagen. Aber heute hatte er sich einfach abreagieren müssen, vielleicht auch nur, um innerlich warm zu bleiben. Denn sie hatten eine Aufgabe, bei der sie dem um sich beißenden Winter trotzen mussten. König blickte abwechselnd hoch und zu Boden, schloss die Augen und öffnete sie wieder; er wehrte sich, so gut es ging, gegen die drohende Schneeblindheit. Er hatte sich sofort freiwillig gemeldet. Zu viel stand auch für seine Stadt auf dem Spiel.

Dabei wussten sie nicht einmal, was sie mehr hoffen sollten: Dass sie erfolglos zurückkehren oder dass sie die sieben finden würden – tot oder lebendig.

„Das gibt's doch alles gar nicht! Wir sind hier doch nicht im Himalaya!“, rief Jahn den beiden Marktleuthenern empört zu, die neben ihm tapfer durch das endlose Weiß stapften. „Wie lange ist es her, dass wir am 8. November so einen Schneesturm hier oben hatten?“

„Anfang November? Das muss im Jahr eintausendneunhundertfünfundachtzig gewesen sein“, kam es sarkastisch zurück. „Ich weiß noch, wie wir damals geschaufelt haben wie die Blöden. Vor fünfunddreißig Jahren!“ Sie schüttelten alle drei ungläubig den Kopf. Den dummen Spruch, wo denn der Klimawandel sei, wenn man ihn einmal brauche, verkniffen sie sich – zu groß war ihr Respekt vor den lärmenden Naturgewalten direkt um sie herum.

„Ist denn wirklich sicher, dass wir hier entlang müssen? Wir hätten den Weg von Spielberg nehmen sollen, dann hätten wir wenigstens fahren können.“

„Sie sind gestern nun einmal hier entlanggekommen“, antwortete Kriminalhauptkommissar Wunderlich, der die zehn ausgesucht hatte und sie begleitete. „Und sie haben uns das hier hinterlassen.“ Er deutete auf den Eingang zum Wald.

„Haalicher Strohsack!“, entfuhr es Fritz Jahn. „Da kommt ja wirklich keiner dran vorbei!“

Bibbernd waren sie an der riesigen hölzernen Konstruktion angekommen, die ein Weiterkommen mit jeglichem Fahrzeug unmöglich machte. Einer nach dem anderen zwängten sie sich darum herum, links und rechts durch die Bäume. Dann setzten sie ihren Wintermarsch auf dem Nordweg fort, sozusagen dem Autobahnring des Fichtelgebirges. Ein weißes N auf rotem Grund wies ihnen den Pfad, es würde sich, wenn man lange genug nach Westen lief, in ein W, dann später in ein S und schließlich in ein O verwandeln. Aber so weit brauchten sie sich bei ihrer Aktion zum Glück nicht zu quälen – sie hätten ja mehrere Tage lang zuerst über den Waldstein nach Gefrees gemusst, von dort nach Süden bis Bad Berneck und dann quer durch den nördlichen Steinwald nach Osten gen Wiesau, um zurück nach Selb zu kommen. Die 135 Kilometer hätten sie bei dieser Witterung wohl mit dem Leben bezahlt. Wandern im Fichtelgebirge hatte etwas ziemlich Großräumiges.

Das Zweierteam der FGV-Ortsgruppe Kirchenlamitz hatte Schneeschuhe dabei und stapfte voran, denn ab hier ging es auf einer langen Geraden stetig bergan zur Vorsuchhütte. Das Spuren des Weges gab der Gruppe ein Stück Sicherheit. Dachten sie alle. Aber das rettete sie nicht im Geringsten vor den Gefahren des tückischen Sturms, mitten in diesem riesigen Fichtenwald. Und so war, ehe sie sich's versahen, das Unglück schon passiert.

Fritz Jahn war in Rehau eine Legende. Er führte die FGV-Ortsgruppe seit fast vierzig Jahren und hatte sich in dieser Zeit, neben vielen anderen Verdiensten, den Ruf des „Mister Kornberg“ erworben. Er wusste am besten über jeden Meter auf den Wanderwegen, Loipen und Pfaden Bescheid, und es gab kein Problem hier draußen, auf das er, ein Ausbund an Ruhe, nicht stets eine praktische Antwort gehabt hätte. Nun jedoch war er gerade ernstlich mit Nachgrübeln beschäftigt. Wie es alles so weit hatte kommen können. Sieben Mann, einfach weg. Und nicht irgendwer, sondern sieben unfassbar wichtige. Was die Organisation, die für ihr Verschwinden verantwortlich war, sich wohl davon versprach? Macht? Geld? Oder ganz einfach nur freies Geleit, weg von dem Berg, den sie besetzten? Und was mit dem Suchtrupp eigentlich geschehen würde, sollten sie auf die Verbrecher stoßen, hier in der winterlichen Einsamkeit. Er blickte nach links und rechts in das Dickicht des Waldes, als es plötzlich den Schlag tat.

Sie befanden sich gerade am Abzweig Richtung Oberweißenbach und Steinselb, wo kurz vor einer Rechtskurve einige besonders hohe und einzeln stehende Fichten aufragten, die vom Sturm so heftig gebeutelt wurden, als wären sie Grashalme. Genau in diesem Moment riss eine Bö von achtzig Stundenkilometern einen dicken Ast vom Baum und drosch ihn krachend der jungen Frau aus Selb an die Stirn. Ein markerschütternder Schmerzensschrei durchbrach das Tosen der Lüfte, und das gleichmäßige Weiß auf der Erde wurde mit einem Mal schroff getränkt von Blut.

„Verdammte Schweinerei! Mussten wir ausgerechnet bei diesem Chaos aufbrechen? Da seht ihr, was dabei herauskommt!“ Es war das Team aus Schwarzenbach, dem nun der Kragen platzte. Aber so laut sie auch schrien, das Mädchen gab keinen Mucks mehr von sich.

„Wollt ihr eure sieben Städte retten oder nicht?“, entgegnete Jahn so gleichmütig, dass man ihn im Wind kaum verstand. Er sah fordernd in die Runde, während er in Ruhe die Platzwunde der jungen Selberin versorgte, die geschockt, aber ansonsten lebendig auf einem Stein hockte. „Sie müssen hier oben sein, da waren wir uns einig. Wir haben uns alle freiwillig gemeldet. Die Polizei braucht uns. Und wir müssen sie finden. Jede Stunde zählt!“

Benommen von Schnee, Wind und Kälte und von der Plötzlichkeit des Unfalls schlurften sie weiter den Nordweg bergauf. Einer nach dem anderen begann, Taschenlampe oder Suchscheinwerfer aus dem Rucksack zu kramen, je näher sie dem Gipfel kamen. Um sie herum nichts als Bäume. Sie leuchteten jeden Winkel aus, was angesichts des Schneetreibens fast einer Verzweiflungstat gleichkam. Sie alle dachten mit Grausen an den späteren Rückweg, der sie, sollte nicht ein Wunder geschehen, mitten in die Dämmerung eines Winterabends führen würde. Es würde noch kälter werden.

Endlich kamen sie im Heulen des Windes auf dem zugeschneiten Fahrweg an, der von Spielberg hochkam. Jahn blickte geradeaus, der Nordweg kreuzte die Fahrbahn und wurde sogleich wieder vom Wald verschluckt. Dort begann der letzte, unwegsamste Kilometer zum Gipfel des Kornbergs. Sollten sie sich direkt hier hinaufquälen? Oder zunächst die Loipe entlanggehen, ein Stück nach rechts, um dann auf der breiten Schneise der Skipiste aufzusteigen? Oder befanden sich die sieben Gesuchten vielleicht gar nicht ganz oben, auf achthundertsiebenundzwanzig Metern? Wo sollten sie suchen, wo, wo …

Hanns König nahm ihm die Entscheidung ab. Mit einer einzigen Handbewegung, zittrig, aber nicht wegen der klirrenden Kälte.

Fritz Jahn folgte Königs Zeigefinger und die anderen neun taten es ihm gleich, so als würde ein imaginärer Zauberstab ihre Blicke in Richtung des Häuschens zwingen. Dorthin, wo das grausige Häufchen Elend kauerte. Einer der sieben VIPs, die sie verzweifelt zu retten suchten, hatte wohl fliehen können. Aber weit war er nicht gekommen.

Königs Wangen hatten sich in eine einzige Platte aus Eis verwandelt. Seine Augen waren erstarrt, vor Kälte und vor Schrecken.

„Da ist der Erste“, stöhnte er nur resigniert und deutete auf die Vorsuchhütte. „War’s das?“, murmelte er durch den grimmigen Wintertag. „Ohne sie können wir einpacken. Dann ist in Rehau, Schönwald, Selb, Wunsiedel, Marktleuthen, Kirchenlamitz und Schwarzenbach alles vorbei.“

„Nein, schau doch!“ Selbst Jahn war jetzt aufgeregt. „Seine Hand hat sich bewegt. Er lebt noch!“

„Fragt sich nur, wie lange, also nichts wie hin!“, meldete sich Kommissar Wunderlich.

Schon mit einem einzigen Toten, das war ihnen so klar wie die eisige Luft, wäre alles verloren.

Was nur Wunderlich wusste und erst einmal nicht zu verraten wagte: Die zehn Grad minus waren ein Kindergeburtstag verglichen mit dem, worauf sie sich gefasst machen mussten. Jetzt rief er doch noch seine Kavallerie an. Es war elf Uhr.

2

Eine Woche zuvor

An Winter war nicht zu denken, und das war schön. Schön wie ein Gedicht.

Alleen
Alleen und Blumen
Blumen
Blumen und Frauen
Alleen
Alleen und Frauen
Alleen und Blumen und Frauen und
ein Bewunderer

Edmund Angermann war an diesem Sonntag in Hochstimmung. Das war für den Ersten Bürgermeister der Stadt Rehau zwar kein ungewöhnlicher Zustand. Der Mittvierziger werkelte tagtäglich so intensiv an seiner Zehntausend-Einwohner-Gemeinde am Rand des Fichtelgebirges herum, dass er oft kaum zu bremsen war. Erst vor einem Jahr hatte hier, im angeblich so verschlafenen Nordosten Bayerns, die *Sommerlounge Fichtelgebirge* stattgefunden. Eine After-Work-Party, bei der sich Anfang August fünftausend Besucher einen Tag lang auf dem Maxplatz ein Stelldichein gegeben hatten, umrahmt von einem Bühnenprogramm und über einhundert Markt- und Messeständen. Die Wartezeit in der Schlange am Bratwurststand hatte gegen neunzehn Uhr etwa fünfundvierzig Minuten betragen, so proppenvoll war es bei bestem Wetter gewesen. Rehau ging es gut, und in der Folge war Angermann vor einem halben Jahr mit einem Rekordergebnis wiedergewählt worden. Heute allerdings legte er noch eine Schippe drauf, ausgerechnet an Allerheiligen. Es war ja auch ein regelrecht frühlingshafter Tag, wie so oft in den letzten Jahren. Geradezu euphorisch betrachtete er einmal mehr eine der jüngsten Erfolgsgeschichten, die er und sein Stadtrats-Team vollbracht hatten. *Coup* traf es in diesem Fall wohl eher in der an Ideen und Visionen wahrlich nicht armen Industriestadt im Grünen.

Die Inschrift an der Fassade des Alten Rathauses inmitten des Rehauer Maxplatzes war das wohl berühmteste Gedicht des Jahres 2018 in Deutschland. Sein Verfasser Professor Eugen Gomringer, weit weg von hier geboren und doch letztlich einer der größten Söhne der Stadt, hatte es vor fünfzig Jahren aufgeschrieben. Eine Straßenszene in Barcelona. Belebt, grün, romantisch, einfach liebenswert. Das jedenfalls sollte es aussagen. Zu Berühmtheit gelangte es allerdings, weil die deutsche Bundeshauptstadt in etwa da einzuordnen war, wo es der bayerische Ministerpräsident kürzlich getan hatte. „Es gibt Leute", so der Frankenkönig sinngemäß, „die finden Berlin arm, aber sexy. Ersteres stimmt, Letzteres würde ich so nicht unterschreiben." Dass er damit recht hatte, bewies eine Gruppe Studentinnen, die Gomringers Gedicht eines schönen Tages an der Fassade ihrer Berliner Hochschule entdeckten – und es empört als sexistisch geißelten. Es blieb etwas unklar, wie man darauf kommen konnte. Vielleicht weil Frauen nicht bewundert werden durften. Oder nicht in eine Reihe mit Blumen gestellt. Oder vielleicht war die schockierende Erkenntnis auch dem ungünstigen Einfluss von großstädtischem Feinstaub oder universitärem Grasrauchen entsprungen. Auf jeden Fall: Das böse Gedicht musste weg.

Noch nie, solange sich Bürgermeister Angermann erinnern konnte, war die Stadt Rehau so günstig und europaweit zu positiver Publicity gekommen: „Berlin ist die Provinz, und Rehau ist die Weltstadt.“ So stand es zum Beispiel zutreffend in den Süddeutschen Nachrichten, nachdem der Rehauer Stadtrat folgende Botschaft ausgesandt hatte: Wenn ihr in Berlin Gomringers Gedicht übermalt, dann schreiben wir es erst recht an unsere schönste Fassade.

Touché!

Angermann stand noch immer in wohlige Gedanken versunken vor der Inschrift, als ihn der Donnerschlag mit voller Wucht traf. Er hatte, vergnügt wie jeden Tag, nur beiläufig zu den schwarzen Buchstaben hingeguckt, die in schnörkelloser Druckschrift im spanischen Originaltext auf den cremeweißen Hintergrund gemalt waren. Erst auf den zweiten Blick stellte er fest, welche Worte wirklich an der Fassade prangten:

Eis
Eis und Zeit
Zeit
Zeit und Leben
Eis
Eis und Leben
Eis und Zeit und Leben und
ein Verräter

Edmund Angermann trieb es die Zornesröte ins Gesicht. Er pflegte regelmäßig von „unserer schönen Stadt Rehau“ zu sprechen und davon, dass die Jugend das Gold der Zukunft sei. Diese Jugend musste sich hier mit übelstem Vandalismus an der Stadt mit Herz und Kultur vergangen haben – in diesem Fall besonders an der Kultur. Er schimpfte in die Mittagssonne hinein und sah sich im Geiste schon ein Schreiben an die Presse aufsetzen, in dem er von sprichwörtlicher Frechheit und fehlender Sach- und Fachkompetenz reden würde.

Dann entdeckte er den roten Pfeil direkt unter den geschändeten Gedichtzeilen. Er wies nach links zum Maxplatz, bog rechtwinklig nach oben ab und zeigte damit nach vorne, in Richtung Altes Rathaus und Perlenbach-Promenade. Neugierig begann der Bürgermeister, der Wegweisung zu folgen. Er ging ein paar Schritte auf Tinas Tapas-Restaurant zu. Dann blickte er die Straße entlang Richtung Bohei-Bar und Pfarrkirche, konnte aber nichts Besonderes entdecken außer der Schönheit des Ensembles, das es erst vor wenigen Wochen wieder ins Bayerische Fernsehen geschafft hatte: Jugendstil-Gebäude, Restaurant-Freiflächen, große Wiese und Flusspromenade. Schließlich wandte er, mehr aus Ratlosigkeit, seine Augen nach oben, zum Turm des Alten Rathauses. Und da hing er.

Auf dem in schwarzem Schiefer gedeckten Rathausdach befand sich ein Glockenturm, dessen Fenster mit waagerechten Lamellen bestückt waren. Um die Lamellen jedoch war heute ein Tau gebunden. Und an dessen unterem Ende baumelte die Leiche von Gerch Mackert.

Der Pfeil hatte nicht nach vorne in Richtung Schwarzenbach gezeigt. Es war tatsächlich oben gemeint gewesen.

„*Verregg, du Gribbl!*“, stand darunter in blutroter Farbe geschmiert.

Auf Georg Mackert, genannt Gerch, traf das Wort Gribbl durchaus zu. Der wohlgenährte Industrielle mit schwarzem Schnauzbart und oberfränkischem Trachtenjanker war zweitgrößter Steuerzahler der Stadt Rehau und ließ keine Gelegenheit aus, um genau dies und seine Verdienste um das örtliche Gemeinwesen in den schillerndsten

Farben zu betonen. Nicht ganz zu Unrecht, denn Mackert hatte vom Boden seiner Heimatstadt aus ein deutschlandweites Imperium an Windparks aufgebaut und war damit vom Arbeitersohn zum Multimillionär aufgestiegen. Die *Licht & Faser AG* mit ihren über hundert Millionen Euro Jahresumsatz hatte er längst überholt. Zum Zeichen dafür ließ er seinen Firmensitz oben am Frauenberg gerade geringfügig erweitern. Genauer gesagt setzte er ebenjenem *Licht-&-Faser*-Gebäude eine gigantische Baugrube vor die Nase, aus der ein Glaspalast entstehen sollte, der den anderen die freie Sicht auf den Kornberg nehmen, Mackert diese hingegen verschaffen würde. Geblendet von der Vorfreude auf seine neue fantastische Südlage mit Blick über die Stadt und die lieblichen Hügel am Nordrand des Fichtelgebirges – und natürlich auch geblendet von seinem eigenen Glanz – hatte Gerch Minuten zuvor die fortschreitende Baustelle verlassen. Begleitet wie immer von seinem Personenschützer, den er im „Netzwerk bedeutender Unternehmer" zur Verfügung hatte, einer von ihm selbst gegründeten Selbsthilfeorganisation für Wichtigtuer aus der Wirtschaft. Er hatte allen Grund dazu.

Kriminalhauptkommissar Wunderlich, Leiter der Außenstelle Rehau der Kripo Hof, genoss derweil den milden sonnigen Spätherbst von Hochfranken im Sattel. Ihm hing noch der Geschmack des Schweizer Wurstsalats mit viel Zwiebeln, Essig und Öl im Gaumen, den er gerade bei der Rast in der Rauen Schänke verspeist hatte. Eines seiner Leibgerichte. Das galt es nun sportlich wieder abzuarbeiten. Feinmotorik war nicht seine Sache, aber Ausdauer besaß er reichlich, und es hieß ja auch „je oller, je doller", was ihm kurz nach seinem fünfzigsten Geburtstag hervorragend zu Gesicht stand. Also bestand sein sportlicher Ausgleich, schon seit seinen Jugendtagen, im

Rennradfahren. Und zwar Hauptsache bergauf. Die Website *quaeldich.de* gehörte zu seinen Favoriten-Lesezeichen im Browser, und Ziele wie der eintausendeinundfünfzig Meter hohe Schneeberg-Gipfel oder die Waldstein-Passstraße gehörten zu seinem Standardprogramm; wenn er Ernst machte, waren jedoch auch Timmelsjoch, Alpe d'Huez und der Col du Galibier dabei. Unterwegs auf diesen Routen war er allerdings stets allein gewesen. Allenfalls dass er Edmund Angermann hin und wieder mitnahm, seinen Bürgermeister-Duzfreund, den er seit gemeinsamen Kindertagen im Dorf Wurlitz kannte. Dann aber kam das Frühjahr 2020, und Ulrike hatte plötzlich Blut geleckt und sich selbst ein Rennrad gekauft. Seitdem waren die beiden, ein Geschenk, das er sich nie hätte träumen lassen, zu zweit unterwegs. Als das Handy ihres Mannes klingelte, rollte Ulrike Wunderlich soeben gemütlich hinter ihm her auf dem neuen Perlenradweg neben der alten B15, in der Abfahrt von Schönwald heim nach Rehau. Gerade rechtzeitig.

Der Bürgermeister der Stadt Rehau klingelte Wunderlich am Perlenhaus förmlich vom Rad herunter. Zehn Minuten später standen Kommissar und Rathauschef gemeinsam auf dem Maxplatz, nach fünfzehn Minuten war dieser hermetisch abgeriegelt und in ein flirrendes, allgegenwärtiges Blaulicht getaucht, nach zwanzig Minuten hatte eine Batterie Menschen mit weißen Overalls und Laborköfferchen das Alte Rathaus umstellt und zum selben Zeitpunkt war Rotter mit seiner Feuerwehr da, um den unseligen Gerch Mackert vom Glockenturm zu knüpfen. Das heißt, nicht der Hundert-Kilo-Mann Rotter selbst übernahm diese Aufgabe, sondern sein Höhenrettungs-Experte. Den Spurensicherer nahm der junge Mann gleich im Korb der fahrbaren Leiter mit nach oben.

„Na, Mister achtzig Prozent, du schaust ja gar nicht gut aus."

Angermann war ein gestandener Kommunalpolitiker, der seit dem 1. Mai bereits seine dritte Amtszeit absolvierte, und seither zog ihn sein Kumpel Wunderlich mit seinem bemerkenswerten Wahlergebnis auf. Aus Respekt, aber ein bisschen auch aus Bedauern für Uli Wolk, Angermanns Gegenkandidaten. Dessen Partei, den *Bürgern für Rehau*, hatte Wunderlich zwölf Jahre lang angehört und auf ihrer Liste in den neunziger Jahren für den Stadtrat kandidiert. Er kannte und schätzte Wolk. Und freute sich für Angermann. Doch in diesem Moment hatte keins von beidem Vorrang. Er war schlicht besorgt. Angermann haute so schnell nichts um; seine Rathaus-Anwesenheit von fünf bis dreiundzwanzig Uhr war ebenso legendär wie seine Reden an die Bürger. Aber den toten Gerch schien selbst er nicht zu verkraften.

„Warum?", flüsterte der Bürgermeister.

„‚Warum nicht?' ist wohl die bessere Frage. Du weißt genau, dass die Menge seiner Feinde gleich der Gesamtmenge der Menschheit abzüglich der verdammt kurzen Liste seiner Freunde ist."

Beide mussten trotz der Tragik kurz grinsen. Sie hatten den gleichen trockenen Humor. Unter anderem deshalb waren sie so gut befreundet.

„No scho", bestätigte der Rathauschef. „Aber welche Feinde hat er denn ausgerechnet auf dem Gebiet der schönen Künste? Das ist doch wahrlich nicht seine Kernkompetenz. Was hat er mit Gomringers Gedicht zu tun, und was hat er angestellt, dass man ihn deshalb umbringt?"

„Man hat ihn nicht deshalb umgebracht!", rief der Spurensicherer vom Glockenturm zu Angermann und Wunderlich hinunter.

„Nicht deshalb?“, fragten sie beide zugleich. „Woher weißt du das denn jetzt schon?“, setzte Wunderlich nach.

„Weil er überhaupt nicht umgebracht wurde!“

„Was?? Er hat sich selbst getötet? Gerch der Großkotz? Selbstmord? Das glaubst du doch selbst nicht!“

Statt einer Antwort tat der Spurensicherer etwas sehr Merkwürdiges: Er holte mit der flachen Hand aus und knallte sie Mackerts Leiche gegen den Kopf.

„Deng!“, machte Mackerts Leiche bloß.

„Gehört? Innen hohl!“

Wunderlich und Angermann wollten einwenden, dass ja gerade das zu Gerchs hervorstechenden Eigenschaften gehörte, aber sie hatten den Mann schon verstanden.

„Das ist eine Puppe?“

„Yip! Auf den ersten Blick würde ich sagen, Kunststoff. Lebensechte Puppen werden häufig aus Silikon hergestellt. Ist aber ein Haufen Arbeit, schon bei Babys und erst recht bei einem Erwachsenen. Da war jemandem der Hass auf unseren Gerch einigen Aufwand wert.“

Angermann entfuhr ein Seufzer der Erleichterung, tief, aber von sehr kurzer Dauer, als er in Wunderlichs ernstes Gesicht blickte.

„Warum Verräter?“, fragte der. „Und vor allem – was hat diese Zahl da zu bedeuten?“

Der Bürgermeister blickte verwirrt ein weiteres Mal auf die verschandelte Inschrift. Er war so schockiert gewesen, dass ihm dieses Detail vollkommen entgangen war. Tatsächlich, der Täter hatte ihnen noch etwas aufgeschrieben. Gar nicht blutrot, so wie die ungeheuerlichen Worte darüber. Vielmehr in einem eiskalt glänzenden, hellen Blau. Und es handelte sich um nicht mehr als um eine einzelne Ziffer.

„7“.

3

Der gnadenlose, eisige Sturm wollte kein Ende nehmen. Es war elf Uhr, aber die Zahl hinter dem Minus auf Fritz Jahns Thermometer wurde und wurde nicht einstellig. Immerhin hatte der Rettungstrupp des Fichtelgebirgsvereins dem Wüten der Natur zum Trotz mit letzter Kraft die Vorsuchhütte erreicht und war ungeachtet des Überlebenskampfes, in den die Männer und Frauen dort nun eingreifen würden, froh darüber, erst einmal nicht weitergehen zu müssen. Das ehemalige Gasthaus war seit dreißig Jahren geschlossen, aber der Flecken auf halber Höhe zwischen Talboden und Kornberggipfel bot noch immer ein ideales Plätzchen für eine Rast auf einem großen querliegenden alten Baumstamm. Ein hundertfünfzig Jahre altes Waldhaus auf einer verwunschenen Lichtung, das zu Beginn die Wohnung eines Waldaufsehers war und seinen ungewöhnlichen Namen dem Jägerlatein verdankte. Und vor dem gerade ein Mensch erfror.

„Wer weiß, wie lange er schon dort liegt!“, mahnte Fritz Jahn, der nicht nur FGV-Chef von Rehau, sondern auch ausgebildeter Ersthelfer war, sein Team. „Wir können nicht auf Wunderlichs Leute warten. Es geht um jede Sekunde!“

Sie waren nur etwa zweihundert Meter entfernt. Aber sie hatten etwas Entscheidendes übersehen.

„Und wäi söll des gäi?“ Hanns König blies sich die wild tanzenden Schneeflocken aus dem verfrorenen Gesicht. Er hatte es als Erster begriffen und deutete auf die Erdgeschoss-Fenster der Vorsuchhütte.

„Was denn?“, fragte Jahn unwirsch. Er wollte endlich loslegen. Dann sah er es ebenfalls.

Das Opfer lag scheinbar auf dem Boden. Aber die Fenster hinter ihm besaßen nur die halbe Höhe.

„Oh nein! Unter dem liegen ja anderthalb Meter!"

Sie konnten kaum glauben, dass es vor lauter Aufregung niemandem von ihnen aufgefallen war: Den Erfrierenden und sein zähneklapperndes Rettungsteam trennte ein Hindernis, das in so kurzer Zeit unüberwindlich schien – ein Hochplateau aus Schnee.

„Wie des geeh' sell?" Jahn war selbst wie vor den Kopf geschlagen. „Wie kommt DAS denn hierher? Haben wir jetzt auch noch einen Lawinenabgang, oder was?!"

„Auf achthundertsiebenundzwanzig Metern über Null wohl kaum", überlegte Kommissar Wunderlich. „Da wird halt einer mit der Baggerschaufel den überschüssigen Schnee von der Loipe gegraben haben, damit man sie spuren konnte. Und alles neben das alte Wirtshaus gekippt. Und als er wieder weg war, kam irgendwann dieser arme Mann hier, hat versucht sich zum Haus durchzukämpfen und ist darauf liegen geblieben."

„Dann können wir doch in seinen Spuren laufen."

„Die hat's wieder zugeschneit." Wunderlich deutete auf die kaum noch wahrnehmbaren Einbuchtungen im Schnee.

Sie tasteten sich dorthin vor, wo das Gelände unter ihnen tiefer lag und die dickere Schneedecke demzufolge beginnen musste. Der Erste sank augenblicklich bis zu den Knien ein.

„Das macht keinen Sinn, wir kommen so kaum vorwärts und vor allem können wir ihn dann nicht raustragen. Wir müssen uns durch dieses Ding durchgraben!", beschloss Fritz. Mitglieder des FGV hatten in der Regel eine sehr gute Ausrüstung. Ein Klappspaten gehörte stets dazu. Also setzten alle ihre Rucksäcke ab, holten das Werkzeug heraus und begannen zu schaufeln.

Es war ein nahezu unmenschlicher Kraftakt bei klirrender Kälte. Ohne die dicken Handschuhe wären ihre bloßen Finger augenblicklich am nackten Metall des Spatengriffs festgefroren. Aber auch so gingen alle Bewegungen quälend langsam, und sie hatten das Gefühl, dass die tiefhängenden Schneewolken ihnen verächtlich mehr Flocken auf die weiße Wanne spien, als sie wegschaufeln konnten. Doch all das war ihnen egal. Sie wollten ein Leben retten. Das erste von sieben.

Moritz Wunderlich liebte den Kornberg. Er war in Rehau geboren und aufgewachsen, und schon damals fand mit seinen Eltern und deren Freundeskreis jedes Jahr an Christi Himmelfahrt eine traditionelle Wanderung auf den Gipfel statt. Mal startete man von Pilgramsreuth aus und marschierte am Alten Pfarrhaus in Göringsreuth vorbei nach Süden. Im nächsten Jahr parkten alle fünf Kilometer weiter in Martinlamitz und stiegen von Westen her auf den Gipfel. Der war Mittel- und Höhepunkt von gleich sechs Städten, vertreten durch ihre letzten Dörfer vor dem Waldrand: Neben Rehau mit Pilgramsreuth und Schwarzenbach mit Martinlamitz gehörten der Kirchenlamitzer Ortsteil Niederlamitz dazu, Großwendern als Statthalter von Marktleuthen, die reizenden Kleinode Spielberg und Steinselb als Vertreter der Porzellanstadt Selb und schließlich das Dorf Brunn, welches ein Teil von Schönwald war. Man hätte auf der Bergspitze ohne Weiteres ein Verwaltungszentrum für die Große Landstadt Hochfranken bauen können – wenn die Idee einer Hunderttausend-Einwohner-Kommune nicht ein wenig spleenig gewesen und vor allem der Gipfel nicht schon bebaut gewesen wäre.

Der aus keiner Himmelsrichtung übersehbare wuchtige weiße Funkturm aus Zeiten des Kalten Krieges war Wunderlichs späterer Sehnsuchtsort. Als er zum Studium der Kriminalistik nach München gegangen war, pendelte er beinahe jedes Wochenende nach Hause. Und der wunderbarste Moment auf der Fahrt gen Nordbayern war stets derjenige gewesen, wenn er von Marktredwitz kommend auf die lange Gerade zwischen Thiersheim und Thierstein einbog und zum ersten Mal den Kornbergturm sehen konnte. Es war ein Hochgefühl. Es war Heimat.

Sie gruben und gruben, und der Wintersturm dröhnte und dröhnte. Ächzend hoben sie jedes Mal die Schaufel, um wieder ein Kilo Schnee in hohem Bogen zur Seite zu werfen. Plötzlich durchbrach ein völlig anderes Geräusch das hektische Treiben.

„Da röchelt doch was?“, fragte die junge Selberin unsicher.

„Ja, habe ich auch gehört“, bestätigte einer der beiden Schwarzenbacher.

„Er! Er muss das gewesen sein! Kommt, beeilt euch!“ Hanns König peitschte die ganze Gruppe noch mehr auf. Mit Puls hundertsechzig hämmerten sie die Klappspaten wie Baggerschaufeln in die mächtige Schneedüne. Der Canyon, den sie zu erbauen im Begriff waren, die Meerenge, der schmale Durchgang, der sie von dem Erfrierenden trennte, er war fast fertig.

Viktor Puchta hatte es sich mit einer Tasse Pfefferminztee und einem Schuss Wodka darin in seinem Ledersessel bequem gemacht und verzog wie immer keine Miene. Ruhig blickte er auf das, was ihm die Außenkamera neun in den Bunker übertrug. Der Rettungstrupp tat ihm fast schon leid. Sie hatten, das verriet ihm ihre Körpersprache, keine Ahnung, was vor sich ging und wie aussichtslos die Sache für sie war. Aber das bedeutete für ihn und die, die hinter ihm das Geschehen auf dem Monitor verfolgten, dass alles nach Plan lief. Es war knapp geworden. Dass sie die Leiche dort hatten hinbringen müssen, war ein Vabanque-Spiel gewesen. Sie hatten alles auf eine Karte gesetzt bei diesem waghalsigen Täuschungsmanöver. Aber Puchta spürte, dass er die Situation jederzeit unter Kontrolle hatte. Wie immer. Er drehte sich um und blickte in die Runde. Plötzlich tat er etwas sehr Seltenes. Er lächelte.

Es war nur ein Eichhörnchen gewesen. Es wurde ihnen im selben Moment klar, als sie den Durchbruch ihres Schneekorridors schafften. Das kleine Vieh sprang von Ast zu Ast und erzeugte so das Knacksen, das sich wie ein Röcheln angehört hatte. Als sie endlich bei dem am Boden Liegenden ankamen, war ihnen bewusst, dass der keinen Mucks von sich gegeben hatte. Es war alles umsonst gewesen. Fritz Jahn suchte mit dem letzten Rest von Gefühl in seinen Fingern den Puls, aber er fand nichts. Er blickte in die von Eiskristallen überzogenen Gesichter seiner Kameraden, aus denen selbst die Erschöpfung nicht das Entsetzen zu tilgen vermochte. Dann schüttelte er den Kopf und drosch resigniert mit der flachen Hand auf den Schnee, dass es nur so staubte.

„Er ist tot. Und festzustellen, dass es ein Tod durch Erfrieren war, ist wohl keine Kunst."

Der Tote erschien jung, aber nicht jungenhaft; schlank, aber nicht schlaksig; die schwarzgeränderte Brille war neben seinen leblosen Augen in den Schnee gefallen. Wunderlich erstarrte nun auch innerlich zu Eis. Denn er kannte ihn gut.

„Das ist der Bürgermeister von Schwarzenbach", informierte er die Runde.

„Was??! Aber wieso??!"

Dann breitete sich ein langes Schweigen aus und setzte der gerade noch lärmenden Geschäftigkeit des

Rettungsversuchs ein jähes Ende. Der Sturm pfiff ihnen unbarmherzig alles Mögliche um die Ohren – Schneeflocken, Fichtennadeln, sogar kleine dünne Zweiglein, die vom Boden aufgewirbelt wurden. Sie ließen es teilnahmslos geschehen.

„Ich wusste, dass diese sieben nichts Gutes im Schilde führen", murmelte Wunderlich schließlich, „aber ich hatte so sehr gehofft wie noch nie, dass wir mit der Geiselnahme davonkommen würden. Dass sie so weit gehen würden, hätte ich ihnen nicht zugetraut."

„Wieso zugetraut? Er ist doch einfach jämmerlich erfroren, im Nirgendwo, an dieser verlassenen Waldhütte!" Hanns König war frustriert, traurig und wütend.

„Ich glaube nicht, dass das hier ein Unglück war. Nicht nach allem, was in den letzten sieben Tagen passiert ist. Ich rufe jetzt erst mal meine Leute hierher auf den Berg und dann sehen wir weiter. Wir müssen herausfinden, was ihm wirklich zugestoßen ist." Er deutete auf die Leiche, die breit ausgestreckt auf dem schneebedeckten Boden lag. „Mit dem stimmt irgendwas nicht. Aber ich komme nicht drauf."

Erst mit einigen Sekunden Verzögerung dämmerte Fritz Jahn allmählich die Bedeutung der Worte des Polizisten. Bislang hatte er einen entschlossenen, der Kälte mit der Macht eines Naturkundlers trotzenden Blick aufgesetzt. Der wich nun mit einem Schlag der schieren Panik.

„Das … das würde ja bedeuten, dass wir es am Ende womöglich mit …" Er musste zweimal schlucken und sich sammeln.

„Mit sieben Morden zu tun haben werden", endete er schließlich mit erstickter Stimme, kaum wahrnehmbar im wilden Rauschen der Fichten.

Wunderlich zog seine halb gefrorene Stirn in Falten. „Es wird ein Rennen gegen die Zeit", erwiderte er. „Aber vielleicht ist es noch nicht zu spät!“ Er fasste sich an sein Ohr. „Wenn nur dieses Ding hier funktionieren würde!“

Es war elf Uhr dreißig.

4

Von dem, was da kommen würde, hatten Kommissar Wunderlich und Bürgermeister Edmund Angermann am goldenen Herbsttag von Allerheiligen noch nicht die leiseste Ahnung. Und das verband sie, ohne dass sie es wussten, mit dem keine zehn Kilometer entfernten Andreas Ebert. Während die Rehauer das Rätsel um die aufgeknüpfte Mackert-Puppe lösen wollten, ging der Rathauschef von Schwarzenbach arglos an die frische Luft.

Ebert war einer dieser guten Bekannten Wunderlichs, die der noch auf Grund seiner Zeit in der Kommunalpolitik in den neunziger Jahren hatte, wo er – entgegen seiner ansonsten einzelgängerischen Art – bis heute bestens vernetzt war. Mit nur siebenundzwanzig Jahren war Ebert, Parteifreund Wunderlichs und ihm aus gemeinsamen Funktionärstagen in der Jugendorganisation ihrer Partei verbunden, im Jahr 2002 zum Bürgermeister von Schwarzenbach an der Saale gewählt worden. Wunderlichs Weg führte zu dieser Zeit hinaus aus der Politik, Ebert dagegen machte Karriere.

Mit jähen Wendungen.

Man schrieb das Jahr 2014, als Eberts Partei etwas tat, was einer Wette darauf gleichkam, dass es bei Sonnenaufgang hell wird: Sie nominierten ihn bei der anstehenden Kommunalwahl als Kandidaten für das Amt des Landrats – den Posten, den man seit unfassbaren sechsundsechzig Jahren für das eigene Lager innehatte.

Verlieren war unmöglich. Selbst wenn die Gegenseite Dirk Nowitzki aufgestellt hätte. Tat sie aber nicht – sie brauchten nur jemanden zu nehmen, der nicht den gleichen skurrilen Fehler beging wie Eberts Vorgänger und Parteifreund.

Es war die Zeit, in der landauf, landab eine Liberalisierung der Autokennzeichen stattfand. Die 1972 aufgelösten Altlandkreise bekamen ihre Kürzel zurück, wenn der Fahrzeughalter das wünschte. Nun konnten Menschen schon immer sehr empfindlich sein, wenn es um Heimat ging. Und so hätte selbst SNR für Schnarchenreuth oder UZG für Untergamskobenzeisgruben-Gernhaferlverdimmering reißenden Absatz gefunden. Aber mit ihrem alten MÜB für Münchberg wären die Leute schon zufrieden gewesen.

Bloß, der Landrat war eben der Meinung, das bräuchte es nicht.

Und so kam es, dass sein designierter Nachfolger Andreas Ebert die Wahl verlor.

Nun war dies eine von mehreren Optionen, welche eine bestimmt akribische und fundamentale Detailanalyse seitens der Bevölkerung zutage gefördert hatte, und Wunderlich vertrat die Ansicht, der Zusammenhang würde dadurch wohl etwas verkürzt dargestellt. Er hatte seine eigene, respektvolle Sicht auf die Politik. Beide Kandidaten hatten durchaus Kompetenz mitgebracht, und auf Grund vermutlich einer Vielzahl von Umständen hatte eben der eine die Wahl für sich entschieden, ohne dass das die Leistungen des anderen schmälerte. Ebert jedenfalls war nach seiner Niederlage in die Wirtschaft gewechselt. Derweil hatte sich in seiner Heimatstadt der politische Gegner das Bürgermeisteramt gesichert.

Wer nun jedoch glaubte, dies sei das natürliche Ende von Eberts Karriere gewesen, der wurde durch eine bemerkenswerte Wendung eines Besseren belehrt. Man schied bekanntlich nur aus dem Amt und nicht aus dem Leben. Also schrieb man das Ende des Jahres 2019, als in Eberts Partei – dem Vernehmen nach in einer

Kegelrunde – jemand nur so zum Spaß die Idee aufbrachte, ihn ins höchste Amt der Stadt zurückzuholen. „Schwarzenbach kann mehr!“, hatten alle im Brustton der Überzeugung zugestimmt. Und so geschah es: Ebert kam zurück in die Heimat und erneut war klar: Er konnte nicht verlieren. Nur dass es diesmal auch eintraf.

Der frühere und neue Bürgermeister spazierte also an diesem 1. November, exakt ein halbes Jahr nach seiner neuerlichen Amtsübernahme, mit seiner Frau entspannt und glücklich an der Saale entlang. Sie waren gerade durch ein Gässchen die Treppe vom Kirchfelsen von Sankt Gumbertus herabgekommen und flanierten nun über den Schlossplatz. Das Karree zwischen Fluss und Rathaus hieß zwar nicht wirklich so, aber der Name wäre verdient gewesen. Zum einen war das Schwarzenbacher Rathaus früher ein Schloss gewesen und damit noch heute ein prachtvolles Ensemble und kein nüchternes Verwaltungsgebäude. Zum anderen beherbergte der Platz, mit elegantem Kopfsteinpflaster hergerichtet, Sommerfeste, Weihnachtsmärkte und viele andere Events, ganz abgesehen von der breiten, baumbeschatteten Uferwiese, auf der man erholsam picknicken und die Füße ins Wasser stecken konnte. Es war somit der Ort, der besonders viel Leben in die Stadt brachte.

Von dem hölzernen Podest, das sonst die Bühne für die Feiern bot, blickten die Eberts versonnen auf die Saaleauen vor sich und lauschten dem Plätschern des Wassers am Wehr.

„Der Fluss, das Grün, die Ruhe, das Leben – also ich möchte hier nie wieder weg“, begann er.

„Du klingst fast wie Jean Paul.“

„Klar, der hat sich für seine Dichter-Karriere ja nicht umsonst auch Schwarzenbach ausgesucht.“

„Und damit selbst Goethe Konkurrenz gemacht.“

„Aber nun lass uns erst einmal Mittagessen gehen. Ich muss nur schnell im Rathaus eine Akte mitnehmen. Gehst du schon mal vor in die Pizzeria? Ich komme gleich nach."

Während Frau Ebert beim Italiener direkt gegenüber dem Schloss Platz nahm und schon einmal Wasser und Wein für sich bestellte, betrat ihr Mann das Rathaus.

Es vergingen zehn Minuten, dann zwanzig, aber Andreas Ebert war noch immer nicht am Tisch erschienen. Seine Frau nippte etwas ungeduldig am San Pellegrino.

Nach fünfundzwanzig Minuten rief sie ihn an. Aber der Bürgermeister ging nicht ans Telefon. Sie nahm nervös einen Schluck vom Chianti.

Nach dreißig Minuten bat sie den Kellner, den Tisch freizuhalten, zog ihren Mantel über und ging nach drüben ins Amtszimmer ihres Mannes.

Drei Minuten später klingelte in Rehau, inmitten von Blaulicht rund um den Maxplatz und neben Mackerts auf- und wieder abgehängter Puppe, Wunderlichs Telefon. Edmund Angermann neben ihm konnte hören, dass eine äußerst aufgeregte Frauenstimme auf den Kommissar einredete. „… dich angerufen … ihn ja kennst …", so viel verstand er.

„Ich bin in fünfzehn Minuten da", antwortete Wunderlich, sprang auf sein Rennrad, sich von Angermann mit einer Geste verabschiedend, die nur „ich muss dringend weg; wir sehen uns später" bedeuten konnte. Fünf Minuten danach war er zuhause bei seinem Auto, klemmte sein Blaulicht aufs Dach und raste zur Stadt hinaus, an der Lederfabrik vorbei auf die B289. Im Kreisel mit dem Stadtwappen quietschten die Reifen, als er in die Kurve ging und die anderen Fahrer zur Seite drängte. Im flackernden blauen Schein der LED flog der Abzweig nach Wurlitz an ihm vorbei; er überholte auf Höhe Quellenreuth in der

Siebziger-Zone mit hundertdreißig zwei LKWs und preschte den Berg hinab zu den riesigen Firmengebäuden von Christoph Heinrich an der Lamitzmühle, mit dem blauen Firmenlogo, das in der Nacht so hell leuchtete, dass es Wunderlichs Notfallsignal Konkurrenz machen konnte. Dann eilte er den Gegenhang wieder hinauf. Beim Linksabbiegen schaltete er das Martinshorn ein und donnerte am Gewerbegebiet vorbei um die Rechtskurve in die lange Einkaufsstraße, die ihn über die Bahngleise hinab zur Stadtmitte brachte. Es war der kürzeste Weg zum Rathaus von Schwarzenbach, und dort wartete Andreas Eberts Frau. Allein. Und verloren.

„Verschwunden, einfach verschwunden!“, heulte sie. „Er wollte nur kurz eine Akte holen.“

„Die, die hier auf dem Boden liegt?“ Wunderlich hob nachdenklich den etwa zwanzigseitigen Ordner auf.

„Das weiß ich nicht. Er hat nicht gesagt, worum es geht. Aber er schmeißt doch nicht achtlos eine Akte runter. Und sein Mantel liegt da einfach so über seinen Schreibtisch geworfen.“

Wunderlich kannte Ebert lange genug, um zu wissen, dass der in der Tat nicht der Typ für diese Art Unordnung war. Hier war etwas Ernstes vorgefallen, und er fand den aufgelösten Zustand von Eberts Frau, so leid es ihm tat, daher vollkommen angemessen. Das wurde nicht besser durch den Zettel, der neben der Akte auf dem Boden lag.

„Ist das Andreas’ Handschrift?“, fragte er Frau Ebert und deutete auf das kleine Stück Papier. Sie blickte kurz darauf und nickte.

„Aber was es bedeuten soll, weißt du nicht, oder?“

Sie schüttelte ratlos den Kopf.

„SONNTAG, 8. NOVEMBER, 23:59 UHR.
BESSER BIS FREITAG.“

Was immer das hieß, es konnte nur Unheilvolles sein. Wunderlich griff zum Handy und ließ Andreas Ebert zur Fahndung ausschreiben. Danach wollte er eigentlich wieder in sein ziviles Polizeifahrzeug steigen und zurück nach Rehau fahren. Aber beim Umdrehen Richtung Rathaus kam ihm etwas dazwischen. Und zwar die Leiche des Unternehmers Christoph Heinrich.

Sibylle Augsburger war eigentlich gekommen wie gerufen. Die zierliche, sportliche Blonde Anfang fünfzig hatte kürzlich genau den Karrieresprung bei der Polizei gemacht, den Wunderlich jetzt gebrauchen konnte. Das hatte sie sich auch mehr als verdient nach all den Jahren als Polizeipsychologin bei der Kripo Hof. Sibylle machte intern nicht viele Worte, sie arbeitete lieber konzentriert, was – sehr zum Leidwesen von Wunderlichs Gefühl für Gerechtigkeit – regelmäßig dazu geführt hatte, dass sie zu wenig gesehen wurde. Aber irgendwann hatte er den Kriminaloberrat in Hof und sogar den Polizeipräsidenten in Bayreuth so lange mit der Nase auf Sibylles unschätzbar wichtige Resultate gestoßen, dass sie es begriffen hatten. Wunderlich interessierte sich normalerweise nicht sonderlich für die privaten Wünsche und Pläne seiner Kollegen. Nur waren Sibylle und er alles andere als das, denn er war mit ihr länger und enger befreundet als mit irgendjemandem sonst. Als sie sich vor fünfundzwanzig Jahren zu Beginn ihrer beider Laufbahn auf der Polizeischule in München begegnet waren, hatte der liebe Gott ein spektakuläres Puzzlespiel begonnen: Es galt zwei Leute zu verbinden, deren Seelenverwandtschaft bei knapp über hundert Prozent lag, die aber auf Grund ihrer Lebensgeschichte dieser Nähe kaum jemals trauen konnten. Heraus kam eine jahrzehntelange Jagd durch Höhen und Tiefen. Am Ende jedoch waren sie immer noch da und einigermaßen überzeugt vom Plan ihres Schöpfers. Also kümmerten sie sich umeinander, der Hauptkommissar und die frischgebackene Profilerin.

Sie hatte sich kurz zuvor noch zu ihm und Angermann gesellt, als beide vor Eugen Gomringers geschändeten Gedichtzeilen in Rehau standen. „Was hältst du davon?“, hatte er sie gefragt, „ich meine, als Psychologin? Eine lebensechte Kunststoff-Puppe als Leiche, Mackert als Verräter – und diese geheimnisvolle Sieben?“

„Sieben. Mmh. Irgendwas war da neulich. Aber ich komm’ nicht drauf. Vielleicht fällt’s mir wieder ein, bis du zurück bist“, hatte sie ihm noch hinterhergerufen, als er aufs Rad gesprungen war.

Christoph Heinrich war für Schwarzenbach das Gleiche wie Gerch Mackert für Rehau: ein unternehmerisches Aushängeschild, ein hochfränkisches Urgestein, dessen Vorfahren vor weit über hundert Jahren hier einen Industriebetrieb gegründet hatten. Ein *hidden champion*, Weltmarktführer auf dem Feld seines Produktes. Nur im Unterschied zu Gerch nicht so eingebildet, sondern etwas seriöser. Jetzt natürlich nicht mehr, da sich sein Körper leblos vor Wunderlichs Augen befand. Und Frau Ebert entsetzt zu schreien begann.

Genauer gesagt, Heinrich baumelte. Zum Glück. Denn ein zweites Mal fiel Wunderlich nicht darauf herein. Er erklärte der noch immer zitternden Frau seines alten Parteifreundes die Sache mit der lebensecht aussehenden Puppe. Dann warf er dem vermeintlichen Heinrich einen Stein an den Kopf. „Deng!“, machte es nur – innen hohl. Viel mehr irritierte ihn das, was an der Rathausfassade geschrieben stand, im selben Blutrot wie in Rehau.

„Letzter Gruß von Onkel Dagobert“ war da zu lesen. Und ganz am Ende, in Eisblau, eine Ziffer.

„7".

Wunderlich verlor keine Zeit. Während er seinen Kripo-Kollegen Bescheid gab, dass sie sich das makabre Theaterspiel ansehen und wegräumen sollten, begab er sich umgehend zum Erika-Fuchs-Haus. Mit der Stadt Schwarzenbach verhielt es sich wie mit ihrem Nachbarn Rehau: Sie konnte mit bemerkenswerten Besonderheiten punkten. In diesem Fall damit, Lebensmittelpunkt von Donald Duck zu sein. Zumindest desjenigen Donald, der Deutsch konnte. Die große Erika Fuchs, Übersetzerin von Carl Barks' Original-Comics, hatte ab 1933 ihre Heimat hier gefunden, und nach ihrem Tod im Jahr 2005 beschloss die Stadt, ihr zu Ehren ein Comic-Museum zu eröffnen. Wunderlich würde die nächsten zwei Stunden darin verbringen, um herauszufinden, warum im Namen von Donalds Onkel Dagobert der bedeutendste Wirtschaftsboss dieser Stadt symbolisch aufgeknüpft worden war. Nicht jedoch, ohne vorher Sibylle anzurufen.

„Könntest du in zwei Stunden nach Schwarzenbach kommen? Die Lage hier ist ernster als in Rehau. Wir richten im Oktogon ein Lagezentrum ein."

„Das ist ein hochherrschaftlicher Platz in Budapest."

„Nein, du notorische Fernreisende. Das Gute liegt so nah. Das ist im Rathaus von Schwarzenbach."

Mit fünf Euro war er dabei, als Wunderlich Entenhausen betrat. Tatsächlich betrat, denn die Stadt mit dem Original-Namen *Duckburg* war im Erika-Fuchs-Haus begehbar nachgebaut. Er sah sich im Garten von Donald Ducks Haus um, ebenso wie in der Werkstatt von Daniel Düsentrieb. Der Entenhausener Erfinder aus der ersten Hälfte des vergangenen Jahrhunderts hatte erstaunlich Visionäres im Programm: Seinen „Schall-Löscher" gab es heute tatsächlich als Noise-Cancelling-Kopfhörer, und der Begriff

Schwarzlicht war im Jahr 2020 selbstverständlich. Wunderlichs Lieblingsort, so viel an kapitalistischer Ader besaß selbst er, war natürlich Onkel Dagoberts Geldspeicher, mit zehn Zentimeter großen goldenen Talern aus Plastik, die man richtig berühren – und im Foyer auch kaufen – konnte. Aber keiner dieser Plätze verbarg eine Botschaft, die auf einen „letzten Gruß von Onkel Dagobert“ hinwies.

Er nahm sich den interaktiven Stadtplan von Entenhausen vor. Eine Hafenstadt mit Parks, mit Bergen im Hinterland und mit zahlreichen Sehenswürdigkeiten. Dutzende von Punkten auf der Karte konnte man antippen und erfuhr dann alles über Dagoberts Spezialgeldspeicher für Altgeld oder Goldstaub, das tausendachthundert Meter hohe Ausflugsziel Ochsenkopf oder die drei städtischen Flughäfen. Wunderlich klickte sich tapfer durch jede Beschreibung. Vor allem die, in denen Erika Fuchs wie so oft auf echte Plätze der Region Bezug genommen hatte wie Christoph Heinrichs Wattefabrik, Vetter Ferdi aus Fahrenbühl, Onkel Dagoberts Pipeline von Wurlitz nach Entenhausen oder die Geflügelfabrik Piepmeier in Rehau. Aber nirgends ergab sich ein Hinweis auf den realen Schmierfinken an der Rathausfassade.

Vielleicht verbarg sich ja in der Biografie von Dr. Erika Fuchs ein Motiv, die im nächsten Raum ebenso gründlich wie heiter präsentiert wurde – nämlich als Comic. Wunderlich war sich des bewegten Lebens der gebürtigen Rostockerin Erika Petri nie bewusst gewesen: Höhere Töchterschule in Belgrad, Studium in Lausanne, München und London. Dann hatte sie den Schwarzenbacher Ingenieur Günter Fuchs kennen gelernt und es war ihr gegangen wie so vielen: Sie wollte zuerst nicht nach Oberfranken ziehen, und als sie es der Liebe wegen dennoch getan hatte, wollte sie nicht mehr weg, weil sie sich pudelwohl fühlte.

Dies alles wurde ebenso augenzwinkernd bebildert und mit Sprechblasen versehen wie ihr Einstieg beim Ehapa-Verlag, der ihr das Projekt anvertraute, Carl Barks' Entencomics ins Deutsche zu übersetzen. Was sie nicht wortgetreu tat, sondern mit ihrem eigenen Kopf und damit in ihrer Heimat Millionen Herzen für Donald und Dagobert gewann. Am beeindruckendsten empfand Wunderlich allerdings die Zeichnung über Günter Fuchs' Wirken zur Nazizeit, in der er nie in einer NS-Organisation war, aber eben doch als Ingenieur in Diensten des Regimes gestanden hatte: Es waren lauter Bilder in einem immer gleichen dunkelbraunen Tunnel, dessen Ausfahrt ans Tageslicht mit Blick aufs kleine ländliche Schwarzenbach sich erst und endlich zum Kriegsende auftat.

Der Kommissar war nun richtig geplättet von der Vielfalt an Sprache, Fantasie und Historie, die dieses Comic-Museum von internationaler Bedeutung ihm bot. Aber seine Ermittlung kam nicht voran. Er unternahm einen letzten Versuch im Kreativ-Teil des Hauses: Hatte jemand aus Buchstabenkärtchen ein verräterisches Wort im „Erikativ" gebildet, der Inflektiv-Verbform, die mit Erika Fuchs Kultstatus erlangt hatte? „Aufknüpf!" vielleicht, oder „Wegpust"? „Brems, quietsch, zerr"? Hatte jemand einen verdächtigen Text in eine leere digitale Sprechblase eingefügt?

Er fand nichts. Nach zwei Stunden verließ er eines der spannendsten Museen Deutschlands, mitten in Oberfranken, aber ohne dass die Anspannung geringer wurde, unter der er unentwegt stand, solange er in einem Fall keine Spur hatte.

Der Große Sitzungssaal im Rathaus zu Schwarzenbach an der Saale war tatsächlich achteckig, und die hölzernen Sitzungstische folgten dieser Geometrie. Man konnte darauf bestens einen Haufen Unterlagen ausbreiten, thematisch ordnen, im Kreis darum herumgehen und dabei nachdenken.

Sibylle reichte der Platz aber immer noch nicht. Sie nahm auch noch die weißen Pinnwände in Anspruch, die ebenfalls im Achteck außen um die Tische drapiert waren. Während sie mit Stecknadeln Papier anheftete, begann sie zu sprechen.

„Mir ist wieder eingefallen, wo ich der Sieben begegnet bin."

„Die sieben Todsünden?", spottete Wunderlich, denn sie neckten sich praktisch ständig. „Über sieben Brücken musstest du gehen?" Er starrte gedankenverloren auf den alten Stich mit der Schwarzenbacher Stadtansicht, der an einer der Pinnwände hing.

„Nein. Feiner Sand."

„Hä?"

„Das Ergebnis von drei mal sieben."

„Einundzwanzig?"

„Nein. Dreimal sieben ergibt feinen Sand."

„Oh. Mein. Gott! Das ist der schlechteste Kalauer aller Zeiten!"

„Ich muss doch trainieren, damit ich mit dir mithalten kann."

„Wenn es um Witze auf meine Kosten geht, bist du plötzlich gesprächig", maulte er. „Dabei verbringst du sonst die meiste Zeit stumm wie der da." Wunderlich deutete durchs Fenster nach draußen auf den lustigen blauen Fisch mit der stilisierten Schwarzenbach-Skyline auf dem Bauch und auf all die anderen knallbunten Fische rund um den kleinen Saalepark. Die Plastiken waren Teil eines Patenschaft-Kunstprojektes mit dem Wappentier der Stadt. Und es traf durchaus zu, dass Wunderlich seiner besten Freundin häufig jedes Wort aus der Nase ziehen musste, wohingegen sie Stein und Bein schwor, dass doch alles gesagt sei.

„Spaß beiseite, die Sieben hat einen mysteriösen Hintergrund“, wurde sie wieder ernst. „Man nennt sie auch die Großen Sieben.“

„USA, Japan …“

„Nein, nein, nicht die G7. Die Großen Sieben, so haben die Leute die Gruppe getauft, die den Kornberg gekauft hat. Du weißt schon, diesen Sommer.“

„Ach die. Ja, ich erinnere mich. Geheimnisvolle Sache bis jetzt. Und du denkst, diese Leute unterschreiben Todesdrohungen mit ihrem eigenen Namen?“

„Das glaube ich allerdings weniger. Erstens sehe ich die Verbindung nicht und zweitens wäre das doch abgrundtief dumm. Wer begeht denn solche öffentlich sichtbaren Straftaten, wenn er zugleich als großer Investor auftritt? Nein, unsere Sieben muss eine andere Bedeutung haben. Eine versteckte Botschaft.“

„Die einzige Botschaft, die mir einfällt“, wandte er sorgenvoll ein, „ist diese hier: Es geht um sieben, und wir sind erst bei zwei. Mackert und Heinrich.“

„Und wir sind nicht in New York, sondern mitten in Hochfranken“, ergänzte sie. „Die Wahrscheinlichkeit, dass Eberts Verschwinden nichts damit zu tun hat, ist also in etwa so hoch wie ein Siebener mit zwei Superzahlen.“

„Wie das zusammenhängt und welche Gefahr Mackert und Heinrich droht, müssen wir möglichst sofort herausfinden, hier in unserem Krisenzentrum.“

Er zeigte Sibylle den geheimnisvollen Zettel mit der Zeitangabe des kommenden Sonntags um eine Minute vor Mitternacht. Aber auch sie zuckte nur ratlos mit den Schultern.

„Also, lass uns loslegen. Ich bin sicher, Veronika macht uns dazu den besten Kaffee von Schwarzenbach.“

5

„Das ist ja wohl unglaublich", wetterte Professor Hans-Otto Birnbaum, Pathologe der Rechtsmedizin an der Universität Erlangen, als er Punkt zwölf Uhr mittags aus dem Schneegestöber heraus an der Vorsuchhütte auftauchte. Er drückte Wunderlich die Hand, bemüht, unter seiner Nickelbrille und dem gegelten schwarzen Haar sein erbärmliches Zittern in der unerträglichen Kälte zu verbergen, denn er war schließlich der Größte, unantastbar selbst von der Natur.

„Nicht einmal bis direkt hierher hat euer Polizeihubschrauber mich gebracht", maulte er beleidigt in den heulenden Wind hinein. „Vorne an der Kornberghütte beim Skilift sind sie gelandet."

„Größere Lichtung?", meinte Wunderlich trocken und zeigte mit ausschweifender Handbewegung in den dichten Wald rund um die Vorsuchhütte. „Der Herr Professor verstehen wohl nicht so viel vom Fliegen? Aber es ist natürlich bedauerlich, dass Sie die dreihundert Meter zu Fuß gehen mussten. Na ja, andererseits, ein Birnbaum friert ja nicht." Er blickte betont unbefangen zum Himmel in das endlose Flockengewirr.

Man konnte in Birnbaums Miene lesen, dass er Wunderlich, der für seine Wortspiele berühmt-berüchtigt war, das Grinsen am liebsten mit einem Faustschlag ausgetrieben hätte. Dann machte sich der Forensiker wortlos an die Arbeit, während das ebenfalls aus der Luft abgesetzte Team der Spurensicherer die ihre tat. Man hätte sie fast nicht gesehen, denn über ihre dicken Winterjacken hatten sie ihre üblichen weißen Kittel gezogen. Selbst im Schnee konnte man schließlich DNA-Spuren sicherstellen und wollte sie nicht verschmutzen. Vor allem, weil einem die bitterkalten Windböen jede Konzentration raubten.

„Mensch, Wunderlich, warum bist du denn nicht gleich mit unseren eigenen Leuten hier rauf?“, fragte ihn einer seiner Kollegen.

„Weil ich ohne unsere Kavallerie unauffälliger bin. Ich hatte gehofft, das Versteck unserer sieben Entführten heimlich finden und die Sache unblutig zu Ende bringen zu können. Also habe ich auf unsere tapferen Freunde hier zurückgegriffen. Aber der Tote ändert natürlich alles.“

Die zehn Leute des Fichtelgebirgsvereins, die Wunderlich soeben gelobt hatte, kauerten an der am meisten windgeschützten Hauswand der alten Wirtschaft. Sie hatten ihre Vorräte an heißem Tee ausgepackt und warteten mit einer gewissen Erleichterung. Für sie war das Drama vorbei. Wunderlich hatte organisiert, dass der Hubschrauber sie in Kürze direkt zu ihrem Autoparkplatz unten in Brunn bringen würde. Niemand würde in Dunkelheit und Kälte umkommen. Sie waren fast ein wenig peinlich berührt von sich selbst. Wie hatten sie, die Experten für diesen Berg, die mit allen Wassern Gewaschenen, nur eine derart jämmerliche Angst verspüren können?

Birnbaum durchbrach ihre Gedanken.

„Du, Herr Kommissar. Du bekommst einen Haufen Arbeit!“

Wunderlich war gerade dabei, den Boden nach Spuren abzusuchen, und sah auf von dem grellen Schneeweiß unter sich.

„Denn hier stimmt etwas nicht!“, rief ihm der Pathologe zu und bedeutete ihm mit einer ungeduldigen Handbewegung, sich dem Fundort der Leiche zu nähern. Wunderlich tat wie ihm geheißen und stapfte durch den Tiefschnee.

„Also erstens“, hob Birnbaum an, „hast du mal in sein Gesicht geschaut? Weißt du, wer das ist?“

„Der Bürgermeister von Schwarzenbach“, antwortete der Kommissar resigniert. „Warum auch immer.“

„Naa, isser nedd!“

„Hä?“

„Ich gebe ja zu, er sieht ihm ähnlich. Ich kenne den Schwarzenbacher Oberboss. Statur, Frisur, das passt durchaus alles ungefähr. Aber dieser Mann hier trägt Kontaktlinsen.“

„Wieso Linsen??! Da liegt doch seine schwarze Brille.“

„Das ist nicht seine.“ Birnbaum zog herablassend die Stirne kraus. Ohne weitere Ausführungen setzte er dem vermeintlichen Andreas Ebert die Brille auf. Sie war viel zu klein und hing schief über Nase und ein Ohr.

„Verdammt, ich Trottel!“ Wunderlich hätte sich ohrfeigen können ob seiner Nachlässigkeit.

„Das ist aber nicht das einzige Problem.“ Wunderlich hatte schon Ohren so groß wie Radioteleskope. Doch ein Rattern durchbrach die Unterhaltung. Der Heli kam zurück und lud vorne am Auslauf der Skipiste die tapferen Männer und Frauen des Fichtelgebirgsvereins ein, während zugleich der Leichenwagen mühsam die Straße von Spielberg heraufgestampft kam und sich auf der großen Wegkreuzung an der Vorsuchhütte aufstellte.

„Man möchte ja meinen, dass der arme Mann erfroren ist, angesichts der unbefriedigenden Wetterlage hier oben“, fuhr Birnbaum nach diesen fünf höchst unwillkommenen Minuten Wartezeit fort. „Zumal er keine äußeren Verletzungen aufweist. Aber fällt dir nichts auf?“

„Nein, wieso? Der liegt da, lang und breit und mausetot.“

„Eben. Lang und breit.“

Ganz allmählich dämmerte Wunderlich, was er übersehen hatte. Irgendetwas war ihm bereits vor Birnbaums Eintreffen seltsam vorgekommen. Aber der war jetzt schneller.

„Jajaja“, seufzte der Forensiker herablassend, „ohne mich wärt ihr alle blind wie ein Maulwurf. Wenn jemand am Erfrieren ist, was würde der dann tun?“

„Sich zusammenkrümmen?“ Wunderlich schlug sich mit der flachen Hand auf die Stirn.

„Um seinen Körperkern zu schützen. Eben. Und unsere Tiefkühlkost hier liegt ausgestreckt im Schnee, als wenn er einen Strandbesuch machen würde.“

„Er war also schon tot, bevor er hier abgelegt wurde. Und das“, der Kommissar deutete bergauf, „passt zu den Spuren da. Ich habe es gerade erst bemerkt. Das sind Schleifspuren, keine Trittspuren. Ist aber immer noch kein Beweis für einen Mord.“

„Aber das hier schon.“ Birnbaum wies erneut auf die Leiche. „Der Mann hat nämlich überhaupt keine Erfrierungen.“

Wunderlich konnte es mit eigenen Augen erkennen. Die Haut des Toten war vollkommen glatt. Kein Gefrierbrand, keine Verletzungen.

„Wer immer ihn hergebracht hat, der hat ihn zuvor umgebracht. Zumal ihm ja jemand eine falsche Brille als Grabbeigabe hingelegt haben muss. Das Wann ist ebenfalls klar, denn die Schleifspuren können höchstens ein, zwei Stunden alt sein.“ Birnbaum zeigte auf die tobenden Schneeflocken, die kaum noch etwas von den Fußstapfen übriggelassen hatten. „Was offen bleibt, ist das Wo und Wie.“

„Gift? Luftspritze?“

„Dazu muss ich ihn auf dem Tisch haben. Pflichtbewusst, wie ich bin, mache ich mich selbstverständlich gleich an die Arbeit.“

„Und ich werde Sibylle einweihen. Sie soll unten in Rehau die Ermittlungen leiten. Ich will wissen, wer von den sieben dieses Verbrechen begangen hat, noch bevor wir oben auf dem Gipfel sind.“

„Ich mache die Obduktion gleich im Selber Krankenhaus. Wir fahren über Spielberg wieder nach unten. Richtung Martinlamitz nach Hof kommen wir ja unmöglich durch.“ Er deutete auf die vollkommen eingeschneite Forststraße vor sich. „Du wirst in etwa anderthalb Stunden wieder von mir hören. Aber ich habe ein ganz komisches Gefühl. Irgendetwas passt überhaupt nicht. Ich glaube, wir haben es mit etwas völlig Neuem zu tun.“

„Gefühl? Der Herr Professor?“

„Auch Wissenschaftler sind Menschen!“, rief ihm Birnbaum zu, als der Bestatter die Leiche eingeladen hatte und die schwarze Limousine sich anschickte, den Forensiker und das Opfer zu Tal zu geleiten.

Onkel Dagobert klopfte Viktor Puchta anerkennend auf die Schulter. Der stieß ganz überrascht mit seiner linken Hand gegen das leere Kaffeetischchen und es gab ein lautes Scheppern.

„Das hast du wirklich clever eingefädelt. Schlau wie immer, ganz der alte Viktor. Bis die bösen Jungs da unten herausgefunden haben, wer das ist und was wir getan haben, ist hier oben alles gelaufen. Dank dir haben wir zwei Fliegen mit einer Klappe geschlagen. Du bist der Mitgliedschaft bei den Großen Sieben wahrlich würdig.“

Gemeinsam hatten sie die letzten dreißig Minuten ferngesehen. Ein Unterhaltungsprogramm. Eben das, was Kamera neun ihnen live von der Vorsuchhütte übertrug. Wohl wissend, dass ihr zweites Problem nun seit heute früh friedlich in einer Hülle schlummern konnte. Beinahe hätte sie die mangelnde Platz-Kapazität in Bedrängnis gebracht.

„Ich habe bei dieser Notoperation doch nur ein wenig geholfen“, antwortete Puchta bescheiden und nippte an seinem Tee mit Wodka. „Eigentlich mache ich hier ja Ferien.“ Beide blickten einander an und lächelten diebisch und verschlagen. Die anderen fünf reagierten unterschiedlich auf Puchtas Aussage: Zwei brachen anerkennend in schallendes Gelächter aus, zwei verzogen keine Miene in dem heiligen Ernst für das Große, das sie alle zusammen vorhatten, und eine lächelte vergnügt. Alle waren sie hochzufrieden.

„Jetzt ist es halt Mord“, grübelte Onkel Dagobert. „Damn!“

„Na und?“, fragte Viktor.

„Na und?“, fragte die Frau.

„Darauf hatte ich überhaupt keine Lust. Aber Recht habt ihr. Wir sind die Guten. Wir werden den Deal bekommen, den wir wollen“, sagte Dagobert schließlich mit seiner festen, überzeugten Stimme. „Und wenn wir dafür alle sieben auf Nimmerwiedersehen ins ewige Eis schicken müssen. Wie leicht das geht, haben wir ja jetzt gesehen.“ Er hatte ein lautes Organ und die Suchmannschaft war nur tausend Meter entfernt. Aber sie hätten ihn niemals hören können. Ebenso wenig wie den Applaus der anderen sechs, die ihm in diesem Moment Beifall klatschten. Denn über ihm lagen einige Meter Granit und darüber thronte ein fast siebzig Meter hoher weißer Koloss aus Stahlbeton.

„Dann mache ich mich jetzt wieder auf den Weg“, sagte die Frau und schnallte ihre Skier um, „unten im Tal ist genug zu tun.“

„Das haben wir gut gemacht!“, lobte sie zum Abschied.

„Jawohl!“, antworteten fünf Leute und salutierten.

Wunderlich sah dem Leichenwagen nach und überlegte. Endlich einmal wollte er bei einem Fall ohne Spezialeinsatzkommando auskommen. Er stand an der Vorsuchhütte, an der die Spurensicherer wuselig, aber ruhig ihre Fotos machten, Proben nahmen und Utensilien aus ihren Laborkoffern herauszogen und wieder hineinlegten. Ansonsten war es nach dem Abflug des FGV schlagartig einsam an dem verlassenen Gasthaus geworden. Er blickte durch das Schneegestöber hinauf zum Gipfel und wägte wieder und wieder seine Optionen ab. Dann rief er Sibylle an. Sie würde für die kommenden Stunden im warmen Rehauer Kripo-Büro die leitende Ermittlerin sein.

6

„Sind sie nicht süß?“ Das sagte sie jedes Mal, und zwei Seelen wohnten, ach, in Wunderlichs Brust. Zum einen nahm er es als Kompliment, als Beweis, dass die enge Freundschaft zwischen Sibylle und ihm auch nach außen hin sichtbar war. Andererseits wollte er es möglichst vermeiden, dass sie beide in die Nähe eines schwer wieder wegzudiskutierenden Grenzbereichs gerückt wurden, bloß weil sie ohne einander nicht konnten.

Aber Veronika Eckert, mit Mitte dreißig schon geschäftsleitende Beamtin im Schwarzenbacher Rathaus, durfte das. Sie durfte den Hauptkommissar und die Polizeipsychologin auch ein „altes Ehepaar“ nennen. Sie kannte beide lange genug und hatte nun einmal einen unbekümmerten und forschen Stil, der den Vorteil mit sich brachte, dass sie auch entspannt und agil auftrat. Was im konkreten Fall hieß, dass sie der Polizei am Sonntagnachmittag spontan aufgeschlossen und den achteckigen Großen Sitzungssaal als Lagezentrum zur Verfügung gestellt hatte.

Sibylle trat an die Wandtafel mit dem handgeschriebenen Aushang dessen, was sie in den vergangenen fünfundvierzig Minuten herausfinden konnte, während alle auf das Eintreffen des Rehauer Bürgermeisters Edmund Angermann gewartet hatten. Der wurde nun nämlich als Mitermittler gebraucht. Es war Angermanns Hobby, er hatte ein echtes Händchen dafür. Er hatte Wunderlich binnen fünf Jahren bei der Aufklärung von vier Kapitalverbrechen in Rehau geholfen, mit seiner profunden Kenntnis der regionalen Historie, der politischen Seilschaften, der buchstäblichen Leichen im Keller. Wunderlich schwor seit langem auf die Mithilfe seines Wurlitzer

Sandkastenfreundes. Nun sahen sie beide gespannt Sibylle zu. Währenddessen kochte die kleine, drahtige Hauptamtsleiterin mit der schwarzen Ponyfrisur, wie immer geschäftsmäßig adrett in Rock und Bluse gekleidet, erst einmal eine große Runde starken Kaffee, ganz wie von Wunderlich vermutet.

„Der Chef spurlos verschwunden, das ist ja sozusagen eine Katastrophe. Wie kann ich euch helfen?"

„Tust du jetzt schon", entgegnete Wunderlich anerkennend und nahm einen tiefen Zug aus der Kaffeetasse, die in seinem Fall selbstverständlich mit Cappuccino gefüllt worden war. „Wir finden ihn wieder, versprochen." Er blickte konzentriert aus dem Fenster ins Grüne, über den kleinen Festplatz hinweg auf die Saale, die so gleichmäßig über ihr Wehr dahinplätscherte, als ginge sie das alles nichts an.

„Wisst ihr denn überhaupt schon, was genau passiert ist? Hat er sich abgesetzt? Ist er vor etwas geflohen? Oder hat man ihm womöglich etwas angetan?"

„Wir haben leider noch nicht den leisesten Schimmer."

„Wird schon werden", lächelte sie.

„Da kann ich beruhigen", schaltete sich Angermann ein. Alle Augenpaare wandten sich dem Rehauer Bürgermeister zu.

„Die Stadt Schwarzenbach gehört zu den Unterzeichnern des Kornberg-Kaufvertrages. Andreas hatte angeboten, stellvertretend für uns alle weitere Gespräche mit dem Konsortium zu führen. Es geht um eine Reihe von Vertragsdetails. Wir anderen haben das gerne angenommen, nachdem meine Amtskollegen in Schönwald, Selb, Wunsiedel, Marktleuthen und Kirchenlamitz ebenso wie ich im Moment ziemlich im Stress sind. Und er hat kürzlich gesagt, er würde sich dazu eine Woche lang aus dem Tagesgeschäft ausklinken müssen."

„Na das ist ja spannend! Aber warum hat er sich dann so abrupt verabschiedet?"

„Ich glaube, er wollte morgen in aller Früh loslegen." Angermann zuckte mit den Schultern.

„Also schön. Wir sehen aber trotzdem mal zu, dass wir ihn finden, so oder so. Und jetzt starten wir bei den Puppen und den Todesdrohungen mit der Zahl Sieben."

„Die Großen Sieben heißen wie gesagt nicht offiziell so", begann Sibylle und lehnte sich an eine der weißen Porzellansäulen, die die acht Saalecken zu tragen schienen. „Die Leute haben sie so genannt, weil alles recht geheimnisvoll ist, was die vorhaben. Es stand vor zwei, drei Monaten mal im Frankenblatt."

„Mmh, ich erinnere mich immer deutlicher. Irgend so eine Gruppe mit sieben Chefs hat den Kornberg-Gipfel gekauft und will in großem Stil in den Event-Tourismus investieren. Aber dann hat man nicht mehr viel gehört, und ihre Namen sind bisher nicht so recht bekannt, oder?"

„Auch unsere schöne Stadt Rehau gehört ja zu den Unterzeichnern des Kaufvertrages", erläuterte Angermann, „und in der Tat, die Käufer wurden durch einen Hofer Rechtsanwalt vertreten. Von ihnen selbst war keiner bei dem Notartermin anwesend."

Seit Jahren machten sich die Städte und Gemeinden rund um den Großen Kornberg Gedanken, wie sie das fördern konnten, was neben der hochklassigen mittelständischen Industrie ein zweites großes Plus von Hochfranken darstellte: eine Natur, in der man als Urlauber wie als Einheimischer noch unbeschwerten Genuss fern von Staus, Lärm und teuren Preisen erleben konnte. Dazu brauchte es aber auch etwas zum Erleben. Das Fichtelgebirge und der Frankenwald setzten folgerichtig auf den Tourismus, und um den Kornberg hatte es dazu neuerdings die heißesten Diskussionen gegeben: ein Ausbau des Skigebiets? Ein Mountainbike-Park? Es gab, sozusagen naturgemäß, alle möglichen Ideen und alle möglichen Einwände. Und dann kam der Paukenschlag. Der zahlungskräftige Investor mit seiner siebenköpfigen Vorstandschaft beendete alles Hin und Her und verwandelte den Gipfel durch einen Vertrag mit sieben Anlieger-Gemeinden in ein Privatgrundstück, auf dem er ein Event-Zentrum errichten wollte. Näheres werde zu gegebener Zeit bekannt gegeben, hieß es im Sommer.

„Kommt uns das von Investoren nicht irgendwie bekannt vor?", fragte Wunderlich sarkastisch, zumal Angermann nicht wirklich glücklich über die Angelegenheit schien. „Der eine hat vor Neuschwanstein eine Musical-Halle in den Sand gesetzt, der Nächste wollte im Fichtelgebirge die Pyramiden nachbauen, der Dritte eigentlich ein Einkaufszentrum in der heimlichen Hauptstadt Oberfrankens?"

„Die Stadt mit dem arm, aber sexy, meinst du? Die große Stadt gleich in unserer Nähe, deren beharrliche Klammheit meinen Amtskollegen wohl kürzlich den Kopf gekostet hat?" Angermanns Schlagfertigkeit war selten zu übertreffen. Sibylle setzte ein flüchtiges Lächeln auf, was bedeutete, dass sie sich innerlich schüttelte vor Lachen.

„Ich habe natürlich in einer Dreiviertelstunde noch nicht zu allen sieben recherchieren können", fuhr sie fort, „aber das hier ist jedenfalls Viktor Puchta aus Selb, und das ist schon mal unheimlich genug." Sie deutete auf das linke der aufgehängten Fotos. Ihre drei Zuhörer waren ganz Ohr. Wunderlich hatte sich ans Fensterbrett gelehnt und schlürfte den nächsten Schluck aus der Tasse.

„Der Mann hat ungefähr den Werdegang, nach dem er aussieht. Er ist schon Mitte sechzig." Das konnten die anderen kaum glauben. Sie betrachteten einen Menschen, der zehn Jahre jünger wirkte. Schütteres graues Haar, das schon, eine hohe Stirn und eine eisige Miene, auf der ein Lächeln undenkbar schien und die zu einem verbitterten Frührentner gepasst hätte. Aber andererseits schlank, sportlich, beinahe durchtrainiert, man konnte sich auf seiner Brust richtiggehend ein Sixpack vorstellen. Ein kleines rundliches Gesicht und darin ein stechender Blick, hinter dem ein scharfer Verstand lauern musste.

„Was macht der beruflich?“, begann Angermann in der ihm eigenen Ironie zu witzeln, „Zeitungsausträger oder Dopingarzt bei einer osteuropäischen Biathlonmannschaft?“

„Beides ein Volltreffer“, antwortete Sibylle zur maßlosen Überraschung aller. „Viktor Puchta organisiert die Pressearbeit der Großen Sieben, und früher war er Doppelagent für den BND und den KGB.“

„Veräppeln kann ich mich selber, Spatzi“, war Wunderlichs erste, neckende Reaktion, „ich glaube, du machst wirklich zu viele Reisen in merkwürdige Länder.“ Er konnte es nicht lassen – er musste wieder auf das einzige Thema anspielen, bei dem sie ständig kollidierten, denn er selbst liebte Bayern wie keine andere Ecke der Welt.

„Sehe ich so aus, als würde ich scherzen?“

„Aber ja.“ Er blickte genervt nach oben in die kugelförmigen Deckenleuchter.

„Potsch!“, gab sie ihm eine angedeutete Kopfnuss. Kichern im Saal.

„Das mit der Pressearbeit war auch für mich als Blondine nicht schwierig“, fuhr sie heiter-trotzig fort, „sein Name stand unter mehreren Artikeln im Frankenblatt. Er hatte die dreiteilige Serie ‚Neues vom Kornberg‘ geschrieben und darin die Pläne für den Gipfel erläutert. Nicht zu große Eingriffe, Naturschutz und Anwohnerinteressen bleiben gewahrt, nur Vorteile, keine Nachteile und so weiter. Es diente eindeutig zur Beruhigung der Bevölkerung. Der Mann ist PR-Profi."

„Und ein falscher Hund", ergänzte Angermann mit seiner tiefen Stimme. „Ich meine, bei dem Vorleben. Wie zum Teufel hast du das rausbekommen?"

„Weibliche Intuition" flachste sie. „Wobei die Google-Bildersuche natürlich hilfreich war, ganz zu schweigen von meiner Cousine in Pullach, die ich vorhin angerufen habe."

„Du hast Verwandte beim BND???" Wunderlich ließ sich, endgültig bedient, in einen der gepolsterten grünen Stühle fallen.

„Du kennst mich doch: Stille Wasser sind tief."

„Das heißt, Viktor Puchta ist sowas wie der *Mastermind* der Großen Sieben?"

„Ja, aber nicht der Chef. Das ist er hier." Sie wandte sich dem rechten Foto zu. Wunderlich und Angermann betrachteten es fasziniert, denn der Abgebildete passte selbst für einen Kriminaler und einen Politiker so recht in keine Schublade. Sie sahen einerseits jemanden, dem der Bösewicht schon ins Gesicht geschrieben stand: ein hinterlistiges Grinsen unter zwei zusammengekniffenen Augen und darunter ein Körper, deutlich untersetzter als der schlanke Puchta. Geheimratsecken durchzogen die blonde Frisur. Andererseits erkannten sie einen echten Anführer: einen, der den Daumen nach oben streckte, der den unbedingten Willen ausstrahlte, der Größte zu sein.

„Sein Name ist Freder. Mehr weiß ich noch nicht", fuhr Sibylle fort. Veronika Eckert nickte beeindruckt. Immerhin hatte die frischgebackene Profilerin in nicht einmal einer Stunde damit anderthalb von sieben Identitäten aufgedeckt.

„Als ich Viktor Puchta gefunden hatte, war mir bewusst, der ist kein Lautsprecher. Eine Gruppe wie diese braucht jemanden, der den großen Boss gibt. Der mit einfachsten Parolen, mit Pathos und Versprechungen, Menschen hinter sich bringen kann, wenn die Zeit gekommen ist. Einen Sprücheklopfer."

„Das klingt ja nach einem Kleinstadt-Bürgermeister", witzelte Angermann, doch Sibylle blickte ihn nur mitleidig an – jeder im Raum wusste, dass Angermann, Ebert und wie sie alle hießen, das ganze Gegenteil dieser minderwertigen Jobbeschreibung erfüllen mussten.

„Glaub mir, Eddi, gegen diese Truppe seid ihr harmlos. Jedenfalls, es war reine Spekulation, aber die Kripo hat doch diese Bilddatenbank. Darin habe ich Puchta gefunden und neben ihm stand der da." Sie wies mit dem Daumen über die Schulter auf das Foto hinter sich. „Wenn der der Anführer wäre, dann fände er sich vermutlich in einem der zahllosen Geheimbünde von Hochfranken wieder, dachte ich mir."

„Geheimbünde??" Wunderlich prustete. „Was war in deinem Chardonnay gestern Abend?"

„Alkohol. Nein, ich meine damit die Lions, Rotaries und so weiter."

„Die sind bei allem Respekt für einen guten Zweck."

„Weiß ich. Deswegen habe ich ihn ja auch bei den Oldtimerfreunden gefunden. In einem Jahrbuch. Da!" Sie rief ein eingescanntes Bild auf. Wunderlich las laut vor.

„Jährliches Wohltätigkeits-Treffen der Oldtimerfreunde der Landkreise Hof und Wunsiedel … Bildunterschrift: Von links V. Puchta, D. Freder …"

Er hielt einen Moment inne, um nach den richtigen Worten zu suchen.

„Ich sag' dir mal etwas, das du schon weißt, aber nie zuzugeben wagst", fügte er schließlich an. „Du bist genial."

Beide Frauen im Raum lächelten. Veronika Eckert zustimmend. Und Sibylle Augsburger verschmitzt, so als wollte sie, beschämt und bescheiden, aber dennoch, antworten: „Kann schon sein.“

„Wir sollten jetzt dringend mit Christoph Heinrich und Gerch Mackert sprechen. Irgendwas müssen die beiden ja gemeinsam haben, weswegen sie bedroht werden. Vielleicht erfahren wir so, ob die eisblaue Zahl Sieben mit den Großen Sieben in Zusammenhang steht.“

„Das trifft sich gut“, bemerkte Angermann. „Die beiden haben nämlich morgen Vormittag einen gemeinsamen Termin im Rathaus von Schönwald, bei meinem Amtskollegen Franz Roberts. Gerch wegen eines neuen Windparks und Heinrich wegen des Möbelhauses an der alten B15, das wieder eröffnet und das er mit neuer Dämmung, mit Büroeinrichtung und natürlich mit Polstermöbeln ausstatten soll.“

„Haben wir eigentlich eine Chance, über das Material, aus dem die Puppen bestehen, dem Täter näherzukommen?“, sinnierte Sibylle.

„Silikon? Nein“, seufzte Wunderlich. „Das ist ja ein Allerwelts-Stoff und kein Zeug zum Bombenbauen. Die Leistung besteht im Modellieren des Körpers. Unser Täter muss sehr geschickte Hände besitzen, das ist alles.“

„Kann ich euch noch etwas Gutes tun? Noch eine Runde Kaffee? Oder einen Pfannakuhng, sozusagen?“

„Nein danke, Veronika. Sagt mal, was geht denn da draußen vor?“ Wunderlich starrte irritiert aus dem Fenster auf den Parkplatz vor dem Rathaus.

„Die?!“ Angermann war hinzugekommen. „Jetzt treibt sie sich in Schwarzenbach auch schon rum?“

Er sah in lauter fragende Gesichter und beeilte sich fortzufahren.

„Das ist Dr. Beate Höllwey. Besser bekannt als der Blockwart von Rehau. Sie vertreibt sich bei uns die Zeit damit, Falschparker aufzuschreiben. Und seitdem in der Innenstadt das Parken nur noch für zwei Stunden erlaubt ist, hat sie richtig viel zu tun."

„Ich habe dir gleich gesagt, dass du mit diesem Parkraum-Management nur Ärger haben wirst", scherzte Wunderlich.

„Proletarische Frührentnerin?", fragte Sibylle.

„Nein, das ganze Gegenteil. Aber da muss ich ausholen."

Der Rest des Großen Sitzungssaales im Schwarzenbacher Rathaus war ganz Ohr. Angermann ging zum Laptop und klickte ein Youtube-Video an.

„Was ist denn das für eine Spelunke?", ereiferte sich Wunderlich. „Das sieht ja schlimmer aus als im Stahlhelm."

Der Stahlhelm war eine Rehauer Bierkneipe gewesen, die vor vielen Jahren abgerissen und durch ein Wohnhaus mit Arztpraxis ersetzt worden war. Ob sich darin wirklich nur Ewiggestrige getroffen hatten, hatte Wunderlich in seiner Jugendzeit nie herausbekommen, aber zumindest hatte die Location so ausgesehen.

„Sie steht bei einer Versammlung von *BrainPower* auf der Bühne, in Minsk, Weißrussland. Da, neben ihr steht Lukaschenko."

„Was bitte ist *BrainPower*?"

„Das ist uns auch noch nicht so ganz klar. Aber hör ihr zu."

„... dass wir das Größte erreichen können, das jemals ein Volk erreicht hat! Dass wir das größte Volk unter den Völkern werden. Nicht durch zahlenmäßige Größe, sondern durch die Überlegenheit unseres Geistes. Wir sind die Tausend, die ewig leben werden!"

Wunderlich reichte es schon bei diesen paar Wortfetzen, obwohl Höllwey ihre Rede in Englisch hielt und das Video nur deutsch untertitelt war. Aber die Theatralik der beschwörenden Gesten sprach aufs Ekelhafteste für sich. Jedenfalls brandete an dieser Stelle Jubel vor der Bühne auf und der Kommissar verspürte den Drang, sich seines Mittagessens über den oberen Körperausgang wieder zu entledigen.

„Was schwadroniert die denn da? Tausend Leute, was soll das? Klingt ja wie tausendjähriges Reich."

„So ähnlich ist die auch gepolt."

„Und das lässt du dir als Bürgermeister bieten?"

„Na ja", beschwichtigte Angermann, „wenigstens mit Rehau bringt sie keiner in Verbindung. Sie ist hier niemals öffentlich aufgetreten – sonst hättest du das gemerkt, glaub mir."

„Eine Agitatorin also", stellte Wunderlich erschrocken fest. „Eine Wölfin im Schafspelz."

„Ihre Knöllchenschreiberei macht die nur zur Entspannung", bestätigte Rehaus Rathauschef. „In Wirklichkeit ist sie hochintelligent und gefährlich. Und eitel. Stell dir vor, sie unterschreibt Briefe an die Stadtverwaltung immer mit Dr. Höllwey. Also handschriftlich."

Veronika Eckert trat nun auch ans Fenster, besah sich die Aktion und stöhnte genervt auf.

„Siehst du, selbst unsere stets optimistische Veronika findet das zum Übergeben."

„Das kann man sozusagen behaupten", murmelte die.

Es klopfte.

„Das ist ja eine Überraschung!", rief Wunderlich begeistert, als er den Neuankömmling sah. Eine „Sie", genauer gesagt, bereits über achtzig, mit schlohweißem Haar, aber schon an ihrer Mimik konnte man jederzeit erkennen, dass sie den Schalk im Nacken hatte und geistig topfit und stets munter war.

„Musst du deinen Scirocco wieder spazieren fahren, Tante Rosi?“, fragte Wunderlich seine Lieblingstante.

„Ner ho. Aber vor allem misserd iech eich wos soong.“

„Na dann sag mal. Ist dir wieder ein anzüglicher Witz eingefallen?“

„Alter schützt vor Torheit nicht“, raunte Angermann Sibylle zu. Beide kannten das Rehauer Urgestein namens Rosi seit einer gefühlten Ewigkeit.

„Etzerd bie ruich, du Gribbl. Horch zu.“

Widerworte zu dulden war Tante Rosis Sache nicht. Dazu hatte sie stets viel zu viel zu erzählen. Wunderlich wusste, dass er die nächsten fünf bis zehn Minuten allenfalls kurze Worte einwerfen konnte, während sie Luft holte.

„Ich habe gesehen, wie deine Leute die Rehauer Rathausfassade rauf und runter untersuchen wegen dem blöden Spruch, der da hingeschrieben wurde. Ich weiß nicht, ob das was zu bedeuten hat, aber ich bin kurz vorher schon einmal an der Stelle vorbeigefahren. Da stand das Geschmier schon dran, und irgend so ein Typ hat ausgiebig Fotos davon gemacht.“

„Was für ein Typ?“

„Wos waaß denn iech? A gunger Hupfer.“

„Wie jung?“

„Na ja, vielleicht so Ende vierzig. Sportlich, schlank, Brille und vielleicht so groß wie ich Floh mit meinen eins siebzig. Ganz ernst hat er geschaut und mit seiner Kamera hantiert, als wäre er der größte Fan von dem Geschmier.“

„Hmm. Gut, wir werden sehen. Danke dir, Tante Rosi.“

„Etzerd du ner wardn, nocherd derzell iech der nuch wos."

Fünfzehn Minuten später, in denen niemand außer Tante Rosi zu Wort gekommen war, verabschiedete sie sich wieder. Das einseitige Gespräch hatte sich wie üblich vor allem ums Skifahren gedreht; Erhellendes zum Fall war nicht mehr darunter gewesen. Wunderlich ließ sie stets gewähren, wissend, dass es Ausdruck ihrer Herzlichkeit und Zuneigung war. Etwas, das er in den letzten fünfzig Jahren nicht beliebig oft in seiner Nähe hatte finden können.

„Wie auch immer, ich denke, für heute wäre es das", bedeutete Wunderlich seinen drei Mitstreitern, „Sibylle, Eddi und ich werden morgen Vormittag in Schönwald dabei sein. Und jetzt fahre ich nach Trogenau, Kochkäs mit Presssack und rohem Schinken essen."

7

Zuerst war es nur eine einzige Gestalt, die hinter der kleinen Skihütte an der Talstation des Kornberglifts hervorkam, still und listig, abseits vom geschäftigen Treiben der Spurensicherung einige hundert Meter weiter an der Vorsuchhütte. Der schallschluckende Schnee tat das Seine dazu, vor allem jedoch der weiße Schneeanzug, mit dem die Person vor dem winterlichen Hintergrund nahezu verschwand. Zumal dicke Flocken die Sicht behinderten, da es einfach nicht aufhören wollte zu schneien. Wunderlich entdeckte die Gestalt trotzdem. Ihre Miene erschien ihm ebenso frostig wie die Luft, die er einatmete.

Er beobachtete sie aus sicherer Entfernung. Es war inzwischen dreizehn Uhr und er befand sich nun seit über drei Stunden hier draußen in dieser bewaldeten Winterlandschaft. Er fror wie ein Schneider, aber der weiß gekleideten Person schien die arktische Kälte nichts auszumachen. Entschlossen und ohne Anzeichen von Zittern machte sie sich an ihre Vorbereitungen. Wunderlich war auf alles gefasst. Eine zweite Silhouette tauchte hinter der Skihütte auf. Er würde keine Gelegenheit mehr haben, vom Berg zu kommen, das war nun klar. Die nächsten Stunden würden verdammt hart werden.

Als es schon fünf waren, läutete endlich sein Handy und Sibylle war dran. Sie war, mal wieder, seine einzige Rettung, solange es noch fast anderthalb Stunden dauern würde, bis Hans-Otto Birnbaum ihm ebenfalls mehr über den Toten erzählen konnte. Ohne Sibylles Informationen würde Wunderlich sich als Nächstes sinn- und ziellos im Eis verirren, die unheimlichen Männer in Weiß ständig im Nacken und vor ihm die Aussicht auf den Tod.

Ulrike hatte ihn angefleht, er solle es bleiben lassen. Er hatte es auch tatsächlich vorgehabt. Seine Frau hatte gute Argumente dafür vorgebracht, dass er dieses Mal darauf verzichten solle. Aber sein Pflichtbewusstsein hatte ihn dann doch dazu getrieben. Jetzt gab es kein Zurück mehr.

„Tja", begann Sibylle und schnalzte mit der Zunge, „Birnbaum hat mal wieder Recht behalten. Hier stimmt was Größeres nicht. Du wirst dich festhalten müssen."

„Ich bin bereits festgefroren, das ist also kein Problem", ätzte er bibbernd zurück, während er heimlich beobachtete, wie die bizarren Gestalten keine zweihundert Meter entfernt sich immer weiter vermehrten.

„Die Identität des Mannes steht jetzt fest. Das Foto, das du mir gemailt hast, ist in unserer Datenbank. Willst du die gute oder die schlechte Nachricht zuerst?"

„Eine gute Nachricht an einer Leiche zu finden, das kann auch nur dir einfallen."

„Ach jetzt hab dich nicht so. Männer! Also – es handelt sich um keine der sieben verschwundenen Lokalgrößen."

„Das hatte ich gehofft", schnaufte Wunderlich, froh, dass die ihm teils gut Bekannten vielleicht noch am Leben waren. Er war weiß Gott nicht mit allen sieben befreundet und es waren skurrile Gestalten darunter. Aber keiner von ihnen hatte den Tod verdient.

„Die schlechte Nachricht ist, falls es Mord war, dann musst du angesichts dessen, um wen es sich handelt, von organisierter Kriminalität ausgehen. Es ist Gunter Waldrau."

„Waldrau? DER Waldrau?"

„So sieht's aus."

„Aber das grenzt ja ans Unmögliche. Waldrau war schon in den finstersten Milieus unterwegs und hat sich hinreichend Feinde bei den Bösen gemacht. Und jedes Mal ist er heil davongekommen. Der hat sogar die Mafia überlebt!"

„Diesmal nicht. Diese Leute müssen echt gut sein, und sie müssen etwas richtig Großes zu vertuschen haben. Und damit werden sie auch nicht davor zurückschrecken, ihre sieben Gefangenen auszuschalten, wenn es, aus welcher kranken Logik heraus auch immer, notwendig scheint."

„Dann haben wir es ja genau richtig gemacht." Wunderlich seufzte. Die wilde Mischung aus Erleichterung, Entsetzen und Angst, die in ihm brodelte, ließ ihn für einen kurzen Moment sogar Wind und Kälte vergessen. Es war nicht vorbei. Es begann gerade erst. Er blickte noch ein letztes Mal auf die vielen Männer in den weißen Schneeanzügen, bevor er all seinen Mut zusammennahm, aus der Deckung kam und sich ihnen näherte. Sie waren gerade dabei, ihre Waffen herzurichten, als der Erste durch das Knirschen des Schnees unter Wunderlichs Füßen auf ihn aufmerksam wurde. Er hob die Hand und zeigte auf den ankommenden Kommissar.

„Da ist er ja endlich! Du solltest wirklich mehr auf deine Frau hören, dann müssten wir jetzt nicht hier oben rumstiefeln, sondern hätten einen freien Nachmittag!"

„Ich weiß", gab Wunderlich mit gespieltem Schuldbewusstsein dem Einsatzleiter zurück, „ich wollte für diese Geschichte hier ursprünglich tatsächlich kein SEK. Aber die Lage hat sich deutlich verschärft."

„Schon gut, ist ja unser Job, und du hast uns immerhin zwei Stunden gegeben, um hier hochzukommen, das ist für uns viel Zeit", entgegnete Udo Wenger mit der seinem Beruf eigenen Gelassenheit. „Wunderlich ist jetzt da, wir legen gleich los", sprach er in sein Funkgerät, und ein Dutzend bewaffneter Männer in Weiß winkte durch das

Flockengewirr bestätigend zurück, begleitet von einem Knarzen im Walkie-Talkie.

„Also, was haben wir?“

„Wir müssen leider davon ausgehen, dass eine Gruppe von Tätern einen bekannten Journalisten ermordet hat und weitere sieben Geiseln auf dem Kornberggipfel gefangen hält, und zwar wichtige Personen des öffentlichen Lebens aus Schwarzenbach, Kirchenlamitz, Marktleuthen, Selb, Wunsiedel, Schönwald und Rehau. Leute, ohne die diese Städte zusammenbrächen.“ Er zeigte Wenger die Fotos.

„Was, DIE sieben?“ Der SEK-Mann war verblüfft.

„Du kennst sie?“

„Klar, man liest ja Zeitung, gerade vergangenen März. Na, dann ist es aber wirklich wichtig.“

„Kannst du laut sagen.“

„Wie viele Täter?“

„Bis zu sieben.“

„Männlich?“

„Sechs Männer und eine Frau.“

„Und alles direkt auf dem Gipfel?“

„Das ist nicht ganz klar. Ihnen gehört zwar das Gipfelareal, und sie haben es auch eingezäunt. Aber wer weiß, wo innerhalb des Kornbergrings sie sich herumtreiben. Ich wüsste mehr, wenn die verdammte Technik laufen würde.“ Er zeigte verzweifelt auf sein eigenes Ohr.

„Was ist der Kornbergring und was genau bedeutet eingezäunt?“

„Einen ziemlichen Hammer. Nicht zuletzt deshalb habe ich euch gerufen. Es ist schwer gesichert. Der erste Zaun besteht nur aus Maschendraht, mit ‚Betreten verboten‘-Schildern dran. Er führt um die Innenseite des Kornbergrings, das ist eine Forststraße, die einmal rund um den Gipfel läuft, auf halber Höhe von hier. Im Winter dient sie als vier Kilometer lange Langlauf-Loipe.“

„Kein Hindernis für uns."

„Ja, aber wart nur ab. Oben gibt es dann die Turmallee, die alte Bundeswehr-Fahrstraße, die steil von Martinlamitz hochkommt. Ihr Ende führt ringförmig um den Turm. Direkt unterhalb dieses Halbrings haben sie vor kurzem einen Signalzaun errichtet wie früher an der innerdeutschen Grenze. Das haben wir durch einen Drohnenflug herausgefunden."

„Den kann man aufschneiden."

„Aber dann müsst ihr schnell sein. Ihr müsst zweihundert Meter rennen und anschließend steht ihr vor dem innersten Zaun. Dem, den die Bundeswehr schon am Anfang um ihren militärischen Sicherheitsbereich gezogen hat. Drei Meter hoch und mit Stacheldraht-Krone."

„Wow, nicht übel."

„Ja. Die ganze Gipfelanlage sagt: ‚Hau ab!'"

Udo Wenger, ein hoch aufgeschossener, hagerer, topfitter Polizist Ende vierzig, war ein Mann mit Vergangenheit, und Wunderlich war froh darüber. Wenger hatte als erfahrener GSG9-Kommandeur über die Jahre hinweg zahlreiche Antiterroreinheiten befreundeter Staaten beraten. Er war maßgeblich beteiligt an der Befreiungsaktion der französischen Spezialeinheit GIGN in Marseille, wohin 1994 ein Air-France-Jet von algerischen Terroristen entführt worden war. Diese hatten drei Menschen ermordet, bevor sie mit Hilfe von Wengers Taktik ausgeschaltet und alle übrigen zweihundertneunundzwanzig Geiseln gerettet werden konnten. Wenger, bekannt für seine militärische Entschlossenheit, war damit in die Fußstapfen seines Onkels getreten. Der hatte 1977 die Erstürmung der „Landshut" auf dem Flughafen Mogadischu geleitet und war dafür mit dem Bundesverdienstkreuz ausgezeichnet worden.

Wunderlich kannte Wenger von ein paar gemeinsamen Lehrgängen und wusste das alles. Und mit diesem Wissen hatte er darum gebeten, dass Wenger die um elf Uhr vorsorglich bestellte SEK-Einheit anführen möge. Was nichts anderes bedeutete als: Die Lage war ihm sehr, sehr ernst.

„Das heißt, wir sollten von mehreren Flanken hinaufsteigen, um sie einzukreisen“, fuhr der SEK-Chef fort. „Gut, dann bilden wir drei Viererteams.“

„Zur Hälfte um den Berg rum ist es aber ein ziemlicher ...“ Weg, wollte Wunderlich sagen, als er verdattert beobachtete, wie die zwölf SEK-Männer haufenweise Skier aus den schwarzen Limousinen holten, die kurz nach den per Hubschrauber eingeflogenen Beamten angekommen waren.

„Wir sind ja schließlich kein Kindergarten“, meinte Wenger trocken und beugte sich mit Wunderlich über eine breite und detaillierte Wanderkarte des Großen Kornbergs. Sie beratschlagten eine Weile, dann war klar, dass vier Mann direkt hier mit ihnen beiden über die Skipiste aufsteigen würden. Das zweite Team würde den Kornbergring um etwa ein Drittel gegen den Uhrzeigersinn umkreisen und direkt auf der Turmallee, der von Martinlamitz heraufführenden Fahrstraße, hinaufgehen. Team Nummer drei schließlich würde sich um hundertachtzig Grad von der Vorsuchhütte entfernt auf den Nordweg begeben, an der Ruine Hirschstein starten und damit von Niederlamitz heraufkommen. So hätten sie alle begehbaren Bereiche, die auf den Berg führten, abgedeckt. Dazwischen lag nichts als Wald.

„Also, nocherd bagg mers!“, gab Wenger seinem Nürnberger Spezialeinsatzkommando den Marschbefehl. Er und die vier für die Piste schulterten ihre Skier.

„Wir wollen doch bei Bedarf schnell wieder unten sein“, erklärte er dem schwer beeindruckten, fanatischen Nichtskifahrer von der Rehauer Kripo. Dann stapften sie los.

„Ich wusste es", keuchte Wunderlich, als er Sibylle zwei Minuten später erneut anrief, „ich wusste doch gleich, dass mit Onkel Dagoberts Plänen etwas nicht stimmt."

„Weshalb keuchst du so?", fragte sie nur.

„Du glaubst ja nicht, wie schnell diese Jungs vom SEK sind. Wir düsen hier bergauf durch den Schnee, als gäbe es kein Morgen."

„Gibt es ja auch nicht, wenn ihr die sieben nicht findet."

„Tja. Wie gesagt, ging es dir nicht auch so, letzten Dienstag? Das Ding auf seinem Schreibtisch, meine ich."

„Ich bin nicht sicher", entgegnete sie. „Onkel Dagobert ist unberechenbar, hitzköpfig, draufgängerisch, das schon. Ein skrupelloser Machtmensch. Aber eine lange vorbereitete Hinterlist? Das passt nicht zu ihm. Der ist doch total spontan."

„Zu ihm vielleicht nicht, aber zu Viktor Puchta schon. Die Nummer zwei ist die Denkfabrik und die Nummer eins ordnet an, wozu der andere ihr rät. In der Politik ist das ja völlig normal."

„Da hast du allerdings Recht. Gut, dann ruf mich wieder an, wenn ihr eine Spur habt. Ich sehe zu, dass ich inzwischen herausfinde, woran Gunter Waldrau gearbeitet hat. Er muss mächtig in ein Wespennest gestochen haben."

Sie robbten sich durch die Winterlandschaft weiter bergauf, immer nach Westen. Zwei Mann liefen direkt unter den Liftmasten entlang, zwei stiegen über die nördliche, schwerere Skipiste auf, die tückischerweise unten im Auslauf angenehm flach war und weiter oben umso steiler und buckliger wurde. Wunderlich und Wenger nahmen die Schneise der Hauptpiste in der Mitte, von der Skihütte geradeaus nach oben. Alle waren sie nur etwa fünfzig Meter voneinander entfernt und durch eine dichte Baumreihe getrennt. Der Sturm hatte nun etwas nachgelassen, aber der Wind war noch immer stark genug, dass die Gruppen einander nicht hören konnten. Und es blieb die bissige Kälte, obwohl jetzt gelegentlich sogar die Sonne herauskam. Dann fielen erneut Schneeflocken. Und so ging es immer weiter.

Alle sechs hatten wieder Blickkontakt, als sie auf dem Kornbergring standen, den Maschendrahtzaun direkt vor sich. Sie hielten ihre Daumen hoch, dann schnitt jedes Team ein Loch in den Zaun und marschierte weiter bergauf.

Es war etwa dreihundert Meter unterhalb des Gipfels, wo sich die beiden Skipisten von oben kommend auftrennten. Und es geschah genau in diesem Augenblick.

„Eisberg eins für Eisberg. Habe Kontakt mit einem auffälligen Objekt“, schnarrte es durch die Funkgeräte.

„Eisberg hört. Objekt welcher Art? Welche Entfernung?“

„Entfernung Null. Es liegt direkt vor mir im Boden. Siehst du den Baumstumpf?“

Wenger blickte nach rechts zu dem Beamten, der ihn anfunkte.

„Klar, das Ding ist ja fast so hoch wie du.“

„Darunter ist offensichtlich etwas eingegraben. Ich habe wohl einen Sechser im Lotto gehabt, dass ich genau auf die Stelle geschaut habe. Es soll sicherlich ein Versteck sein. Ich habe mal das Reisig und das Gras abgewischt. Dadurch kommt obendrauf eine Art Deckel zum Vorschein, jedenfalls hat es ein Rad zum Aufdrehen. Sollen wir reinsehen?“

„Nein, Vorsicht, noch nicht!“, rief Wunderlich schnell. „Seht ihr auf dem Deckel noch etwas?“

„Ja, da ist eine … eine Temperaturanzeige. Seltsam.“

„Was zeigt sie an?"

„Das gibt's doch gar nicht. Minus einhundertsechsundneunzig Grad!"

„Habe ich mir gedacht", antwortete Wunderlich zur Überraschung aller Beteiligten. „Wir sind gleich da."

Er, Wenger und die zwei Beamten vom Skilift trabten die fünfzig Meter quer über die Piste zu den anderen beiden. Kaum dort angekommen und noch außer Atem besah Wunderlich sich den Deckel des im Boden vergrabenen Stahltanks und überprüfte das, was das SEK als Thermometer erkannt hatte.

Dann nickte er. Aber es war kein freudiges Nicken. Es war so eisig wie das Große, worauf sie zusteuerten.

Ihre Uhren zeigten dreizehn Uhr fünfundvierzig. Und es würde noch ein langer, verdammt kalter Nachmittag werden.

Der Raum, in dem sich die Unglücklichen befanden, war durchaus nicht unbequem. Der Boden aus geräuchertem Eichenparkett, die Stühle aus modernem Rattan mit ordentlich gefederten Sitzkissen. In der Mitte ein großer runder Tisch, auf dem sie ihre Mahlzeiten einnehmen und, wenn die Langeweile über die Angst siegte, beispielsweise eine Runde schafkopfen konnten. In einem Regal aus Bongossi-Holz, an der holzvertäfelten Wand, fanden sie stets ausreichend Kaffee, Wasser, heimische Biere und sogar Sechsämtertropfen vor, dazu Obstschalen und Keksteller. Theo von Egelkraut hatte sich die Einrichtung und die Versorgung einiges kosten lassen. Genauer gesagt, nicht sich selbst. Es war natürlich nicht sein eigenes Geld. Aber er saß an der Quelle.

Der Raum hatte für seine Insassen lediglich drei Nachteile: Er war fensterlos, die Tür besaß keine Innenklinke – und das Ganze befand sich vier Stockwerke tief unter der Erde. Darüber stand ein militärisch ausgebauter Funkturm aus zweitausendfünfhundert Kubikmetern Beton und dreihundert Tonnen Stahl. Es gab kein Entkommen.

Der, den sie zuerst entführt hatten, sah seine Mitgefangenen an und er las in all diesen Gesichtern, die sonst so souverän lächelnd im Frankenblatt oder in TV Hochfranken zu sehen waren, die gleiche bange Frage: Wie viele würden noch hinzukommen?

Dann öffnete sich die Tür. Langsam, quietschend, hinterlistig. Und sie waren, trotz der Umstände ihrer Ankunft hier unten, nicht wirklich vorbereitet auf das, was ihr Besuch ihnen zu sagen hatte.

„Meine Herren, ich danke Ihnen, dass Sie hier unsere Gäste sind. Bitte entschuldigen Sie die Unannehmlichkeiten, mit denen Ihr Transfer auf den Berg verbunden war."

Die Geiseln hatten aus ihrer Mitte einen Wortführer bestimmt. Der schickte sich zu einem entrüsteten Widerspruch gegen den Begriff „Gäste" an, aber Onkel Dagobert ließ ihn nicht zu Wort kommen.

„Seien Sie versichert, dass wir versuchen, Ihnen Ihren Aufenthalt so angenehm wie möglich zu machen. Das gilt umso mehr, als er eine Weile dauern könnte."

„Definieren Sie eine Weile?"

„Kein Grund zur Besorgnis. Sie haben nämlich die Ehre, einem Jahrhundert-Experiment beizuwohnen. Wir möchten Sie gerne davon überzeugen, ein Teil des großen Ganzen zu werden. Und wir sind uns noch nicht ganz sicher, wie lange wir dafür benötigen."

„Und *wir* sind uns noch nicht sicher, ob wir eine Gruppe Schurken bei ihrem Vorhaben unterstützen möchten."

„Schurken?", setzte die Frau neben Onkel Dagobert empört an. „Lassen Sie mich Ihnen etwas erzählen über Schurken." Sie hob beide Hände bis auf Brusthöhe und bewegte sie, die Handflächen nach innen, zu ihrer Rede immer wieder beschwörend, eindringlich, leidenschaftlich.

„Sehen Sie sich Ihr Hochfranken an, das Sie rund um diesen Berg tagtäglich so tatkräftig mitgestalten. Es ist grün. Es ist schön. Es hat Zukunft. Und was passiert? Es wird verspottet, auf das Schändlichste! Als Provinz. Als strukturschwach. Als vergreisender Landstrich. Die das tun, das sind die Schurken. Das wollen doch auch Sie nicht. Sie, die Sie tagtäglich die Wirtschaft, die Kultur und die Natur dieses großen Fleckchens Erde bewahren und verteidigen. Das hat dieses Land nicht verdient. Und deshalb wollen wir Großes aus ihm machen! Der Kornberg wird Zentrum einer nie da gewesenen Macht werden – durch ein Projekt, dessen Ausmaß Sie sich gar nicht vorzustellen vermögen. Und dazu brauchen wir Sie! Schließen Sie sich uns an!"

Onkel Dagobert blickte, voller Bewunderung für die Frau neben sich, mit überzeugtem Blick in die Runde seiner sogenannten Gäste; er kniff den Mund zu einem kumpelhaften Lächeln zusammen, hob den rechten Daumen und zwinkerte. Die er ansah, starrten dagegen einander nur ratlos an.

„Wir wissen ja nicht, was Sie mit unserem schönen Kornberg vorhaben", antwortete einer schließlich, „aber was immer Sie wollen, klingt nach Größenwahn. Was, wenn wir Nein sagen?"

Stille legte sich über die Situation, kurz, aber bleiern.

Onkel Dagobert deutete auf die beiden Männer seiner sechsköpfigen Gruppe, die ihre Geiseln mit Abstand am grimmigsten fixierten. Viktor Puchta schloss einen kleinen Koffer auf, nahm ein Fläschchen mit einem Totenkopf-Etikett und einer transparenten Flüssigkeit heraus und stellte es vor den sieben VIPs auf den Tisch. Klackend ließ er seinen linken Arm auf die Tischplatte fallen und stützte sein Kinn auf den rechten, während er die Unglücklichen listig lächelnd anvisierte. Edelmann öffnete einfach nur seine Uniformjacke, unter der sie mit blankem Entsetzen eine Maschinenpistole erkannten. Während die Frau teilnahmslos zur Seite sah, Theo von Egelkraut sich mit seinem goldenen Feuerzeug lässig eine Zigarre ansteckte und der kleine Bärtige sich einfach breitbeinig und mit den Händen in den Hosentaschen vor der Gruppe aufbaute.

Schließlich antwortete Onkel Dagobert, und seine Worte hätten Wunderlich, so er sie hätte hören können, den letzten Zweifel an seinem SEK-Einsatz ausgetrieben.

„Wenn Sie Nein sagen, dann, fürchte ich, werden Herr Puchta und Herr Edelmann sich Ihrer annehmen müssen. Und das bedeutet, Sie kommen nicht mehr lebend von diesem Berggipfel."

8

„Alles meins!“ Gerch platzte fast vor Stolz.

„Wie darf ich das verstehen?“, fragte Christoph Heinrich leicht verwundert. Gerch Mackert, wie immer im oberfränkischen Trachtenjanker, streckte als Antwort den Arm aus und vollführte mit dem Zeigefinger großspurig einen Halbkreis, der den gesamten Schönwalder Rathausplatz umfasste.

„Die neue Mitte von Schönwald. Ich möchte nicht wissen, wie viele gewöhnliche Bürger sich gefragt hatten, ob das jemals fertig wird. Sie erinnern sich noch an die Bautafel? Drei Bauabschnitte hat es seit 2009 gegeben. Er hier“, er deutete mit scherzhaft herablassendem Blick auf Wunderlich, „hat damals geunkt, dass es bereits beim ersten Abschnitt mit dem Geld zu Ende gehen könnte. Aber als zweitgrößter Steuerzahler in diesem Landkreis habe ich …“

„Ähm, Gerch“, unterbrach ihn Edmund Angermann, „wir sind hier im Landkreis Wunsiedel.“

„Worrschd. Als einer der größten Steuerzahler Oberfrankens habe ich diesen gesamten Platz hier maßgeblich finanziert.“ Er ließ seine Handflächen wie bei einem päpstlichen Segen auf das frisch gepflasterte Karree hinabfahren, auf die modernen hölzernen Sitzbänke, den Abenteuerspielplatz, die kleine Brunnenanlage und die dahinter liegende, wie aus einer Landesgartenschau herausgeschnittene Magerrasenfläche.

„Also, ich schon auch, wenn's recht ist, Herr Mackert“, meldete sich Heinrich nun etwas indigniert.

„Könnten wir diesen Längenvergleich männlicher Geschlechtsorgane bitte beenden und uns alle ins Rathaus begeben?“, ging Sibylle ohne jeden Anflug von Diplomatie dazwischen. Die war nicht ihre Stärke, und dieser scheinbare Mangel war oftmals ganz hilfreich, um schneller und ohne Missverständnisse voranzukommen.

„Du, warum eigentlich ins Rathaus?", fragte Gerch, nun schlagartig seriös geworden. „Setzen wir uns doch in das nette kleine Café hier. Es ist zwar Montag, der 2. November, elf Uhr vormittags, aber meine untrügliche Spürnase sagt sechzehn Grad plus."

Den Vorschlag fanden sie alle gut. Das Café am Rathaus mit seiner cremerosa Fassade hatte Schönwalds Mitte bei seiner Eröffnung vor fünf Jahren enorm aufgewertet. Der bekannte Luisenburg-Schauspieler Gabriel von Mainz hatte einmal in der Presse gesagt: „Es gibt Orte im Fichtelgebirge, da bekommt man Furcht und Schrecken." Vermutlich hatte er dabei an Szenen gedacht wie eine Durchfahrt Schönwalds auf der alten B15. Dort, zugegeben, schien es ordentlich leer auszusehen. Der Strukturwandel, der die Porzellanindustrie spürbar traf, war nicht überall spurlos vorübergegangen. Schon beim zweiten Blick, etwa auf die Hotelporzellan-Fabrik und auf ihr Outlet direkt daneben, in dem es die ganze Vielfalt des weißen Goldes zu bestaunen und zu kaufen gab, änderte sich das Bild jedoch. Und wer sich die Mühe machte, am Supermarkt stadteinwärts abzubiegen, der konnte sich bei einem Spaziergang von dem überzeugen, was die Stadt im Angebot hatte: moderne Einfamilienhäuser in exponierter Lage, weil oben auf den Hügeln Richtung Buchbach und am Pfaffenberg gelegen, ruhig und von Wäldern gesäumt. Wanderwege rund um den Ort, soweit die Füße tragen konnten, über Berg und Tal und mit Dutzenden Kilometern Fernsicht. Einen Italiener, einen Griechen, eine Filiale der *HochfrankenBank* und alles andere, was man zum täglichen Leben so brauchte. Und seit einigen Jahren eben auch: die neue Mitte.

Sie nahmen an einem der Außentische des Cafés am Rathaus Platz. Während Wunderlich das granitene Denkmal in Form einer Kaffeekanne bestaunte, das an die Erfindung des legendären Schönwalder Designporzellans *Form 98* erinnerte, rief Gerch die Sekretärin des Bürgermeisters Franz Roberts an, dass der nicht gegenüber im Amtszimmer auf sie warten, sondern sich zu ihnen gesellen möge.

„Er ist sowieso noch nicht von seinem vorherigen Termin zurück“, informierte er die Anwesenden, „ich hoffe, das zieht sich nicht allzu lange. Schließlich habe ich etwas Bedeutendes mit Roberts zu besprechen.“

„Genau, was eigentlich?“, fragte Wunderlich, die Cappuccino-Tasse in der rechten und das Schokocroissant in der linken Hand.

„Na, da muss man ein Superheld sein, um das zu erraten. Wind natürlich.“

„Ha! Was für eine Überraschung.“

„Weil du es bist, Wunderlich, und weil es unser Eddi hier als Bürgermeister von Rehau ja auch schon weiß: *MackertWind* hat diesmal etwas ganz Großes rund um den Kornberg im Auge und möchte die Bürgermeister der Anlieger-Städte überzeugen …“

„Er meint bestechen“, raunte Wunderlich Sibylle laut und vernehmlich zu, aber Angermann schüttelte tadelnd den Kopf.

„… dass sie dieses Projekt wohlwollend begleiten.“

„Soll heißen, du willst einen Haufen Windräder so nah an Schönwald und Co. bauen, dass sie gegen die bayerische 10H-Regel verstoßen. Und die Herren sollen in München ein gutes Wort für dich einlegen.“

„Zum Vorteil aller, versteht sich. Wir wollen doch schließlich den Geist der *Liberalitas Bavariae* pflegen –

leben und leben lassen. Oder wie ich es gern formuliere: Paragroof aans, a wengla wos gedd immer."

„Nicht zu vergessen Paragraf zwei", ergänzte Sibylle und grinste, „fei derweecher nedd derbei derwischn lossn."

„Meine liebe Sibylle, ich bin ein sportlich fairer Unternehmer. Ich sage immer: Korruption muss bezahlbar bleiben. Nicht dass die Mitbewerber im Wirtschaftsleben" – er deutete generös auf den fassungslos lauschenden Christoph Heinrich – „ungebührliche Nachteile erleiden."

Wunderlich und Sibylle prusteten los.

„Aber jetzt zu euch, Herr Kommissar, womit können wir euch beiden behilflich sein?"

Sie breiteten die ganze Geschichte vor Gerch Mackert und Christoph Heinrich aus. Die aufgeknüpften Puppen mit deren beider Antlitz und die dabeistehenden Todesdrohungen. Die Gesichter der beiden Großunternehmer wurden immer länger.

„Was wir uns jetzt fragen: Weshalb Sie beide? Wo ist die Verbindung?"

„Etzerd mach fei, dass gedd, lieber Wunderlich!" Gerch war wieder in der Spur. „Die Verbindung? Wir sind zwei der größten Unternehmerhelden dieses … also, jenes Landkreises fünf Kilometer von hier."

„Dürfte ich dazu anmerken", sprach Sibylle ruhig, aber bissig, „dass man mit diesem Argument zuerst die Chefs von *Polyworld* und von *Hutschenthal* hätte aufknüpfen müssen?"

Christoph Heinrich nickte bescheiden. Gerch Mackert knurrte. Der Rehauer Kunststoff- und der Selber Porzellanriese waren ihm in der Tat noch um einige Längen voraus. Wunderlich schlürfte grinsend die aufgeschäumte Milch von seiner Tasse.

„Ihr könnt mir glauben, liebe Staatsmacht, dass irgendwann sogar der, dessen Name nicht genannt werden darf, vor mir in die Knie gehen wird."

„Gerch meint den *Polyworld*-Konzern", klärte der Kommissar seine stirnrunzelnde Freundin auf. „Die haben ja nur drei Milliarden Jahresumsatz."

„Du selbst wolltest sie doch enteignen", entgegnete sie und biss schmunzelnd von ihrem Nusskuchen ab.

„Ja, aber da war er jung und brauchte die Aufmerksamkeit", wandte Angermann ein, und die ganze Kaffeerunde musste lachen.

„Jedenfalls gedenke ich sie mit Vorsprung durch Technik zu schlagen", fuhr der stolze Gerch fort. „So ein Großkonzern ist IT-mäßig doch völlig unbeweglich. Ich dagegen habe ein paar fantastische junge Leute eingestellt." Er deutete auf seine Limousine, die gegenüber an der Bankfiliale parkte. Die anderen drei trauten ihren Augen nicht: Auf der Rückbank saßen zwei Computerfreaks und hauten, ohne von ihrer Umgebung irgendeine Notiz zu nehmen, kräftig in die Tasten. Wunderlich sah Gerch an und setzte einen ebenso protestierenden wie auffordernden Blick auf. Dann drehte er sich wieder in Richtung des Autos, winkte und rief, die zwei Jungs mögen sich doch zu ihnen setzen.

„Das kannst du vergessen." Gerch grinste. „Die sind nicht von dieser Welt." Wunderlich registrierte, wie die beiden kurz aufblickten. Sie sahen ihn unverwandt an, verzogen aber keine Miene. Es war, als wenn sie durch ihn hindurchsehen würden, als wäre er gar nicht vorhanden. Dann klopften sie weiter ihre Programmiercodes in die Laptops.

„Es sind Autisten?"

„Es ist die Idealbesetzung für meine Projekte. Du kennst ja meinen Weitblick. Als ich an der Uni ein

Stellenangebot für genau solche Leute abgegeben habe, da hat mich der eine oder andere Klugscheißer in meiner Firma schräg angeschaut. Mit ‚denen' kann man nicht arbeiten, nicht kommunizieren, ‚die' sind krank – lauter solches Gefasel."

„Ach, jetzt verstehe ich", warf Christoph Heinrich ein. „*MackertWind* hat kürzlich einen Abteilungsleiter entlassen, das stand im Frankenblatt. Wegen unüberbrückbarer Differenzen, hieß es."

Gerch schnippte mit den Fingern, während er zustimmend auf Heinrich zeigte. „Der Wortführer, der sich für was Besseres hielt, ist weg – und die zwei Jungs programmieren Geniales, was das Zeug hält. Wen kümmert's, dass sie nie zum Ratschen in der Kaffeeküche stehen? Davon wird keine Arbeit fertig, und dafür bezahle ich sie nicht. Ein Unternehmen, welches das beste seiner Klasse sein will, benötigt die kreativen Einzelkämpfer genauso wie die Dauernetzwerker."

Wunderlich nippte an seinem zweiten Cappuccino und nickte anerkennend. „So ein modernes und soziales Denken hätte ich dir gar nicht zugetraut." Gerch fläzte sich nur zufrieden in seinen Sessel und ließ sich genüsslich den Bratwurstduft von der Bude gegenüber durch die Nase ziehen.

„Also, diese Art des Wettrennens liegt mir nun überhaupt nicht", schaltete Heinrich sich wieder ein.

„Das heißt, Sie wollen nicht der Beste sein?" Sibylle wurde neugierig.

„Natürlich muss ein Unternehmen Gewinn machen, aber man muss eigentlich nicht mit der Brechstange den letzten Euro herauspressen."

„Sie, gell!" Gerch war angesäuert.

„Nein, ich sage ja nicht, dass Sie das so machen, Herr Mackert. Ich wollte vor allem darauf hinaus, dass wir ein sehr nachhaltiges, auf die Verantwortung für Mensch Natur ausgerichtetes Unternehmenskonzept pflegen. Wir arbeiten an der Reduzierung unseres Energieverbrauchs, nutzen recycelte Rohstoffe, bieten unseren Mitarbeitern Sportkurse an, sponsoren Schulprojekte und so fort. In dieses Konzept passen keine schmutzigen Deals, kein Gewinn um jeden Preis, mit dem wir nur unsere Seriosität verspielen und unsere Lieferanten verprellen würden. Insofern stehe ich wie Gerch Mackert vor einem Rätsel. Ich wüsste nicht, womit wir uns Feinde gemacht hätten – höchstens Neider, mit unserem geschäftlichen Erfolg."

„Es fällt mir nun aber schon auf, dass Sie beide mehr gemeinsam haben, als Sie einander zugestehen", erklärte Sibylle. Die vier Herren am Tisch rührten, ohne hinzusehen, in ihren Kaffeetassen und spitzten gespannt die Ohren, was die Profilerin erkannt haben mochte.

„Sie sind beide keine Musterunternehmer."

Empörung in beiden Gesichtern.

„Ich meine Muster im negativen Sinn. Keiner von Ihnen geht den langweiligen konventionellen Weg. Sie stellen nicht einfach irgendwelche *Frankfurt-Business-School*-Topabsolventen ein, die wie Zombies ihren Laden in eine gleichgeschaltete Geisterstadt verwandeln, um den letzten Cent rauszuholen. Sie denken stattdessen beide kreativ, alternativ, unelitär."

Gerch Mackert und Christoph Heinrich sahen einander verblüfft an. Ihnen war schnell bewusst, dass Sibylle völlig richtig beobachtet hatte.

„Vielleicht ist das die Gemeinsamkeit, die jemanden an Ihnen stört."

„Gut, das freut mich, wenn wir schon mal helfen konnten", meinte Gerch nun ehrlich erleichtert. „Es ist ja auch in unserem Interesse, dass der Strolch gefunden wird. Aber sagt mal, wo bleibt denn jetzt eigentlich der Bürgermeister?“

„Richtig“, murmelte Heinrich. „So langsam würde es Zeit. Es gibt einiges zu besprechen, wenn wir das alte Möbelhaus an der B15 wieder fit machen wollen. Gebäudedämmung, Büroeinrichtung und natürlich die Polstermöbel.“

„Und ich will drüben in Grünhaid endlich meine ersten Windräder aufstellen. Zwischen der A93 und der Eisenbahn.“

„Ich gehe mal schnell rüber und frage nach.“ Angermann erhob sich. Die anderen tranken weiter ihren Kaffee und aßen die Reste von Nusskuchen, Prinzregententorte und Bamberger Hörnla.

„Ach, das hätte ich fast vergessen zu fragen.“ Wunderlich zog den Zettel mit Andreas Eberts handschriftlicher Notiz hervor, den er tags zuvor in Schwarzenbach vom Boden aufgelesen hatte. „Können Sie sich erklären, was Herr Ebert damit gemeint haben kann?“

„SONNTAG, 8. NOVEMBER, 23:59 UHR. BESSER FREITAG. Also, wenn ich so etwas schreiben würde“, murmelte Gerch, „dann wäre es eine Zahlungsaufforderung an einen meiner säumigen Geschäftspartner. Es gibt ja so viele schlechte Menschen heutzutage, die einen Ehrenmann wie mich hintergehen wollen.“

„Jaja. Brauchst du ein Taschentuch für deine Tränen, du Krokodil?“

„Etzerd nedd frech wern. Also, nein, ich weiß nix von irgendwelchen Fristen bei Ebert.“

„Ich auch nicht“, bestätigte Christoph Heinrich.

„Ich frage deshalb, weil er gestern verschwunden ist.“

„Ich weiß, dass er verschwunden ist“, antwortete Gerch.

„Wie? Was? Woher??!“

„Weil er heute Morgen um neun in meinem Konferenzraum hätte sitzen sollen, für eine Woche. Wegen Nachverhandlungen zum Kornberg-Kaufvertrag.“

„Er wollte seine Klausur bei DIR abhalten?“

„Als verantwortungsbewusstes Mitglied unserer Gesellschaft war es mir natürlich eine Ehre, ihm unsere Räumlichkeiten anzubieten. Außerdem hädd iech so des G’schbreech zu meina Gunsdn lenken kenna.“ Er lächelte.

„Aber er ist nicht erschienen?“

„Naa, isser nedd. Der Anwalt der Großen Sieben hat eine Stunde gewartet, wir haben Ebert erfolglos hinterhertelefoniert – und dann sind wir alle unverrichteter Dinge aufgebrochen.“

„Das heißt, Ebert ist untergetaucht! Wieso nur?“

„Mein lieber Wunderlich, jeder Bürgermeister hat Dreck am Stecken, und jeder hat reichlich Feinde.“

„Und beides meist im Zusammenhang mit *Mackert-Wind*, gell, Gerch?“

„Schmarrn. Ich meine, es ist normal, dass ein Politiker entweder selbst ein krummes Ding dreht oder davor flüchtet, dass ihn eins einholt. Wirf eine Münze, was davon hier vorliegt.“

Angermann kam zurück, die Stirn in Sorgenfalten.

„Also, das ist jetzt etwas besorgniserregend“, weihte er den Kaffeetisch mit düsterer Stimme ein. „Seine Sekretärin sagt, Roberts habe heute Vormittag eigentlich einen Termin draußen in Buchbach wahrnehmen müssen, sei dort aber nicht erschienen. Daraufhin habe sie ihm erfolglos hinterhertelefoniert. Und vor fünf Minuten hat er dann schließlich bei ihr angerufen und mitgeteilt, er komme gerade vom Arzt und sei die ganzen nächsten zwei Wochen krankgeschrieben.“

„Ach herrje!“ Aus Christoph Heinrich sprach die ehrliche Anteilnahme. „Das klingt ja wirklich, als sei es etwas Schlimmes.“

„Die Sekretärin weiß auch noch nichts Genaueres.“

„Ich denke, dann werden wir dem Kollegen in den kommenden Tagen einmal einen Hausbesuch abstatten“, bot Angermann an.

„Und Sie beide passen bitte auf sich auf“, fügte Sibylle mit ernster Stimme an die Adresse der beiden Unternehmer hinzu. „Ich habe kein gutes Gefühl, was Ihre persönliche Sicherheit betrifft.“

„Meine Personenschützer machen das schon“, erwiderte Gerch ebenso lässig wie generös, „und Herrn Heinrich biete ich natürlich auch welche an. Wir hochgefährdeten VIPs müssen doch zusammenhalten.“

Kaum, dass Rehaus Bürgermeister und die beiden Wirtschaftsbosse sich verabschiedet hatten, um unverrichteter Dinge wieder Richtung Rehau aufzubrechen, klingelte Wunderlichs Telefon. Obermeister Peter Dittrich meldete sich, sein pausbäckiger Assistent in der Rehauer Kripo-Dienststelle. Der Kommissar stellte für Sibylle gleich auf laut.

„Ihr sedds ben Roodhaus in Scheewaal, gell?“

„Ner ho. Ober der Barchermaasder is malad.“

„Ihr misserds sowieso etzerd widder die Schdrooß nunder und links auf die Fuchzenn und nocherd zenstnoochernannerhie und nocherd sechders scho aaf der rechdn Seidn.“

„Runter auf die alte B15, links abbiegen und dann immer geradeaus, und dann würden wir es rechts schon bemerken“, übersetzte Wunderlich seiner in Bayerisch-Schwaben geborenen Kollegin.

„Die ganze Hausfassade ist voller Blut“, ergänzte Dittrich noch. „Das ist keine Fabrik für weißes Gold mehr, das ist ein Schlachthof, bei dem das Innere nach außen gekehrt wurde. Haltet eure Kotztüten bereit!“

Wunderlich und Sibylle sahen sich einige Sekunden lang an. Ihre Blicke versicherten einander, dass sie das, was jetzt gleich auf sie wartete, was immer es auch war, ebenso gemeinsam durchstehen würden wie all die anderen Stürme in ihrer nun fünfundzwanzigjährigen Freundschaft. Und los ging die Fahrt.

Die Porzellanfabrik Schönwald war ein riesiges Gelände. Das wuchtige, lange Gebäude des *Hutschenthal*-Konzerns dominierte, wenn man die Stadt Schönwald auf der früheren Bundesstraße 15 durchquerte, den gesamten Straßenzug rechter Hand am Ortsausgang Richtung Rehau. Neben dem Gebäude befand sich noch der Großparkplatz für die Mitarbeiter, auf dem man ebenso gut ein Rockkonzert hätte veranstalten können. Nur nicht gerade jetzt, denn er war abgesperrt, und mehrere Polizeifahrzeuge parkten kreuz und quer darauf, als Wunderlich und Sibylle dort ankamen.

„Ich habe gleich die Spurensicherung mitgebracht“, begrüßte sie Dittrich. „Wobei die Spurenlage nicht weiter kompliziert ist.“ Er deutete lässig mit dem Daumen über seinen Rücken. Auf dem Hintergrund der hellgrauen Fassade mit ihren grünlichen Fenstern wirkten all die Blutflecken noch grauenhafter, und auch das blutrote Wort war so auffällig wie ein heiserer Golden Retriever in Regenbogenfarben:

„STRONZO!“

„Das ist Italienisch und …“

„… heißt Arschloch, ist schon klar.“ Wunderlich hatte mit seiner Frau vor zwanzig Jahren einen Volkshochschulkurs belegt, um die Urlaube in der Toskana oder im

Trentino besser genießen zu können. Seither hatte er nicht nur nichts vergessen, sondern, ehrgeizig, wie er war, noch einiges dazugelernt. Flüche inklusive.

„Es ist derselbe Rotton, und die eisblaue Sieben ist auch wieder da. Nur eine Puppe gibt es diesmal nicht. Und warum stattdessen so ein grausamer Mord?"

„Die Puppe braucht unser Täter ja auch nicht", stellte Sibylle klar. „Erstens musste es wohl schnell gehen. Als wir vorhin um elf hier vorbeigefahren sind, war die Fassade noch blütenrein. Er muss kaltblütig darauf spekuliert haben, dass dank der A93 nur noch wenige Autos hier vorbeikommen, zumal in der Herbstferienwoche. Und zweitens – wenn er auf einer Fabrikwand jemanden einen krummen Hund heißt, wen wird er damit wohl meinen?"

„Aber das Blut? Warum hat er diesmal plötzlich jemanden brutal ermordet? Und wen eigentlich? Verdammt, du hattest Recht mit deiner Sieben. Das ist jetzt schon die Nummer drei."

Der Spurensicherer kam in seinem weißen Schutzanzug auf sie beide zu und schüttelte fassungslos den Kopf.

„Ich habe ja schon vieles gesehen, aber so eine Sauerei war noch nicht dabei."

„Wer ist das Opfer?"

„Opfer? Welches Opfer?"

„Hä?" Wunderlich blickte verwirrt seine Freundin an, aber die schmunzelte schon seit zwei Minuten.

„Hallo, Herr Kommissar Wunderlich? Was redest du denn die ganze Zeit von Blut? Jemand schmiert ständig mit roter Farbe rum. Preisfrage: Woraus bestehen deine vermeintlichen Blutspritzer?"

„Wie jetzt? Es wurde hier gar niemand ermordet?"

Der Spurensicherer deutete nur wortlos auf Sibylle, nickte Wunderlich zu und zuckte mit den Schultern. Die ganze Geste sagte: „Jetzt denk halt mal nach und hör auf sie.“ Dann ging er wieder an seine Arbeit.

„Ich habe mich am Telefon vielleicht etwas ungenau ausgedrückt“, entschuldigte sich Dittrich, aber auch er konnte sich das Grinsen nicht verkneifen.

„Uff. Na gut. Aber trotzdem – jetzt sind es schon drei. Wir müssen also auch mit Gianpaolo Masi sprechen.“

„Italiener? Das macht es ja noch komplizierter.“

„Nein, der ist zum Glück ein freundlicher Mann, der total in der Region hier angekommen ist. Ich habe erst kürzlich in den Süddeutschen Nachrichten ein Interview mit ihm gelesen. Zitat: ‚Wir haben *Hutschenthal* gekauft, um zu bleiben. Wir sind ein Familienunternehmen und kein kühler Investor, der sofort hohe Gewinne erzielen will.‘“

„Das haben schon viele gesagt.“

„Nur ihm glaube ich es auch. Erstens ist er erfrischend ehrlich. Gefragt, wie er mit Mehrkosten umgehe, antwortete er: ‚Wir schlagen sie auf den Preis auf.‘ Er erklärt sein Geschäftsmodell ohne dumme Worthülsen, trägt Anzüge ganz nach alter Schule, er ist ein kluger älterer Herr. Auf mich macht er einen nachhaltig orientierten Eindruck und keinen brutalkapitalistischen.“

„Vielleicht ist genau das sein Problem“, murmelte Sibylle zu sich selbst, während sie die paar Meter zum Landgasthof fuhren, um dort in Ruhe weiterzusprechen.

„Hä?“

„Ach nichts. Ich muss darüber noch genauer nachdenken. Aber ich würde mich ehrlich gesagt nicht wundern, wenn all diesen Leuten ernstlich Gefahr droht. Gerch, Christoph Heinrich, Signor Masi. Sie alle scheinen jemandem mächtig unbequem zu sein. Du solltest unauffällig Polizeischutz für sie organisieren.“

„Meinst du wirklich?“ Er blickte gedankenverloren über die Hügel Richtung Osten, wo man bis zum imposanten

Schulbau im tschechischen Asch sehen konnte. Er liebte dieses Gefühl von buchstäblich grenzenloser Weite, wie man sie nach seiner Erfahrung nur hier im Dreiländereck Bayern-Sachsen-Böhmen empfinden konnte. Gerade erst im letzten Frühling war er keine zehn Kilometer von hier mal wieder auf einer neuen Entdeckertour gewesen. Hatte in Sigmundsgrün am Ostende des Rehauer Forstes geparkt und mit Wanderstiefeln unter den Füßen die grüne Grenze am ehemals eisernen Vorhang überquert. War zweihundert Meter durch ein Wäldchen geschlüpft und auf dem *Iron Curtain Trail* gelandet, einem tausende Kilometer langen Radfernweg quer durch Europa entlang der alten Trennlinie zwischen NATO und Warschauer Pakt. War darauf eine Stunde lang spaziert, schnurgerade, aber bergauf und bergab, durch Wald und die letzten Schneereste Ende März. War schließlich auf einem sonnigen Hochplateau angekommen, auf dem sein Rundblick in die menschenleere baumlose Weite ihn in die Versuchung führte, sich in der Steppe zu wähnen, weit weg in der Puszta oder der Walachei. Danach war er über den Zinnbach zurück nach Bayern gehüpft und nach Hause nach Rehau gefahren. Und hatte das unverschämte Glücksgefühl genossen, die normalste Sache der Welt getan zu haben.

„Ja. Ich meine wirklich." Sibylle holte ihn aus seiner Schwärmerei.

„Ich weiß nicht", sortierte er sich mühsam, „ich glaube nicht, dass unser Schmierfink mehr als diese Schmähungen auf seiner merkwürdigen Agenda hat."

„Willst du derjenige sein, der ein Attentat hätte verhindern können, aber nichts unternommen hat? Was passiert, wenn diesen Leuten etwas zustößt?"

„Hm. Es sind alles Familienunternehmer. Wenn die weg sind, bricht die halbe Wirtschaft unserer Region zusammen. Was da auf uns zukäme – also eigentlich machst du dir von der Größenordnung der Katastrophe keinen Begriff. Massenarbeitslosigkeit, Depression, politische Unruhe. Und am Ende womöglich der Aufstieg von Leuten, die keiner, der mehr als ein halbes Gramm Hirn hat, wollen kann. Es wäre nicht das erste Mal, dass Totalversager zu Macht kämen, mit der sie dann auch Totalschaden anrichten. Und denk mal noch schlimmer: Was, wenn diese Macht kein Unfall wäre, sondern genau das der Plan in diesem Fall ist?“

„Puh!“ Sibylle atmete schnaufend aus.

„Du hast Recht“, beschloss er. „Bewachen wir sie vorsichtshalber, bis wir diesen Sieben-Schmierer gefunden haben. Mich lässt auch nicht los, wie Gerch auf Eberts Notizzettel reagiert hat: Eine Frist für säumige Zahler. Könnte Sonntag um Mitternacht eine Deadline sein?“

„Tja, Fristen kommen typischerweise in Verträgen vor. Ebert ist nach meiner Meinung wegen des Kornberg-Kaufvertrags untergetaucht.“

„Und das heißt?“

„Das, was Gerch gesagt hat: Wirf eine Münze. Auf irgendeine Art läuft da ein falsches Spiel – was das mit den bedrohten VIPs zu tun hat, ist mir nicht klar, aber wir sollten Ebert genauso schnell finden wie den Schmierfinken.“

Wunderlichs Handy riss sie aus ihren trüben Überlegungen. Tante Rosi war dran.

„Bu, iech hobb wos fier diech. Wisst ihr schon, dass in Schönwald die Porzellanfabrik beschmiert wurde?“

„Ja, wir standen gerade davor. Aber woher weißt *du* davon?“

„Weil ich vor ungefähr einer Stunde daran vorbeigefahren bin. Da war alles schon passiert. Und vor der Schmiererei stand genau derselbe Fotograf wie gestern in Rehau.“

„Was? Bist du sicher?“

„Iech bie zwor scho a weng faldich, aber im Kuabf bie iech fei scho noch fit, gell.“

„Du bist doch nicht faltig, Tante. Aber das mit dem Kopf stimmt.“ Er hatte größte Hochachtung davor, wie munter sie mit über achtzig am öffentlichen Leben teilnahm.

„Ich wollte das Ganze melden, aber auf dem Weg nach Selb kamen mir zwei Streifenwagen mit Blaulicht entgegen, da dachte ich, aha, die wissen schon Bescheid und ich kann dich dann in Ruhe anrufen.“

„Wir haben es also nicht mit einem zufälligen Fotografen zu tun“, schloss Sibylle, nachdem Rosi aufgelegt hatte. „Ich habe auch schon mit dem Frankenblatt telefoniert, da passt auf keinen die Beschreibung. Es bleibt nur eine Möglichkeit.“

„Nämlich?“

„Er gehört dazu. Vielleicht ist er unser Täter. – Und sie sagt Bu zu dir?“, schmunzelte sie nach einer kurzen Pause.

„Sie hat keine eigenen Kinder, also war ich immer ihr Junge. Ich muss sagen, ich find’s schön. Sie redet, ohne Luft zu holen, aber ich genieße ihre Herzlichkeit.“

Er wollte noch mehr über seine Familiengeschichte ausholen, über die Kühle seiner Eltern und den Kontrapunkt, den seine Großfamilie mütterlicherseits dagegengesetzt hatte. Aber ein erneutes Klingeln unterbrach ihn. Er hörte hochkonzentriert zu. Dann sah Sibylle eine Reihe bedrohlich großer Fragezeichen in seinen Augen.

„Das war Andreas Eberts Frau. Sie sagt, ihr sei noch etwas zum Verschwinden ihres Mannes eingefallen. Als die beiden gestern unmittelbar davor an der Saale spazieren waren, konnte sie ein Pärchen hinter dem Rathaus weghuschen sehen. Einen Mann mit einer Kamera und

– Achtung – eine ältere Dame. Und jetzt kommt's." Er nahm einen tiefen Luftzug, bevor er den Mut hatte weiterzusprechen. „Auf beide passt zu hundert Prozent die Beschreibung von Tante Rosi."

„Wie bitte?"

„Mensch, ist das so schwer verständlich?", seufzte er erschüttert. „Der Fotograf war so wie von Rosi beschrieben und die Frau *war* Tante Rosi."

„Aber was soll denn deine Tante …"

„Was weiß denn ich!", wurde er laut.

Dann folgte ein quälender Moment der Stille in dem Polizeifahrzeug, in dem sie beide saßen.

Wer war der Mann? Warum fotografierte er die Todesdrohungen? Warum begleitete Tante Rosi ihn? War sie darin verwickelt? Und warum führte sie Wunderlich dann mit voller Absicht auf die Spur des Unbekannten? Der Kommissar spürte den Schwindel in seinem Kopf. Der Fall schien nach vierundzwanzig Stunden eine völlig verrückte Wendung zu nehmen.

„Was machst du überhaupt diese Woche hier in Oberfranken?", fragte er schließlich. „Du bist doch sonst zu Allerheiligen immer weg in irgendeiner unerträglichen Hitze von dreißig Grad oder so. War die Venus ausgebucht?"

„Hab's mir anders überlegt", entgegnete sie.

„Ein zweites Mal Seychellen oder ein sechstes Mal USA, das wäre doch auch ein Alleinstellungsmerkmal."

„Wie gesagt, ich hab's mir anders überlegt, und jetzt ist Ruhe!"

Es lag noch etwas anderes außer diesem Imperativ in ihrem Tonfall, aber er kam nicht drauf. Es war ohnehin nur Verlegenheits-Smalltalk gewesen. Sie setzten ihr Schweigen danach minutenlang fort.

„Ach übrigens“, nahm Sibylle behutsam das Gespräch wieder auf, „ich bin vor lauter Schönwald noch gar nicht dazu gekommen, dir meine neuesten Recherche-Ergebnisse mitzuteilen. Ich habe mich in Sachen Freder gestern Abend natürlich nochmal an den Rechner gesetzt.“

Wunderlich wandte höchst interessiert den Kopf zu ihr.

„Na ja, das mit den Oldtimerfreunden war ja wohl heiße Spur genug. Wusstest du, dass Bayerns Polizei Zugriff auf die digitalisierten Archive aller eingetragenen Vereine hat?“

„Klar, ich weiß nur noch nicht, ob ich das gut finden soll.“

„In diesem Fall wohl schon. Denn nach ein wenig Weiterblättern habe ich Freders vollen Namen gefunden. Sagt dir der Name Kramp etwas?“

„Die Anwaltskanzlei in Schwarzenbach?“

„Genau.“

„Aber das ist doch eine Frau, eine AnwältIN?“

„Nicht *eine* Frau. *Seine* Frau. Die beiden haben vor drei Jahren geheiratet. Und er hat jetzt einen Doppelnamen. Kramp-Freder. Und sein eigenes Büro in der Kanzlei.“

„Auch Anwalt?“

„Nein, Geschäftsmann. Aber ziemlich erfolgreich. Er macht die besten Deals von Oberfranken – schreibt er jedenfalls über sich selbst.“

„Dann werden wir dem Herrn morgen Vormittag wohl einen Besuch abstatten.“

„Zumal es bei den Schmierereien an den Rathausfassaden unmittelbar um ihn zu gehen scheint.“

„Wieso unmittelbar?“

„Na, ich habe dir seinen Vornamen noch nicht verraten.“

Wunderlich hatte nicht einmal die Zeit, um sich im nächsten Augenblick vom Schlag treffen zu lassen, als er aus Sibylles Mund den Namen hörte. Denn der nächste Anruf drängelte sich dazwischen. Er kam aus Wunsiedel.

9

Man konnte sich kaum jemanden vorstellen, der ein breiteres Kreuz hatte als Charly Bäcker. Das lag nicht nur daran, dass der Bürgermeister der Kreisstadt Wunsiedel wie ein Schrank von einem Mann wirkte: Auf Pressefotos überragte er seine Bildnachbarn zumeist mindestens um einen halben Kopf, und mit seinem weißen Seebären-Vollbart hätte man ihn genauso gut den Käpt'n des Hochseeschiffes MS Wunsiedel spielen lassen können. Was er im Grunde auch war, denn das breite Kreuz bezog sich gleichermaßen auf seine Amtsführung, eigentlich auf sein ganzes inneres Wesen. Den Mann warf nichts um. Es war ausgerechnet hier, im angeblich so weit von der Welt entfernten Hochfranken, wo sich jahrelang Nazis aus aller Welt ein Stelldichein zu geben versuchten, weil Hitlers Stellvertreter Rudolf Heß hier begraben lag. Und es war nicht irgendein hochdekorierter, weltbekannter Spitzenpolitiker, der mit der Bande fertigwurde – es war der Kleinstadt-Bürgermeister Charly Bäcker. Unter ihm schrieb der Slogan „Wunsiedel ist bunt" Geschichte und Hochfranken rückte ins Zentrum der Bundespolitik, als Bäcker sich den Rechten mit einer Sitzblockade in den Weg wuchtete, an der er, mitten in der Stadt, persönlich teilnahm.

Bäcker war kein Schreibtischtäter und damit kein feingeschliffener Verwaltungsjurist. Die Stadtkasse wurde, weil nicht üppig, von höheren Beamten streng bewacht und es konnte vorkommen, dass er sich um deren Bedürfnisse erst als Zweites kümmerte, nachdem er als Erstes Geld für kreative Problemlösungen in die Hand genommen hatte. Im Gegenzug stellte er die Energiewirtschaft der Stadt auf unabhängige Füße, investierte in ein attraktives Umfeld für Bürger und Arbeitnehmer – und vor allem in *das* Open-Air-Theater schlechthin in Oberfranken: die Freilicht-Bühne der Luisenburg. Nicht nur die technische Runderneuerung zu einer modernen Spielstätte ging auf Bäckers Konto. Vor allem hatte er mit Gabriel von Mainz einen Schauspieler der Extraklasse nach Wunsiedel geholt und ihn dafür gewinnen können, jedes Jahr eine Hauptrolle zu spielen. Seither waren die Besucherzahlen nach oben geschnellt. Mehr als hunderttausend Menschen aus aller Welt besuchten jährlich die Aufführungen der Zehntausend-Einwohner-Stadt im Fichtelgebirge. Aber ein Schauspiel wie das, das dieser Tag bringen würde, hatte noch keiner gesehen.

Bäcker war an diesem Montagnachmittag die steile Straße aus der Stadt heraus zur Felsenbühne hochgekommen, um sich ein Bild davon zu machen, was nach dem Ende einer erneut erfolgreichen Saison alles am Bühnenbild angepasst werden könnte. Dieses besaß drei Kernelemente, deren Zusammenspiel das Spektakuläre an der Luisenburg ausmachte: Fichten, Felsen und Treppen. Und von allem haufenweise. Bestimmt mussten die Seile erneuert werden und die Steintreppen nachgeschliffen auf dem Weg, den die Schauspieler nach unten auf das Holzparkett gingen. Wie aus dem Nichts erschienen sie stets irgendwo von oben, links und rechts aus dem Wald und bewegten sich dann, Goethe, Schiller oder Shakespeare deklamierend, über die Granitfelsen. Die Ensembles, die hier verpflichtet wurden, waren nicht nur fachlich erstklassig, sondern auch körperlich ausgesprochen fit. Wer einmal auf dieser Naturbühne gespielt hatte, der liebte es, so hieß es. Da stand Sicherheit an erster Stelle. Die Romantik, die sich über eine Abendvorstellung legte, wenn die Vögel in den Baumwipfeln ihr Abendkonzert gaben, während unten der Brandner

Kaspar dem Boandlkramer an einem hell beleuchteten alten Holztisch einen Kerschgeist einschenkte, war schwer zu überbieten. Böse Unfälle waren das Letzte, was diesen Genuss trüben sollte.

Charly Bäcker stapfte am Kassenhäuschen vorbei die Außentreppe hinauf zu der runden Steinmauer und betrat dann durch die rechte der beiden Eingangspforten den Block F in den Rängen. Dort oben, mittig unter dem Zeltdach, wo es für die Zuschauer auch bei Regen immer trocken blieb, während die Darsteller dem Wetter zu trotzen pflegten und mit frenetischem Applaus dafür gefeiert wurden, hatte der Bürgermeister den besten Blick auf die Bühne. Und damit heute auch den schlimmsten. Nichtsahnend musterte er von links nach rechts die Felsenanlage, bis er am größten Trumm ankam, auf halber Höhe, direkt neben einem der Holzzäune, hinter denen die Schauspieler meist im Off warteten. Es traf ihn fast der Schlag, als er den senkrecht aufragenden Granitblock ins Visier nahm. Sein ganzer Körper erbebte, die Wangen gefärbt von Zornesröte. Er sammelte sich kurz und fingerte dann schnaufend nach dem Handy in der linken Jackettasche seines Anzugs.

„Ja hallo, hier ist der Charly. Schickt's mir bitte die Kripo auf die Luisenburg. Jemand hat den Mainz aufgehängt."

Als sie im flackernden Schein des blauen Lichtes die Ausfahrt Thiersheim von der A93 genommen hatten und auf Göpfersgrün zupreschten, war Sibylle mit dem Telefonieren so weit gekommen, dass sie dem am Steuer sitzenden Wunderlich den Inhalt des Schriftzuges unter Mainz' Leiche mitteilen konnte.

„Bäcker sagt, da steht: ‚Fahr zur Hölle, Mainz, du Chönkeist!'"

„Was ist ein Chönkeist und was hat die Hauptstadt von Rheinland-Pfalz mit Wunsiedel zu tun?“, fragte Wunderlich und donnerte durch den sinnlosen Kreisel am Bahnhof Holenbrunn, der nur zwei Anschlüsse besaß. Sibylle blickte ihn mitleidig an.

„Du bist wirklich ein Kulturbanause. Gabriel von Mainz spielt eine der Hauptrollen bei den diesjährigen Luisenburg-Festspielen. Wie jedes Jahr.“

„Ach DER Mainz, nicht DAS Mainz. Klar kenne ich den.“ Er bemühte sich, nicht allzu sehr nach Verteidigung zu klingen.

„Und er ist ein peliepter Redner und Chönkeist.“

„Ach, jetzt!” Er begann, *always look on the bright sight of life* zu pfeifen.

„Erraten. Monty Pythons Leben des Brian. Der Pontius Pilatus mit dem Sprachfehler.“

„Schöngeist also. Aber das ist doch ein Kompliment.“ Er bog an der Fichtelgebirgshalle links ab, passierte das Landratsamt, überquerte die Röslau und jagte den Berg zur Luisenburg hinauf.

„In der Art, wie es dort geschrieben steht, war es aber bestimmt nicht als Kompliment gemeint“, entgegnete Sibylle, als sie angekommen und auf die Bühne getreten waren.

Es war wie nicht anders zu erwarten. Das vermeintliche Lob war in blutroter Farbe hingepinselt, die Leiche war nur eine Puppe. Darunter die eisblaue Sieben.

„Geschmacklich liegt unser Täter wirklich ziemlich daneben“, merkte sie an. „Das Rosa ist grässlich. Ich hasse Rosa ja sowieso.“

„Ich weiß. Du bist eben kein Mädchen.“

„Eine Puppe komplett in Rosa anzumalen“, ignorierte sie seine Stichelei, „da muss man schon einiges geraucht haben.“

„Oder eine Botschaft mitgeben wollen“, entgegnete er, bevor sich beide Charly Bäcker zuwandten.

„Was hat er verbrochen?“

„Von Mainz? Verbrochen? Nix. Fangt ihr jetzt auch schon an?“

„Das Frankenblatt hat über irgendwelche Unregelmäßigkeiten bei der Beschäftigung seines Gärtners in seiner Zweitwohnung in Bibersbach spekuliert“, klärte Sibylle Wunderlich raunend auf. Der wiederum antwortete Bäcker fast schon entschuldigend.

„Wir haben seit gestern Mittag bereits drei solche Todesdrohungen vorgefunden und fragen uns, was der Täter uns damit sagen will. Und welche Gefahr davon ausgeht.“

„Vielleicht Neid? Gabriel von Mainz ist brillant. Er spielt einfühlsam, auch bei grobschlächtigen Figuren. Er zeichnet seine Charaktere menschlich, mit Wärme, auch dann, wenn es Schurken sind.“

„Das heißt, ihn zeichnen Werte wie Sanftmut und Behutsamkeit aus?“, fragte Sibylle und erntete ein überzeugtes Nicken. „Dann habe ich eine vage Idee“, sagte die Profilerin, „aber ich muss mir noch ein besseres Bild machen.“

„Nichts leichter als das, ich treffe ihn gleich unten an der *HochfrankenBank*. Wir haben ein Gespräch über das weitere Sponsoring. Dauert nicht lang, dann könnt ihr euch gleich mit ihm unterhalten.“ Sie ließen die inzwischen eingetroffene Spurensicherung ihre Arbeit aufnehmen, stiegen in die beiden Autos und rollten zurück in die Stadtmitte.

„Gott zum Gruße, lieber Charly!“, begrüßte Gabriel von Mainz seinen Geschäftspartner, Fan und Mäzen am Eingang zur Bank. Ein verschmitztes, jungenhaftes Lächeln zog sich unter den zusammengekniffenen Augen über sein Gesicht, doch beides miteinander wirkte offenherzig und in keiner Weise abweisend. Wunderlich und Sibylle standen bewundernd daneben. Einen landesweit bekannten Schauspieler hatten selbst sie in ihrem wichtigen Beruf nicht alle Tage auf der Agenda.

„Was kann ich denn tun für die Bullen von Hochfranken – Verzeihung, für die Staatsmacht?“, fragte er freundschaftlich, als Bäcker sie beide ihm vorgestellt hatte. Wunderlich erklärte die Situation.

„Ich stehe also“, fasste von Mainz zusammen, während er behutsam zugleich seine schwarzgeränderte Brille und das Gesicht eines strengen Oberlehrers aufsetzte, „in einer Reihe mit drei Lokalgrößen, die sich in verschiedener Weise die Missgunst eines Unbekannten zugezogen haben. Das ist keine gute Nachricht. Also, weniger für mich. Denn als Schauspieler, ach Gottchen, da ist man *shitstorms* gewöhnt.“ Er zog sanft die Schultern hoch und hob beschwichtigend die Hände. „Was habe ich mir nicht schon alles anhören müssen. Dass meine Figuren keine Action hätten. Ja spiele ich einen James-Bond-Film oder ein Theaterstück? Mei, das muss man aushalten. Aber für Sie beide heißt das, dass meine Aussage den Kreis der Verdächtigen kaum einschränkt.“

Sibylle und Wunderlich nickten leicht betreten.

„Geben Sie mir noch ein Viertelstündchen. Charly und ich haben jetzt da drin das Gespräch mit dem Bankdirektor. Ich werde Ihre Informationen derweil ein wenig sacken lassen und dann sprechen wir noch einmal.“

„Gerne“, erwiderte Wunderlich. „Ich würde mit Ihnen, Herr Bäcker, auch noch über Andreas Eberts besonderes Engagement für den Kornberg-Vertrag reden wollen.“

„Ja, es ist interessant, wie er sich da reinhängt. Der muss Zeit haben. Das besprechen wir dann auch gleich nach dem Bankbesuch.“

Bäcker und von Mainz traten auf die Bank zu. Sibylle und Wunderlich wandten sich um Richtung Marktplatz, um sich dort mit Cappuccino und Bananensplit vors Rathaus in die Sonne zu setzen. Sie passierten gerade den kleinen Durchgang, der sich in dem Eckhaus mit dem Reisebüro und dem Lottoladen befand. Er führte direkt auf den Marktplatz zur Eisdiele. In diesem Moment krachten aus der *HochfrankenBank* die Schüsse.

Es ging alles verdammt schnell. Die zwei Rehauer Kripo-Leute machten auf dem Absatz kehrt, zogen augenblicklich ihre Waffen und suchten in dem Durchgang Deckung. Die Kunden in der Eisdielen-Schlange flüchteten kreischend hinter die großen Infotafeln, die um die Marktplatzbäume drapiert waren. Wunderlich erkannte, dass Gabriel von Mainz die Bank auf der anderen Straßenseite bereits betreten hatte. Der Bürgermeister stand noch vor der Tür. „Bäcker! Weg da, weg, weg!!“, plärrte Wunderlich über die Maximilianstraße, während Sibylle per Telefon sämtliche verfügbaren Kollegen alarmierte.

„Nein!“, rief Bäcker zurück, und er klang noch nicht einmal aufgeregt. Dann trat er zum Entsetzen Wunderlichs auf die Tür der Bank zu, nahm seine Hände hoch, ging hinein und war verschwunden.

„Ist der wahnsinnig? Bei Banküberfällen versuchen wir Geiseln herauszukriegen, und der geht rein!“ Er hielt seine Heckler & Koch SFP9 im Anschlag auf das Geldinstitut, entsichert, den Finger am Abzug und zu allem bereit.

„Er ist hinein mit dem gleichen Ziel wie wir, und würdest du bitte deine Waffe sichern!“, herrschte Sibylle ihn an und machte eine Kopfbewegung in Richtung des Geschehens.

Es waren noch keine hundertzwanzig Sekunden vergangen, seit Charly Bäcker die *HochfrankenBank* betreten hatte. Wunderlich traute seinen Augen kaum, als die Tür sich wieder öffnete. Heraus traten sechs Bankangestellte und vier Kunden, unter ihnen Gabriel von Mainz. Sibylle und Wunderlich überlegten nicht lange. Sie machten einen Satz auf die Gruppe zu, sprangen zwischen diese und den Bankeingang und sicherten den Rückzug.

„Ist jemand verletzt?“, fragte Sibylle die Ex-Geiseln, nachdem sie sich eilends in die Eisdiele zurückgezogen hatten, während Wunderlich den Bankeingang weiter in seinem Schussfeld behielt. Alle zehn schüttelten erleichtert den Kopf. „Wo ist der Bürgermeister?“, fragte sie weiter, mit dem Schlimmsten rechnend.

„Charly Bäcker hat etwas Unglaubliches getan“, erklärte von Mainz mit bebender Stimme. „Er hat sich, ohne zu zögern, zum Austausch angeboten.“

„Lebt er noch? Geht es ihm gut?“

„Ich glaube, ja, beides. Die Bankräuber sind nur zu zweit. Sie haben mehrere Warnschüsse in die Decke abgefeuert. Dann kam Charly schon, und sie haben ihn mit Kusshand genommen und uns alle dafür gehen lassen.“

Endlich hörte man am akustischen Horizont ein Klangmeer aus Sirenen und schnell fahrenden Autos. Sie kamen sowohl von der evangelischen Stadtkirche her als auch vom steilen Berg an der Hofer Straße herab. Zwanzig Sekunden später hielten die Einsatzfahrzeuge mit quietschenden Reifen rund um das Bankgebäude. Ein Dutzend Beamte sprangen heraus, bewaffnet mit Maschinenpistolen und gekleidet in schusssichere Westen. Der Tross belegte weitläufig das ganze Areal. Den Kommunikationswagen parkten sie sogar mitten auf den ehemaligen Bahngleisen, die jetzt ein schnurgerader Geh- und Radweg waren, gesäumt von Spielwiesen und erfrischenden Anpflanzungen, das ganze Ensemble ein langgestreckter Park mitten in der Stadt. Wunderlich zog sich mit dem Einsatzleiter in den laubenähnlichen efeuberankten Eingang des

Restaurants gegenüber dem Rathaus zurück und erklärte seinen Kollegen die Lage. Aber schon im nächsten Augenblick kam Sibylle mit Gabriel von Mainz im Schlepptau auf sie zu.

„Das können Sie sich sparen, meine Herren. In dem Moment, wo uns die beiden Gangster gehen ließen, sind sie auch schon mit Charly Bäcker zur Hintertür raus."

„Der Minibus, den ich habe davonfahren sehen? Da waren die drin?" Wunderlich war verdutzt.

„Vermutlich."

„Wie sind sie denn so schnell an Beute gekommen?"

„Da fragen Sie den Falschen. Hach, es ging alles so schnell."

Das SEK machte seinen Job und verlegte Video- und Audio-Technik. Es dauerte nicht lange, bis sie von Mainz' Angaben bestätigten: Die Vögel waren bereits ausgeflogen.

„Wir müssen von Mainz in den Personenschutz einbeziehen", raunte Sibylle Wunderlich zu. „Jetzt sind es schon vier, die auf der Abschussliste stehen."

„Sollen wir jemanden benachrichtigen?", fragte sie dann, an den Schauspieler gewandt, der soeben dank des mutigen Einschreitens von Wunsiedels Rathauschef einer Geiselnahme entkommen war.

„Ihre Frau zum Beispiel?", ergänzte Wunderlich.

Von Mainz lächelte. „Passt schon", erwiderte er ruhig.

Sie waren kaum zurück in ihrem Lagezentrum im Rathaus von Schwarzenbach, als eine alte Bekannte schon wieder auf sie wartete.

„A weng komisch is des etzerd fei scho", begann Tante Rosi. „Iech bie heid nämlich auf der Luysnburch gwesn."

„Du? Wann? Wir waren auch dort."

„Ich weiß. Ihr seid mir mit Blaulicht entgegengekommen, als ich gerade auf dem Rückweg war.“

„Haben wir gar nicht bemerkt.“

Tante Rosis Scirocco war so auffällig wie ein roter Ferrari in einer kleinbürgerlichen Wohnstraße, aber Wunderlich und Sibylle waren andererseits in Eile gewesen.

„Jedenfalls hatte ich beschlossen, eine Ausfahrt zu machen, wie jeden Tag. Und heute ging es halt mal nach Wunsiedel. Einen Kaffee trinken im Berggasthof. Deswegen bin ich ja zuvor auch in Schönwald vorbeigekommen und habe die beschmierte Fassade und wieder diesen Mann gesehen.“

„Ja und?“

„No, du ner wardn. Also, wie ich auf den Parkplatz zurückkomme, da schlendert mir von oben, vom Eingang der Felsenbühne so ein Typ mit einer Profi-Kamera entgegen. Und jetzt kommt’s: Das war genau derselbe wieder! Wie gestern in Rehau vor dem beschmierten Gomringer-Gedicht und wie in Schönwald!“

Sibylle und Wunderlich tauschten einen ernsten Blick. Er hatte eine offensichtliche Frage im Kopf. Sie nickte nur bedauernd. Der Neffe der reizenden, gesprächigen älteren Dame starrte noch eine Weile nachdenklich aus dem Nordfenster in die Abenddämmerung, im Blick den grünlich cremefarbenen Kirchturm mit seinen vier Ecktürmchen. Sibylle meinte, ihren engsten Freund förmlich beten zu spüren. Dann drehte er sich zurück in den Raum.

„Tante Rosi, es ist jetzt leider so, dass wir dich erst einmal hierbehalten müssen.“

„Etzerd mach fei, dass gedd!“

„Wir haben eine Zeugenaussage, nach der du in das Ganze verwickelt bist. Die Sache ist ernst. Wer ist der Mann?“

„Du bist wohl a wengla vo der Muffn gebufft! Wos waaß denn iech?!“

„Rosi, hier geht es um Landfriedensbruch. Überleg es dir bitte gut. Du bekommst bis morgen früh unsere beste Zelle.“ Sprach’s und ließ sie abholen.

„War das wirklich nötig?“, fragte Sibylle, als sie anschließend beim Italiener neben dem Rathaus-Schloss zu Abend aßen. Skeptisch hantierte sie mit ihrem gemischten Salat. Wunderlich dagegen rollte munter seine geliebten Spaghetti all’amatriciana auf die Gabel.

„Dieser Fall ist so verrückt, da kommt es darauf auch nicht mehr an. Sie schafft das schon, vielleicht legt sie ja in der Zelle ein Schweigegelübde ab.“

Sibylle prustete los, aber er wurde ernst.

„Und wer weiß, vielleicht war sie es ja wirklich.“

10

Der Westwind hatte wieder erheblich zugenommen am verschneiten Kornberg. Die Luft peitschte durch die Fichtenwipfel, als wollte sie den ganzen Wald zu Zahnstochern verarbeiten. Aber die klirrende Kälte war ein Witz im Vergleich zu dem, was auf Wunderlichs Team warten würde, sobald sie den eingegrabenen Tank geöffnet hätten. Daran war bloß im Moment noch nicht zu denken. Zum einen konnten sie sich bei Böen von achtzig Stundenkilometern kaum auf den Beinen halten und mussten sich förmlich gegen die Windrichtung pressen. Zum anderen war das Rad zum Öffnen des Deckels so fest zugedreht, dass sie zunächst schweres Werkzeug holen mussten.

„Eigentlich bin ich mir sehr sicher, was drin ist", überlegte Wunderlich bibbernd, „ich frage mich, ob wir den Behälter überhaupt öffnen müssen. Andererseits, man weiß nie. Jedenfalls …"

Weiter kam er nicht, denn der ersehnte Anruf von Hans-Otto Birnbaum trudelte endlich ein. Es war zwei Uhr am Nachmittag.

„Na, Herr Kommissar, schon zur Tiefkühlkost weiterentwickelt?"

„Noch so ein Spruch und mein eisiges Schweigen ist dir sicher!"

Die beiden duellierten sich öfter. Bei oberfränkischen Meisterschaften im Wortspielen wären sie im jährlichen Wechsel Champion und Vizemeister geworden.

„Das wäre jammerschade. Denn dann könnte ich ja deine Reaktion auf meine wie immer bahnbrechenden Neuigkeiten gar nicht mitbekommen. Aaalso. Dein Toter von der Vorsuchhütte …"

„… der übrigens Deutschlands bekanntester Investigativ-Journalist ist und eigentlich unmöglich totzukriegen war."

„Weiß ich doch, seine DNA ist in unserer Datenbank, weil er vor einiger Zeit mal eine Probe abgeben musste."

Wunderlich seufzte gequält.

„Also, euer Herr Waldrau. Er ist, wie ich schon vermutet hatte, keineswegs erfroren. Er ist erstickt."

„Wie? Woran? Versehentlich oder absichtlich?"

„Tja, das ist das Verrückte. Ich weiß es nicht."

„Was soll das heißen? Du hast ihn noch nicht weit genug aufgeschnitten?"

SEK-Chef Udo Wenger konnte nur Wunderlichs Teil des Gesprächs hören und musste schmunzeln.

„Jetzt sei mal nicht so gotteslästerlich, ja!", protestierte Birnbaum am anderen Ende der Leitung. „Natürlich habe ich Waldrau inzwischen komplett auseinandergenommen. Der Punkt ist, es gibt keinerlei Fremdkörper in seiner Luftröhre."

„Also hat ihm jemand ein Kissen auf Mund und Nase gedrückt."

„Nein, dann wäre die Luftröhre nicht verletzt. Ist sie aber. Nur wodurch, das ist mir ein Rätsel."

„Kann er sich nicht verschluckt haben und das wieder ausgespien?"

„Dann würde er jetzt ja noch leben, nicht wahr?"

„Ähm … na gut, ja."

„Das Werkzeug ist jetzt da", unterbrach Wenger das Gespräch.

„Was, jetzt schon?"

„Wir hatten noch was Passendes dabei", grinste der ehemalige GSG9-Mann und deutete auf einen seiner Beamten, der gerade das Brecheisen in den Ring auf dem Deckel klemmte.

„Ich muss Schluss machen. Ich rufe dich nachher nochmal an. Vielen Dank schon mal!“

Wunderlich bedeutete den anderen, dass sie das Rad jetzt aufdrehen konnten. Unendlich langsam, aber doch mit einem vernehmbaren Quietschen setzte sich der Verschluss in Bewegung.

Sie waren keine zehn Sekunden am Werkeln, als Sibylles Nummer im Display stand. Wunderlich hatte sich fest vorgenommen, sich beim Öffnen des Tanks von nichts und niemandem unterbrechen zu lassen. Aber Sibylle war eben weder nichts noch niemand, sondern ein ewiger Quell für Wunderlichs Neugier.

„Stopp!“, rief er und hörte sich an, was sie zu sagen hatte.

„Gunter Waldrau hat sich in Bad Steben aufgehalten und ist vorgestern als vermisst gemeldet worden, nachdem ihn die Pensionswirtin am Dienstag zuletzt gesehen hatte. Deine Kollegen haben inzwischen sein Zimmer in der Villa Hagen durchsucht. Und seinen Laptop …“

„*Nicht* gefunden, weil er nämlich gestohlen wurde, nehme ich an. Der Klassiker.“

„Schon. Aber derjenige, der vor uns da war, war nicht halb so schlau wie in deinem Klassiker. Er ist nämlich nicht auf die Idee gekommen, dass man einen Datenstick im Boden eines Aquariums verstecken kann, im Flur der Pension.“

„Ihr werdet doch wohl nicht die armen Fische umgebracht haben?“, fragte er entsetzt.

„Spinnsch’ jetzt?“ Ihr Rückfall ins Schwäbische war ein untrügliches Zeichen dafür, dass er sie aufgewühlt hatte. „Die haben wir umgetopft, gleich als der Metalldetektor der KTU angeschlagen hat. Ich bin inzwischen schon dabei, Waldraus Backup zu sichten. Und was ich bis jetzt lesen kann – puh.“

Wunderlich vergaß die tanzenden Schneeflocken um sich herum und verspürte Hitzewallungen.

„Er hat sich auf das Kornberg-Projekt gestürzt und behauptet, dass es nicht ist, was es zu sein scheint. Sondern viel größer."

„Inwiefern größer? Noch mehr Events? Oder höhere Baukosten als angekündigt?"

„Nein, so wie ich es bisher verstehe, meinte Waldrau vor allem eins: räumlich größer."

„Aber wie das?", plärrte Wunderlich durch die Sturmböen. „Der Zaun ist doch schon fertig."

„Zitat: ‚Der Zaun ist erst der Anfang.'"

„Sibylle, was geht hier vor?"

„Ich weiß doch auch noch nicht mehr. Lass mich weiterlesen, die ITler müssen auch noch ein paar Dateien knacken. Ich melde mich wieder."

„Übrigens, Waldrau ist erstickt, aber es gibt keine Spur, wodurch. Das trägt doch die Handschrift von unserem KGB-Puchta."

„Gut, dann mache ich mich an den zuerst. Wir finden unseren Mörder schon, in dieser siebenköpfigen Bande."

Wunderlich sah ratlos Udo Wenger an, der das Gespräch diesmal mitgehört hatte. Die Gesichtszüge des Antiterror-Spezialisten verrieten nichts Gutes. Aus ihnen sprach ein innerer Zustand, der Wenger sonst vollkommen wesensfremd war: Unruhe.

„Beeilt euch!", wies er seine jungen SEK-Beamten an. „Wir müssen dieses Ding hier aufbekommen. Auf diesem verfluchten, eingefrorenen Berg stimmt etwas ganz und gar nicht!"

Und Wunderlich war noch nicht einmal bewusst, dass er den spannendsten Teil von Birnbaums Erkenntnissen bislang verpasst hatte. „Warum funktioniert denn dieses blöde Teil nicht?!“, fluchte er stattdessen und griff sich immer wieder ans Ohr.

„Sehen Sie sich das an“, triumphierte Onkel Dagobert vor seinen sogenannten Gästen, während alle dreizehn Personen im Bunker gemeinsam die Bilder von Kamera acht studierten, dem Überwachungsgerät, welches gut getarnt im Flutlichtmast bei dem Tank montiert war. „Die Herren werden gleich eine unerhörte Entdeckung machen. Eigentlich wollten wir das verhindern. Das Versteck ist gut, nicht? Aber andererseits kann es auch nicht schaden, wenn die Polizei begreift, wie ernst wir es meinen.“

Der Wortführer der Gefangenen blickte genervt in die Runde seiner Geiselnehmer. Dann musste auch er dem inneren Druck nachgeben und mit Bangen verfolgen, was sich auf dem Monitor abspielte.

„Wer hat das alles gebaut?“, fragte er, nachdem er genug gesehen hatte. „Den Zaun um den Gipfel, diesen schwer gesicherten Bodentank, vor dem die Polizei da steht? Was soll das alles werden?“

„Nun“, sächselte Dagobert, „unser Herr Puchta hier hat ja beim KGB reichlich Erfahrung in der Überwachungstechnik gesammelt. Es war seine Idee, die Liftanlage zu verwenden. Die Kameras befinden sich in den Scheinwerfern, und in den Lautsprechern für Durchsagen an die Skifahrer haben wir ferngesteuerte Richtmikrofone eingebaut.“

„Die Zäune konnte ich mir rechtzeitig aus den Beständen der DDR-Grenztruppen sichern“, ergänzte Puchta, „ich hatte sie seither gelagert unter ‚Zeug, das man immer mal brauchen könnte‘.“

„War alles nicht billig, aber Geld spielt keine Rolle“, warf Theo von Egelkraut beiläufig ein, während er sich aus dem Sechshundert-Euro-Ledersessel erhob. Das schmächtige Männlein Anfang fünfzig war eigentlich das ganze Gegenteil von Leuten wie Puchta oder Dagobert. Er wirkte schüchtern, bisweilen gar kindlich, und vor allem immer gütig lächelnd unter seiner randlosen Brille. Es war diejenige Art des Lächelns, bei der man den Eindruck bekam, dass es den Ernst einer Lage verkannte. Doch all das täuschte. Hinter der harmlosen Fassade verbargen sich Gerissenheit und Gier.

„Wie Sie bestimmt wissen, war ich lange Zeit der Oberhirte einer sehr reichen, sehr mächtigen Gemeinschaft. Diese hat sich entschlossen, auf meine Empfehlung hin der Organisation einen kleinen Beitrag zu spenden. So etwa zehn Milliarden Euro. Peanuts."

„Welcher Organisation?"

„Die Organisation der Tausend", antwortete die Frau. „Die Tausend, die dazu bestimmt sind, der Welt einen unermesslichen Dienst zu erweisen. Mit uns wird das Leben auf Erden weitergehen. Erst mit uns wird es überhaupt lebenswert!"

„Die drei Zäune um den Gipfel waren dabei nur der erste Schritt, meine Herren", übernahm Onkel Dagobert wieder das Gespräch. „Ihre Freunde von der Polizei werden das sehr bald merken. Und das führt mich wieder zu Ihnen und worum wir Sie sehr freundschaftlich bitten möchten." Er drückte einen Knopf und aus der Zimmerdecke senkte sich eine große Platte. Als sie auf Augenhöhe angekommen war, erkannten sie es, aber das bewirkte in ihnen nur noch mehr Verständnislosigkeit.

„Meine Herrschaften, wie Sie sehen, handelt es sich hier um ein dreidimensionales Modell der Kornbergregion. Sie erkennen sich wieder? Die Stätten Ihres bislang so großartigen Wirkens sind ja unschwer auszumachen. Hochburgen der Wirtschaft und Kultur."

Die sieben taten sich nicht schwer, Rehau, Schwarzenbach, Kirchenlamitz, Marktleuthen, Wunsiedel, Selb und Schönwald auf dem Relief zu identifizieren. In der Mitte der Kornberggipfel mit dem Bundeswehrzaun um den Bunker, in dem sie gerade kauerten. Und bereits mit den vor einigen Wochen errichteten zwei weiteren Zäunen darum herum.

Als ihnen jedoch auch der vierte Zaun, mit einem bedeutend größeren Radius, bewusstwurde, stieg in ihnen bereits heftige Übelkeit empor. Aber das Blut in den Adern gefror ihnen erst, als sie bemerkten, was auf sieben kleinen Fahnenmasten in den Dörfern am Kornberg und auf dem Kornbergturm aufgepflanzt war.

„Sie beginnen zu verstehen, wie Sie uns durch Ihre, nun ja, vorübergehende Abwesenheit helfen können?“, fragte Onkel Dagobert in die versteinerten Mienen.

Und ob sie es verstanden. Sie wussten ja, wogegen sie gekämpft hatten. Und sie verstanden auch, dass es ihr Ende war.

11

Als Hauptkommissar Moritz Wunderlich und die Psychologin und Profilerin Sibylle Augsburger am Dienstagvormittag nach Allerseelen das Büro von Dagobert Kramp-Freder in der Schwarzenbacher Anwaltskanzlei betraten, ahnten sie bereits, dass dieser Tag auch nicht erfreulicher beginnen würde, als der vorige mit dem Drama in Wunsiedel geendet hatte. Von Andreas Ebert und Charly Bäcker gab es trotz des hohen Fahndungsdrucks bislang keine Spur, und sie wussten nicht einmal, ob beides miteinander in Zusammenhang stand. War Ebert der Kopf? Brauchte er Geld? Wenn ja, wofür? Was verhandelte er im Geheimen mit den Großen Sieben?

Kramp-Freder sah noch genauso aus wie auf dem Foto im Jahrbuch der Oldtimerfreunde, durch das Sibylle ihn gefunden hatte: Zusammengekniffene Augen unter von strohblondem Haar gesäumten Geheimratsecken blickten die beiden Beamten ebenso freigiebig wie listig an.

„Vielen Dank, dass Sie so schnell Zeit für uns haben“, begann Wunderlich das Gespräch.

„Na das ist doch selbstverständlich. Nehmse bitte Platz.“

Kramp-Freders Stimme fiel Wunderlich sofort auf. Er würde sie wohl unter allen Stimmen der Welt sofort wiedererkennen. Zum einen sprach der gedrungen wirkende Mann überhaupt keinen fränkischen Akzent. Seine Stimme hatte ein Sächseln, andererseits auch etwas von Weltläufigkeit. Sibylle hatte herausgefunden, dass die Person, die vor ihnen stand, ihre Millionen in New York gemacht hatte. Zum anderen redete er, verglichen mit seiner in sich ruhenden Körpersprache, stakkato-artig schnell.

„Was kann ich denn für Sie tun? Möchten Sie einen Kaffee?“

„Danke, wir wollen Sie nicht lange aufhalten. Vielleicht haben Sie vom Verschwinden des Bürgermeisters gehört.“

„Ja, natürlich. Schlimme Sache. Und rätselhaft, nicht? Wissen Sie schon, was dahintersteckt?“

„Noch nicht. Wir glauben aber, dass es mit der Drohung gegen den Unternehmer Christoph Heinrich zusammenhängt, die wir im Zuge der Ermittlungen an der Schwarzenbacher Rathausfassade entdeckt haben. Unterzeichnet mit ‚Letzter Gruß von Onkel Dagobert‘ und der Zahl Sieben. Wie die sieben Käufer des Kornbergs. Deshalb sind wir hier.“

„Sie denken jetzt aber nicht, dass ich das geschrieben habe, oder?“

„Nicht doch. Wir fragen uns eher, warum sich der Täter auf Sie bezieht. Zumal wir vermuten, dass dieselbe Person einige Stunden zuvor auch in Rehau zugeschlagen hat. Und in beiden Fällen hat er eine lebensecht wirkende Puppe des jeweiligen Großunternehmers aufgeknüpft. Auch in Schönwald hat er den größten Unternehmer des Ortes verbal angegriffen. Auf der Luisenburg den wichtigsten Schauspieler. Und wir machen uns inzwischen Sorgen, dass diese örtlichen VIPs in Gefahr schweben könnten. In Lebensgefahr.“

Kramp-Freder schüttelte den Kopf und runzelte die Stirn. Er überlegte eine Weile. Dann machte er eine ausladende Handbewegung und begann zu erzählen.

„Sehen Sie sich hier um. Kein schlechtes Büro, nicht wahr? Und das meiner Frau sieht noch besser aus. Das hier war vorher das Jean-Paul-Hotel. Wir haben das ganze Gebäude gekauft. Beste Innenstadtlage. All das kommt nicht von ungefähr.“ Er öffnete das Fenster und deutete mit zu einem Kreis geformten Daumen und Zeigefinger hinaus. „Bevor ich zurück nach Deutschland kam, nach Schwarzenbach, der Liebe wegen, war ich einer der besten *dealmaker* der USA. Das hat zwei Vorteile. Erstens, man verschafft sich die monetäre Luft für neue spannende Projekte. Zweitens, man hat auch das Talent dafür erworben. Vielleicht bin ich ja auch einfach ein Genie, wer weiß. Jedenfalls – ist Ihnen bewusst, welchem Konsortium ich vorstehe?"

„Den Großen Sieben", antwortete Sibylle ohne Zögern und fing sich einen tadelnden Blick Wunderlichs ein.

„Nun, das ist wohl unser inoffizieller Name. Wir sind einfach die sieben Menschen, die den Kornberg wieder groß machen wollen."

„Und sich damit vermutlich nicht nur Freunde machen."

Statt einer Antwort deutete Kramp-Freder mit einem bestätigenden, gekniffenen Lächeln auf sie.

„Mag sein. Was ich aber mit meiner Erfolgsgeschichte sagen wollte: Wir haben bereits jede Menge Fans. Als unsere Pläne für ein Eventzentrum bekannt wurden, haben wir weit mehr positive als negative Reaktionen bekommen. Ich glaube daher, das mit der Rathausfassade war eher ein durchgedrehter Fan. Man kann sich seine Freunde eben nicht aussuchen."

„Nur welches Motiv hätte Ihr Fan haben können? Er hat Gerch Mackert und Christoph Heinrich mit dem Tod bedroht und Gianpaolo Masi sowie Gabriel von Mainz erging es nicht viel besser."

„Dafür gibt es eine ganz einfache Erklärung. Mackert und Heinrich sind im Grunde gegen unser Projekt. Mackert plant heimlich einen Windpark auf dem Kornberg und Heinrichs Umweltstiftung ist aus Naturschutzgründen gegen uns."

„Ach nee!“, entfuhr es Sibylle.

„Ich vermute also, daher, pardon, weht der Wind. Aber dass wir uns bitte nicht falsch verstehen: Ich verurteile diese Taten natürlich aufs Schärfste.“

Kramp-Freders Blick war in diesem Moment nicht mehr zu überbieten in einer Mischung aus Listigkeit und schelmisch zuckenden Mundwinkeln. Die Polizisten konnten förmlich seine Gedanken lesen. Er freute sich unverhohlen über die unverhoffte Unterstützung. Und würde dies niemals einräumen.

„Natürlich“, antwortete Wunderlich daher so trocken, wie er konnte. „Und haben Sie auch eine Erklärung zu den anderen beiden Prominenten?“

„Ja, sicher. Masi sollte das Porzellan für unser Eventzentrum liefern, aber er hat sich zurückgezogen, weil er sich zunächst um seine Baustellen mit der Billig-Konkurrenz kümmern muss. Und von Mainz vertritt mit der Luisenburg ja selbst ein Eventzentrum, ist also ein Konkurrent. Ich persönlich habe damit kein Problem. Ich respektiere clevere unternehmerische Entscheidungen. Beides mag aber unseren ungebetenen Unterstützer gestört haben.“

„Und haben Sie eine Verbindung zu Andreas Ebert?“

„Nun ja, Schwarzenbach ist eine der sieben Unterzeichner-Städte des Kaufvertrages für unser Grundstück auf dem Kornberg-Gipfel. Aber das war’s auch schon.“

„Sie wissen auch nichts von weiteren Gesprächen zwischen ihm und Ihrer Gruppe? Von einer Frist, die am kommenden Sonntag um Mitternacht abläuft?“ Wunderlich zeigte ihm den geheimnisvollen Notizzettel.

„Sonntag um Mitternacht?“ Kramp-Freder las und dachte eine ganze Weile nach, bevor er antwortete.

„Ich habe gerade in meinem Gedächtnis gekramt, ob unser Konsortium irgendwelche Termine vereinbart hat.

Aber mir fällt dazu leider nichts ein.“ Er zuckte bedauernd mit den Schultern.

Wunderlich nahm Kramp-Freders Ausführungen zur Kenntnis, ohne dass er das Gefühl hatte, sie würden ihn weiterbringen. Dann fiel sein Blick auf den Schreibtisch.

„Was ist denn eigentlich das hier?“

Auf dem wuchtigen, mahagoni-farbenen Tisch stand neben edlen Brieföffnern und anderer sündhaft teurer, stockkonservativer Büroausstattung ein kleines zylindrisches Metallteil. Es sah aus wie ein Reisesouvenir, nur war es dafür zu außergewöhnlich. Das Material musste Edelstahl sein.

„Das hier?“ Kramp-Freder ging um seinen Schreibtisch herum. Er machte erneut eine lange Pause. Dann schnaufte er kurz und winkte Wunderlich und Sibylle zu sich.

„Wir wollten es eigentlich noch eine Weile geheim halten, aber die Umstände lassen es wohl besser erscheinen, wenn ich Sie einweihe.“ Er schnippte mit dem Nagel seines Zeigefingers an die kleine Skulptur, die daraufhin ein hohes, lange klingendes „Ping“ von sich gab.

„Das ist Stickstoff, Herr Wunderlich“, sagte er mit seiner sächselnden Fistelstimme. „Flüssiger Stickstoff in einem Edelstahl-Tank. Der Stoff, der die Welt verändern wird. Jedenfalls die Welt am Großen Kornberg.“

Jetzt war es an Wunderlich und Sibylle, eine kurze Weile zu schweigen. Zu groß war ihr Erstaunen.

„Was haben Sie vor?“, fragte Sibylle schließlich.

„Wir werden die ‚Eiswelten‘ bauen. Glauben Sie mir, Frau Augsburger, wir werden eine nie da gewesene Eventlandschaft errichten. Der Kornberg hat einen Mangel an Wanderern im Sommer und Skifahrern im Winter? Nicht mehr, wenn wir hier fertig sind. Eine Kunsteisbahn zum Schlittschuhlaufen. Eine begehbare Eishöhle. Eine ganzjährig befahrbare Langlaufloipe. Und …", er bedeutete ihnen näherzukommen und begann zu flüstern, „ein Stadion für Eishockeyspiele der DEL."

„Wahnsinn", konnte sie nur noch sagen.

„Verstehe", schaltete sich Wunderlich ein, „das heißt, den flüssigen Stickstoff benötigen Sie als Kältequelle."

„Sie haben es erfasst. Einfach zu lagern, minus hundertsechsundneunzig Grad Celsius – da kann man eine Menge kalt machen."

Sibylle blickte Kramp-Freder tadelnd an.

„Ich meine, eine Menge Dinge", lachte der. „Sie entschuldigen meinen Überschwang."

„Und das da hinter Ihnen an der Wand", Wunderlich zeigte auf ein großes gerahmtes Foto, „das ist Ihr Siebenerteam?"

Kramp-Freder erhob sich wieder und bezog ehrfürchtig Position neben dem Bild.

„Das sind wir, ganz recht. Wir sind die Besten!"

Wunderlich bedankte sich artig dafür, dass Kramp-Freder ihn noch ein Foto vom Foto machen ließ, und nochmals für dessen Zeit. Sibylle und er hatten vorerst keine Fragen mehr. Dass die Drohungen gegen die VIPs der Kornbergstädte womöglich im Zusammenhang mit dem Projekt der Großen Sieben standen, wussten sie nun, ohne Dagobert Kramp-Freder irgendeine persönliche Beteiligung nachweisen zu können. Und vor allem, ohne dic Gefahrenlage für die Wirtschafts- und Kulturbosse abschätzen zu können. Und zum Untertauchen des Bürgermeisters von Schwarzenbach gab es keine Verbindung. Sie blieb ein Rätsel, und Ermittlungserfolge waren nicht in Sicht.

„Das ist Stickstoff, Herr Wunderlich", zitierte Sibylle, als beide wieder draußen am Auto waren. „Ebenso gut hätte er sagen können: ‚Das ist Gold, Mister Bond.' Kommt es dir nicht auch so vor?"

„Nitro-Finger? Nein, Spaß beiseite, du hast ganz recht. Ich glaube diesem hektisch sächselnden Kerl kein Wort."

„Hier, ich habe noch mehr über ihn. Geboren in der Nähe von Zwickau, zuerst Ausbildung im Theaterfach. Dann wechselte er im zweiten Bildungsweg ins Finanzwesen. Nach einem abgebrochenen BWL-Studium wanderte er auf gut Glück in die USA aus. Dort lernte er eine erfolgreiche Immobilienmaklerin kennen und heftete sich so lange an ihre Fersen, bis er ein genügend großes Netzwerk hatte, um selbst ins Geschäft einzusteigen. Und das hat ihn dann reich gemacht. Er stand mehrfach im Fokus von Ermittlungen wegen Korruption und sogar Erpressung. Aber man hat ihm nie etwas nachweisen können, auch weil er einflussreiche Freunde hatte, die alles abgeblockt haben, noch bevor es richtig losging."

„Gibt's auch was Positives?"

„Ja, er ist Mitglied bei *BrainPower*."

„Die Gruppe, für die diese Rehauer Faschistin Volksreden in Schurkenstaaten hält? Hast du mehr darüber herausgefunden, was das ist?"

„Ein ganz elitärer Zirkel. Sie sagen, dass sie durch ihre überragende Intelligenz die Auserwählten sind; die, die ihre geistige Überlegenheit unbedingt zum Wohle der restlichen Menschheit erhalten und verbreiten müssen. Es gibt zig Videoblogs von ihnen, in denen sie das ziemlich überzeugt darlegen. Ein paar von denen haben auch tatsächlich internationale IQ-Tests und Gedächtnis- oder Schachturniere gewonnen."

„Das klingt ja nach einer Sekte."

„Zumal die Mitgliederzahl weltweit auf eintausend begrenzt ist. Daher hat die Höllwey von ‚den Tausend' fabuliert. Aber die Regierung der USA lässt den Club als Interessengemeinschaft durchgehen, und die anderen Länder folgen dem großen Bruder. Wie immer halt." Sibylle hatte unüberhörbar ihre Meinung zu den internationalen Gepflogenheiten.

„Aber Dagobert Kramp-Freder ist doch kein Superhirn. Alles, was du herausgefunden hast, belegt, dass der Mann ein Hochstapler und Schmarotzer ist."

„Ja, der Bindestrich in seinem Namen ist definitiv an der falschen Stelle. Aber er ist gerissen genug. Eben ein Manager und Dealmaker, ein Lautsprecher, der sich geben kann wie ein Anführer. Und darauf kommt es an", erwiderte sie fast schon verbittert. „Viele Menschen folgen ihm. Zu viele. Ich sage dir, der Mann ist skrupellos, erfolgreich und mächtig. Ich traue ihm zu, über Leichen zu gehen."

„Wir müssen diese ganze Siebenergruppe identifizieren. Was, wenn die alle Mitglieder in dieser ominösen Elitegruppe sind?" Er kickte einen Kieselstein in die friedlich plätschernde Saale.

„Wieso, was würde das ändern?"

„Dass sie mit Hilfe eines solchen Netzwerks zu einem großen Verbrechen in der Lage wären, das würde es ändern. Dann könnten die Großen Sieben hinter all dem hier stecken, warum auch immer. Andreas Ebert ist womöglich ihr Verbindungsmann, ihr Spion in den Kornberg-Städten, der ihnen Insiderwissen verschafft und damit Macht. Und vielleicht sind die Drohungen an den Fassaden dann erst der Anfang. Gegen all die engagierten, aufgeweckten Leute, die den Plänen dieser Gruppe vermutlich im Weg sind. Du selbst hast gestern die Polizeibewachung für Gerch, Heinrich, Masi und von Mainz angefordert. Wenn ein großes Netzwerk für die Vorgänge verantwortlich ist, dann brauchen wir die auch. Ich habe eine böse Vorahnung, dass es hier am Ende ganz real um Leben und Tod gehen wird."

„Das denkst du jetzt echt über deinen alten Kumpel Ebert?"

„Überleg doch mal. Kramp-Freder sagt, er weiß nichts von Nachverhandlungen. Entweder er lügt und Ebert dreht ein krummes Ding für die Großen Sieben zu Lasten der Kornbergstädte, oder Ebert ist dabei, die Großen Sieben heimlich auszubooten. So oder so, er ist bei den Bösen."

„Sag mal, warum starrst du eigentlich so krampfhaft auf das Foto aus Kramp-Freders Büro?"

„Weil ich den hier …", er deutete auf eine Person, „… von irgendwoher kenne. Lass mich überlegen. Der ist, der hat – verdammt, der hat doch in unserem Haus die Elektro-Installation gemacht! Der ist einer von hier!"

„Und die da glaube ich auch zu kennen", ergänzte Sibylle erstaunt, als sie sich das Bild ebenfalls näher ansah.

12

So vorsichtig, wie es beim Stehen im Tiefschnee eben ging, setzten sie das Brecheisen an den Verschluss an. Flüssiger Stickstoff. Wunderlich war sich sicher, dass das auf sie warten würde. Dagobert Kramp-Freder hatte eine knappe Woche zuvor ja geradezu geprahlt damit. Zwar handelte es sich bei ihm, davon war Wunderlich inzwischen ebenfalls überzeugt, nicht um den Chef eines Investoren-Konsortiums, sondern einer Verbrecherorganisation, und als solchem konnte man ihm logischerweise nicht das Geringste glauben. Aber nachdem sie den Tank nun einmal gefunden hatten, erwog er, dass der Mann, den sie Onkel Dagobert nannten, zumindest in diesem einen Punkt die Wahrheit gesagt hatte: Die Großen Sieben experimentierten tatsächlich mit flüssigem Stickstoff. Die Frage war lediglich: Zu welchem Zweck?

Der SEK-Beamte ächzte und schwitzte, während sich das Verschlussrad auf dem Tankdeckel Zentimeter um Zentimeter drehte. Das Quietschen ging einem durch Mark und Bein, gerade so, als würde die klirrende Kälte nicht schon genug dieses Werkes verrichten. Wunderlich blickte schlotternd hinauf zum großen Funkturm auf dem Gipfel. Gespannt warteten alle, nach wie vielen Umdrehungen sich ihnen der Blick ins Innere des Tanks eröffnen würde – und was sie darin wirklich erwartete.

Sie hatten es fast geschafft, als Birnbaum sich wieder meldete.

„Ich hasse es eigentlich, in meinen erhellenden Ausführungen unterbrochen zu werden, selbst von dir“, schnauzte er Wunderlich an.

„Entschuldigung, Maestro, aber wir öffnen hier gerade einen Stickstofftank.“

„Das überrascht mich nicht."

„Das überrascht mich."

„Das überrascht mich nicht."

„Können wir das bitte beenden?"

„Jetzt schon? Na gut. Es überrascht mich nicht, dass du überrascht bist, weil du ja nicht wissen kannst, was ich über den Toten herausgefunden habe."

„Als da wäre? Ich dachte, er ist erstickt?"

„Schon. Aber das war wohl nur Mittel zum Zweck. Denn die Leiche unterscheidet sich in einem bestimmten Punkt von allen anderen, die ich je auf dem Tisch hatte. Sie hat nämlich keinen einzigen Tropfen …"

„Es ist offen!", tönte es über die verschneite Skiabfahrt mitten in das Telefonat hinein.

„Sorry, aber das muss noch warten!", würgte Wunderlich den großen Meister der Forensik ab und stürzte zurück zu der Menschentraube, die sich um den Tankdeckel scharte.

„Aufmachen?", fragte Wenger.

„Unbedingt. Aber schützt eure Gesichter, sonst habt ihr statt einer Nase nur noch ein Stück Eis, das man einfach abschneiden kann."

Das SEK konnte dem problemlos nachkommen, denn die Männer setzten einfach ihre Sturmhauben auf. Wunderlich sah ihnen zu, wie sie ganz, ganz langsam den Deckel anhoben. Er pokerte hoch. Falls sich im Tank tatsächlich flüssiger Stickstoff befand, dann war er schwerer als Luft. Es würde ihnen einfach eine Dunstwolke entgegenwabern, sehr, sehr kalt, aber kontrollierbar. Wenn er sich jedoch täuschte und irgendein Stoff auf sie wartete, der verpuffen würde, dann gnade ihnen Gott.

Es war weder das eine noch das andere. Als zwei Beamte den Deckel ganz geöffnet hatten, waren alle Polizisten noch am Leben. Nichts verpuffte und keine eingebaute Todesfalle hatte sie umgebracht. Wunderlich näherte sich dem Dampf, der aus dem Behälter gar nicht recht aufsteigen wollte, mit äußerster Vorsicht und schnupperte ein wenig. Das heißt, er versuchte es – denn er bekam keine Luft. Schnell zog er die Nase wieder von den wabernden Nebelschwaden weg und atmete tief ein. So also fühlte sich Ersticken an. Er bekam Gänsehaut.

„Es ist tatsächlich flüssiger Stickstoff", verkündete er beinahe mit Erleichterung. Aber die verging ihm schnell beim Blick in Wengers Gesicht.

„Mag sein", sagte der, „aber schau mal genauer hin. Dann weißt du nämlich auch, wofür der eingefüllt wurde."

Wunderlich hatte seine Nase mit geschlossenen Augen benutzt. Denen traute er kaum, als er sie öffnete.

„Heiliger Strohsack. Da liegt ja einer drin!"

„Steht oder hängt trifft es besser."

„Das ist kein Stickstofftank, das ist ein Sarg!"

„Was nichts an deiner Hauptfrage ändert, oder? Wozu das Ganze?"

Wunderlich, Wenger und alle anderen Beamten blickten stumm und ratlos auf die Leiche, die tiefgekühlt in den Behälter eingelassen war, während um sie herum die Schneeflocken tanzten, als wäre nichts gewesen.

Dann holten sie die passenden Utensilien und begannen vorsichtig, das eiskalte Paket aus dem Stahltank zu bergen. Zentimeter um Zentimeter hob sich der Körper, während zwei Beamte abwechselnd an dem Rad des improvisierten Flaschenzuges drehten.

Wunderlich hatte Professor Birnbaum weggedrückt, aber jetzt bimmelte es erneut, und Sibylle hatte Neuigkeiten.

„Puchta war's nicht, das kannst du vergessen."

„Er ist nicht der Mörder von Waldrau?"

„Jedenfalls kann ich mir nicht vorstellen, wie er in seinem Zustand einen Menschen hätte ersticken können. Dazu braucht man nämlich zwei kräftige Hände."

„Ja und?"

„Viktor Puchta hat eine Prothese. Es gab da mal einen bösen Unfall bei einer seiner Schurkereien. Stand in der Zeitung. Nicht wörtlich natürlich. Aber ich habe eine Weile recherchiert. Sein linker Unterarm und seine linke Hand sind aus Kunststoff und unbeweglich wie ein Stück Holz. Womit willst du da zudrücken? Glaub' mir, der ist raus."

„Und auf dem Mist von Kramp-Freder ist das bestimmt auch nicht gewachsen."

„Ich glaube auch, der ist zu alt für rohe Gewalt. Und zu arrogant für Drecksarbeit."

„Check' bitte trotzdem weiter, ob er in Frage kommt."

„Zumindest haben die ITler den nächsten Happen von Waldraus Datenstick entschlüsselt. Da steht, der Drahtzieher sei eine bekannte Person aus der Stadt am Kornberg, die bislang nie im Rampenlicht stand, aber ein enormes Geltungsbedürfnis hat."

„Das kann jeder von ihnen sein. Aus welcher Stadt?"

„Steht nicht dabei."

„Na schön. Bis später, und danke dir!"

Während Wunderlich die Erkenntnisse sacken ließ, machten sich die Beamten vor ihm weiter an der Hebevorrichtung für die Leiche zu schaffen. Sie kamen genau so weit, bis der Kopf an der Oberfläche erschienen war.

„Das darf doch wohl nicht wahr sein!", entfuhr es Wunderlich mit einer Mischung aus Erstaunen und Entsetzen.

„Wieso, was ist denn?", fragte Wenger unbeeindruckt. Er hatte ebenso wie Wunderlich schon genügend Leichen im Leben gesehen.

„Das ist ja ER!“

„Du kennst den?“

„Ja. Seit kurzem. Und jetzt verstehe ich auch, warum Waldrau da unten an der Vorsuchhütte lag. Wir haben zwei Morde nach demselben Muster, nämlich mit einer tiefgefrorenen Leiche. Aber sie hatten offenbar nur diesen einen Tank frei. Mit einem zweiten Benutzer haben sie nicht gerechnet – und ihn trotzdem getötet, ohne mit der Wimper zu zucken. Sie haben darauf spekuliert, dass Waldraus Tod wie ein gewöhnliches Erfrieren aussieht, ohne Fremdeinwirkung. Unfassbar!“

„Klärst du uns auf?“

„Ja, natürlich. Aber das wird grausam. Diese Leute sind noch schlimmer, als ich dachte. Jeder, absolut jeder, der zu viel weiß, wird liquidiert. Ohne Rücksicht auf Verluste. Große Verluste. Sogar solche, die ihnen selbst wehtun. Das geht im Ernstfall so weiter.“

„Das heißt, die sieben Geiseln haben vermutlich keinerlei Überlebenschance, es sei denn, dass wir sie da rausholen.“

„So ist es. Wir müssen so schnell wie möglich diesen verdammten Berggipfel einnehmen!“ Wunderlich rang sichtlich um Fassung. Er konnte seinen Blick kaum von der Leiche abwenden.

Dabei war es gar keine richtige Leiche.

13

Nach dem verwirrenden Besuch in Dagobert Kramp-Freders Büro brauchte Wunderlich erst einmal etwas Süßes. Das konnte er in den verwinkelten Gässchen der Schwarzenbacher Altstadt problemlos mit seinem Riechorgan finden. Er hätte sie sonst vielleicht gar nicht entdeckt hinter der Saale, doch der intensive Duft von offenbar mehreren hundert Krapfen lockte ihn verlässlich zu der reizenden Bäckerei mit der roten Fassade. Kein steriles Supermarkt-Café wartete hier auf ihn, sondern ein kleiner, feiner Handwerksbetrieb, ein regelrechter Zuckerbäcker. Den Laden in der Rehauer Straße, keine zweihundert Meter vom Rathaus entfernt, gab es schon ewig, aber er wurde von einem jungen und modernen Team geleitet. Das bescherte Rehaus Hauptkommissar heute die bereits erschnüffelten Krapfen – aber mit ungefähr fünf Zentimetern an Sahnefüllung zwischen den Hälften, was ihn wieder mindestens fünfzig Rennrad-Kilometer kosten würde. Das nahm er kalt lächelnd in Kauf, denn er erfuhr ja täglich von seiner Badezimmerwaage, dass die Rechnung stets aufging. Noch einmal dreißig Kilometer obendrauf plante er für die Küchle ein, die er neben den Krapfen erspähte und aus seiner Zeit in Oberbayern als Auszogne kannte. Er war froh, bereits verheiratet zu sein, denn gegen die Hochzeitstorte, die man hier bestellen konnte, wäre selbst sein Ausdauersport machtlos gewesen. So schmal die Theke dieses Lädchens auch scheinen mochte, es zauberte unbegrenzt Leckereien hervor, wie Kaninchen aus einem Zylinder.

„Und, geht's euch gut?" Veronika Eckert war nicht aus ihrer stets optimistischen Grundstimmung zu bringen.

Wunderlich, Angermann und Sibylle hatten wieder in ihrem Lagezentrum im Großen Sitzungssaal des Rathauses von Schwarzenbach Position bezogen. Es war früher Dienstagnachmittag, und Sibylle hatte ihre Mittagspause geopfert, um aus Wunderlichs „den kenne ich von irgendwoher“ vom Vormittag eine konkrete Person zu machen. Die Assistentin des verschwundenen Bürgermeisters brachte ihnen beschwingt einmal mehr frischen Kaffee und sogar knusprige Croissants.

„Wie weit seid ihr denn gekommen? Gibt es sozusagen etwas Neues von Andreas?“

„Leider nein“, bedauerte Wunderlich, während er aus dem Ostfenster blickte, hinab auf den Gedenkstein für den Dichter Jean Paul. „Aber wir halten es für denkbar, dass er euch alle für die Großen Sieben über den Tisch zieht. Und die Bankräuber von Wunsiedel sind auch wie vom Erdboden verschluckt, samt ihrer einzigen Geisel Charly Bäcker.“

Veronika lächelte. „Wir schaffen das schon“, beruhigte sie. „Wir sind doch viel schlauer als die anderen.“

„Deinen Optimismus möchte ich haben“, entgegnete der Skeptiker im Kommissarsrang freundschaftlich.

„Dafür gibt es Neuigkeiten von den Großen Sieben“, begann Sibylle. „Bis jetzt hatten wir zwei von ihnen identifiziert. Den schlauen Ex-Geheimagenten Viktor Puchta und den lauten, sprücheklopfenden Anführertypen Dagobert Kramp-Freder. Beide zählen zweifellos zur *upper class*. Unser dritter Mann ist das ganze Gegenteil davon.“

Sie deutete mit einer abfälligen Handbewegung auf das Foto vom Vormittag aus Kramp-Freders Büro, ergänzt durch diverse weitere in Großaufnahme, die sie aus dem Internet gezogen hatte. Sie zeigten einen Typen Ende vierzig mit Vollbart und leichtem Bauchansatz. Sein Gesichtsausdruck war alles andere als verschlagen oder charismatisch – mit weit aufgerissenem Mund, drohend erhobenem Zeigefinger und hemdsärmelig war er abgelichtet worden, offenkundig aggressive Parolen plärrend. Der oberste Hemdknopf war geöffnet, darunter prangte ein Goldkettchen auf der behaarten Brust.

„Das ist Matthias Prolini aus Kirchenlamitz", erklärte Sibylle. „Und wenn du über den eine Internetrecherche machst, dann stößt du bei weitem nicht auf so eine gewählte Ausdrucksweise wie etwa bei Viktor Puchta. Sieh's dir an."

Sibylle drehte ihr Notebook so, dass alle hineinschauen konnten. In die Suchmaschinenseite war „Matthias Prolini" eingegeben und darunter prangten bereits die zehn wichtigsten Suchergebnisse.

„Prolini bezeichnet Umweltschützer als Verbrecher"

„Prolini: ‚Gegner des SuedOstLink sind Landesverräter'"

„‚Die Straftaten, die die Mitglieder des Bund Naturschutz begehen, sind das Einzige, worüber sich die rechtschaffenen Bürger Hochfrankens Sorgen machen müssen', ereiferte sich Matthias Prolini auf einer Informationsveranstaltung der Tennet AG."

Wunderlich, Angermann und Veronika überboten einander im Kopfschütteln. „Oh Herr, lass Hirn vom Himmel fallen, und zwar viel und schnell", betete Wunderlich mit Blick auf die Kirche Sankt Gumbertus.

„Aber das Beste ist das hier." Sibylle klickte auf Seite zwei.

„Was wir brauchen, ist Strom. Was wir nicht brauchen, sind Windräder. Die kann man da bauen, wo sie niemanden stören, mitten in der Ostsee. Wir müssen diesen Ökoterroristen Widerstand leisten. Ist Hochfranken verkäuflich? Oder ist es nicht vielmehr eine souveräne Region, die die Freiheit hat, sich gegen Verspargelung mit

Masten und gegen das Zupflastern mit Siliziumzellen zu schützen?“

„Viel reden kann er ja“, meinte Angermann scheinbar bewundernd. „Dumm nur, dass es zu hundert Prozent Mist ist. Bei mir sind es wenigstens nur vierzig.“

„Du meinst, die *Bürger für Rehau* behaupten, es seien neunzig, aber deine *Bürgerliche Mitte* spricht von minus zehn? Also vierzig im Schnitt?“

„An manchen Tagen glaube ich, es ist genau anders herum.“

Damit hatte Angermann das Sarkasmus-Duell gewonnen. „Jetzt lies mal zu Ende“, forderte Wunderlich ihn auf.

„Wenn einer dieser Umweltschützer halbtot im Straßengraben liegt, ich werde ihm nicht helfen. Und wenn ich dann ins Gefängnis soll, dafür, dass ich mein Hochfranken beschütze, dann werde ich dort hoch erhobenen Hauptes hingehen!“

„Was ist dieser Mann von Beruf?“, fragte Wunderlich entsetzt. „Drogenbaron? Hat er zu viel Eigenbedarf?“

„Elektrotechniker“, entgegnete sie. „Wie du am Vormittag schon vermutet hast.“

„Ach DER? Elektro Prolini, die Firma in Kirchenlamitz?“

„Ja, der. Er zeichnet für die technische Infrastruktur der geplanten Anlagen auf dem Kornberggipfel verantwortlich.“

„Aber dieser Mann kann doch keine zwei Meter geradeaus denken?“

„Das Problem ist, dass er das nicht weiß“, witzelte Angermann.

„Ich habe des Weiteren auch die Nummer vier gefunden“, fuhr Sibylle fort. „Das war wirklich nicht mehr schwierig. Ich habe darüber nachgedacht, was in so einer Gruppe jetzt eigentlich noch fehlt. Kramp-Freder ist der großspurige Anführer. Puchta ist schlau und macht die Presse, aber sonst ist er leise. Prolini kann Strom und Hatespeech. Was diese Gruppe aber doch ebenfalls benötigt, ist jemanden, der richtig gute Volksreden halten kann. Qualitativ, meine ich, nicht inhaltlich. Sie werden schließlich Kritiker haben. Also muss da einer sein, der sich auf einen Marktplatz voller Leute stellen kann, die gute Argumente gegen ein Vorhaben wie die Eiswelten vorbringen werden – und ihnen noch bessere Argumente entgegenschleudern. Verpackt in einfache Botschaften über Gut gegen Böse. Und der sie auf diese Weise davon überzeugt, sich einer ökonomisch wie ökologisch hochriskanten Sache anzuschließen. Oder allgemeiner gesprochen: Einer, der Menschen dazu verführen kann, jedwede Dummheit zu begehen."

„Aber sich selbst dann zu fein ist, um sich die Hände schmutzig zu machen, oder?", meinte Veronika sarkastisch.

„Also ich weiß nicht" murmelte Angermann. „Der Letzte, auf den diese Jobbeschreibung gepasst hat, konnte zwar einen Doktortitel vorweisen, ist aber seit 1945 tot."

„Gott sei Dank, ja. Aber Faschisten haben wir heute immer noch mehr als genug." Mit der größten Verachtung, die einem aufgeklärten Menschen möglich war, deutete Sibylle auf das Gesicht unter dem Pfeil mit der Nummer 4. „Und den Doktortitel hat sie ja auch."

„Oh Mann, da hätten wir auch draufkommen können!" Wunderlich stöhnte beim Blick auf die verbitterte Fratze der Rehauerin Beate Höllwey. „Eddi hatte doch laut und deutlich gesagt, dass sie Reden für *BrainPower* hält."

„Ich habe in der Tat auch die Bestätigung gefunden, dass sie selbst in der Gruppe Mitglied ist. Genau wie Kramp-Freder und genau wie Puchta. Sie ist die Frau auf

Kramp-Freders Team-Foto, nur damals noch mit ganz anderer Frisur und Haarfarbe."

„Das hatte ich befürchtet." Wunderlich blickte mit finsterer Miene zu Boden und auch Veronika schaute grimmig drein.

„Es kommt übrigens noch schlimmer", fuhr Sibylle fort. „Ich habe auch die Nummer fünf."

„Was, so schnell? Wo treibst du denn die alle jetzt auf einmal auf?"

„Du wirst es nicht glauben, aber ich habe einmal im Leben auf dich gehört."

„Musik in meinen Ohren!" Wunderlich warf ihr einen Luftkuss zu. „Und wobei?"

„Als du gefragt hast, was eigentlich wäre, wenn die alle sieben bei *BrainPower* Mitglied wären. Voilà – Volltreffer!"

„Moment – bei Viktor Puchta und der Höllwey glaube ich das sofort. Aber Prolini? Dieser Volltrottel?" Er wollte das Foto mit dem vollbärtigen brustbehaarten Goldkettchenträger fast mit dem Zeigefinger durchbohren.

„Ich kann mir auch noch nicht erklären, wofür sie den in ihren Elite-Club aufgenommen haben. Andererseits – das Mitgliederverzeichnis liest sich wie das *Who Is Who* des internationalen Populismus: Jakob Bolzenacher, Martina Penninger, Gerd Wild. Alles Versager. Prolini? Vielleicht als Belohnung für ihre Stromversorgung in den Eiswelten. Aber bei unserer Nummer fünf ist der Grund ziemlich eindeutig." Sie hängte ein weiteres Foto an die Pinnwand im Rathaussaal und machte dann eine derart angewiderte Kopfbewegung in Richtung des Bildes, als wollte sie es anspucken.

„Das ist Reiner Thomas Edelmann."

Alle vier studierten eingehend, was sie sahen: schon wieder einen Mittsechziger. Einen, der dem schlauen

Viktor Puchta nicht einmal unähnlich schien. Aber etwas war anders, und es war nicht nur der etwas dunklere Ton des schütteren Haares. Edelmanns Antlitz erschien deutlich kantiger als das rundliche Gesicht von Puchta. Es wirkte nicht hinterlistig verschlagen, sondern grimmig, düster, misstrauisch. Finstere Gesellen waren sie beide. Aber aus Puchtas Miene hätte man noch so etwas wie diplomatisches Geschick herauslesen können. Edelmann dagegen wirkte wie einer, der unverhohlen alles zermalmen würde, was sich ihm in den Weg stellte. Wunderlich jagte es einen Schauer über den Rücken.

„Wohnhaft in Wunsiedel. Er dürfte so etwas wie der militärische Arm der Großen Sieben sein."

„Hast du *militärisch* gesagt?" Angermann griff sich ans Ohr, sicher, sich verhört zu haben. „Welches Militär? Ich bin ja nur Bürgermeister, und glaube mir, bei manchen Stadtratsdebatten hätte ich auch gerne etwas Artilleriefeuer zur Konfliktlösung. Aber ich meine doch zu wissen, dass das in die alleinige Zuständigkeit der Bundesrepublik Deutschland fällt."

„Na ja, dein Vorgänger hat ja auch schon mal Panzersperren vor dem Rathaus aufgestellt zur Abwehr missliebiger Mitbürger."

„Das ist jetzt dreißig Jahre her", murrte Angermann.

„Also ungefähr genauso lange wie Edelmanns Einstieg ins internationale Waffengeschäft", fuhr Sibylle fort. „Er hat es professionalisiert, und zwar heftig. Er hat neue Absatzmärkte quasi persönlich erschlossen." Sie sprudelte förmlich vor Ironie.

„Moment!", kramte Angermann sein inneres Geschichtsbuch hervor, „Edelmann. Ist das der, der sich vor zwanzig Jahren zum Präsidenten von irgend so einem Kleinstaat hat wählen lassen?"

„Togadesch, genau so war's. Zuerst hat er dem togadischen Volk mehr Demokratie versprochen. Aber dann hat er das Land so umgebaut, dass nur noch er allein das Sagen hatte, hat alles abgeschafft, was irgendwie mit Rechtsstaat zu tun hat, und schließlich ist er in irgendwelche Nachbarländer von Togadesch einmarschiert, die ihn einen feuchten Kehricht angingen."

„Ich ahne die Pointe", murmelte Wunderlich unheilvoll. „Dazu hat er neue Waffen gebraucht, die er natürlich …"

„Nein, du denkst mal wieder nicht zu Ende." Sie zwinkerte Wunderlich zu. „Dieser Mann war noch viel konsequenter. Er hat nicht nur seine eigenen Waffen bei dem Konzern gekauft, auf dessen Lohnzettel er stand. Die von ihm besetzten Länder mussten sich doch irgendwie verteidigen. Man ist ja schließlich kein Unmensch. Also …"

„Hat er denen auch noch seine eigenen Waffen verkauft?" Wunderlich bekam den Mund nicht mehr zu.

Sibylle schnalzte zur Bestätigung nur mit der Zunge.

„Er ist so brutal wie clever, und so ist er wohl zu *BrainPower* gekommen. Oder einfach, weil Kramp-Freder und er schon bei diversen zwielichtigen Aktionen auf der Welt gemeinsame Sache gemacht haben."

„Und wozu", fragte Angermann in seiner tiefsten, nachdenklichsten Stimmlage, „braucht jemand, der den Kornberg in einen Eispalast verwandeln möchte, Waffen?"

„Zumal es Gerüchte gibt, dass er sich inzwischen als Dienstleister anbietet. Im Söldner-Gewerbe. Es heißt, er sei Spezialist für Geiselnahmen. Die Auftragslage ist wohl gar nicht übel – Verbrechersyndikate, Tabakkonzerne, sogar Staaten …"

„Das muss ich erst einmal verdauen." Wunderlich strich sich durchs Haar und wandte sich dem Rehauer

Rathauschef zu. „Was meinst du, sollen wir jetzt unseren Krankenbesuch bei Franz Roberts machen?“

„Ja, gerne.“

„Ach übrigens, ich wollte dich schon seit gestern etwas zu Andreas Ebert fragen. Ich …“

In diesem Moment hörte man das Telefon in Veronikas Büro klingeln. Sie ging hinüber und schmetterte ihr jugendlich beschwingtes „Hallo“ hinein, mit Betonung auf dem o. Danach allerdings hörte man ein „ach du meine Güte“ und ein „o Gott!“. Kommissar und Bürgermeister eilten zu ihr.

„Was ist denn passiert?“

„Ihr … ihr sollt sofort nach Steinselb fahren.“

„Aber du bleibst bitte hier und gräbst weiter nach der Nummer sechs und sieben von diesen Kornberg-Besatzern“, bat Wunderlich seine Freundin Sibylle. „Wir machen die Drecksarbeit und du die Psycho-Schiene.“

„Steinselb? Das Fünfzig-Seelen-Dorf auf der anderen Bergseite?“ Angermann war verdutzt.

„Genau. Man hat eine Leiche gefunden.“

Der Selber Kabarettist Randolph Roll war in ganz Deutschland bekannt und berühmt. Er hatte in dreißig Bühnenjahren eine ganze Reihe von Preisen gewonnen und war zusammen mit dem seligen Dieter Hildebrandt jahrelang im „Scheibenwischer“ aufgetreten, einer der besten Kabarettsendungen, die es je im Deutschen Fernsehen gegeben hatte. Abgehoben wurde Roll dadurch keineswegs. Wenn man eines sonnigen Nachmittags in der Eisdiele am Selber Rathaus saß, dann konnte es einem ohne Weiteres passieren, dass man Roll am Nebentisch entdeckte, mit seinen Freunden und Bekannten aus seiner Heimatstadt plaudernd. Ganz abgesehen davon, dass er natürlich auch im hiesigen Rosenthal-Theater immer wieder auftrat. Selb dankte es ihm mit einer der höchsten städtischen Auszeichnungen. Roll war eines der zahlreichen Gegenbeispiele gegen das Gefasel von der wirtschaftlich und kulturell minderbemittelten Provinz.

Und nun hing Randolph Roll, der Mann, dem man sein Selberisch noch bis heute so sympathisch angehört hatte, tot an einem Baum.

Es war eigentlich ein liebenswerter Platz mitten in einem kleinen Ort, in dem die Welt noch so wunderbar in Ordnung schien, fernab von jedem Getue und Gewese. Nicht umsonst hatte Steinselb in den achtziger Jahren zig Preise bei „Unser Dorf soll schöner werden" gewonnen. Die diversen Ehrentafeln am Feuerwehrhäuschen kündeten davon. Wenn man von Spielberg hereingerollt kam, tat sich die kleine Wiese mit den sorgsam gepflanzten Miniaturbüschen auf, dort, wo man links abbog und an den Weihern vorbei weiter in Richtung Schönwald zuckelte. Wunderlich hatte auf seinen Radrunden bestimmt ein Dutzend Mal auf dem Holzbänkchen gesessen und dem Summen der Bienen, dem Zwitschern der Vögel und dem beruhigenden Brummen der Traktoren auf den Feldern gelauscht, während er Bananen und Energieriegel verputzte, um die letzten fünfzehn Kilometer nach Rehau in Angriff zu nehmen. Direkt vor sich sah er dann immer die wundervolle Dorflinde und verlor sich in seiner genießerischen Wahrnehmung der Natur. Heute aber war alles anders.

„Himmelherrgottsakrament!", fluchte er so laut, dass es dem christlich geprägten Angermann fast angst und bange wurde, „was zum Teufel hat jetzt wieder der Roll verbrochen? Was verbindet Mackert, Heinrich und Masi mit von Mainz und ihm?", rätselte er, während Angermann vorsichtig mit seinem Taschenmesser die Puppe mit dem Aussehen des Selber Künstlers vom Strick schnitt, beäugt von zwanzig aufgeregt schwatzenden Dorfbewohnern. „Und wie lange soll das noch so weitergehen?“

„Ihr mäißts aa dou ban Feierwäirheisl schaua“, beschied ihnen einer der örtlichen Landwirte, also machten Wunderlich und Angermann sich gleich auf zum fünfzig Meter entfernt stehenden Feuerwehr-Gerätehaus. Jede der drei Sitzbänke auf diesem kurzen Weg war mit weiteren fünf Neugierigen besetzt. Es war ein unablässiges Murmeln, das die beiden Rehauer begleitete.

„Diesmal hat er sich ja wirklich Mühe gegeben“, stellte der Bürgermeister fest, als er das Graffiti sah. Darauf zu erkennen war ein frisches Grab auf einer Wiese. Und wäre es nicht so todernst gewesen, die beiden hätten die Kreativität der blutroten Bildunterschrift tatsächlich bewundert.

„ROLL-RASEN“.

Statt zu lachen, starrten sie auf die unvermeidliche, gnadenlose, eisblaue „7“.

„Du hast gefragt, wie lange das noch geht. Also ich würde ja zumindest sagen, dass jetzt nur noch zwei fehlen“, sinnierte Angermann. „Jedenfalls, wenn das die Bedeutung der Sieben sein sollte.“

„Ich stimme dir zu, aber ich befürchte, dass auch für die anderen fünf das Schlimmste noch bevorsteht. Und ich komme einfach auf kein Motiv. Ebert kann doch nicht wirklich hinter diesen blöden Sprüchen stecken, oder?“

„Unmöglich, dafür ist der viel zu gebildet. Vielleicht passt deinem Täter nicht, was die Theaterleute sagen. Obwohl, dann müsste er ja aus den Reihen derer kommen, die ein Künstler typischerweise kritisiert. Ein Politiker zum Beispiel.“

„Also ich hab’ ein Alibi“, schob er nach einer Kunstpause mit gespieltem Ernst hinterher.

„Ja, eins von mir. Was zahlst'n?“, grinste Wunderlich. „Nein, im Ernst, vielleicht treibt unseren Täter der Neid? Auf das Geld, auf die Bekanntheit.“

„Ich schlage vor, du sprichst mit meinem Selber Amtskollegen Udo Günther darüber. Er kann dir bestimmt mehr über Roll erzählen oder den Kontakt herstellen. Ich rufe mal an und organisiere einen Termin.“

Während Angermann telefonierte, starrte Wunderlich ins Leere. Er roch den Duft der Felder, selbst jetzt noch, Anfang November. Aber es schien, als wenn seine Nase nicht mit seiner Seele kommunizieren konnte. In fünf Orten rund um den Kornberg war nun Menschen ein Angriff auf Leib und Leben angedroht worden, während zugleich irgendeine zum Himmel stinkende Sache mit dem Bürgermeister von Schwarzenbach passiert war. Und das alles in nur achtundvierzig Stunden. Er musste dieses Puzzle schnellstmöglich lösen.

„Morgen Abend ist die dritte Selber Schlemmernacht. Da könntest du dich mit Udo treffen, und Randolph Roll ist auch dabei“, schaltete sich Angermann wieder ein. Gleichzeitig piepste Wunderlichs Handy. Und beim Lesen der eingetroffenen Nachricht nahm der Kommissar abwechselnd die Gesichtsfarbe eines Blässhuhns und eines Mandrills an.

„Lass mich raten“, fragte der Bürgermeister vorsichtig, „es ist schon wieder etwas passiert.“

„Peter Dittrich sagt, wir brauchen gar nicht erst hinzufahren“, knurrte Wunderlich. „Es ist wieder nur eine Puppe. Diesmal baumelt sie am Rathaus in Marktleuthen. Es ist Otmar Fischer.“

„Was? Mein ehemaliger Amtskollege?“

„Ja, der“, bestätigte Wunderlich, als sie beide ins Auto stiegen, um es sich trotzdem anzusehen. „Und dabei steht: ‚Tod dem Arbeiter- und Bauernstaat‘.“

„Wie bitte? Der Otmar ist doch nicht Erich Honecker!“

„Aber die Grundfarbe stimmt. Und Arbeiter ist er auch. Angesehener Handwerksmeister.“

„Du meinst ernsthaft, dass die, na ja, Besitzer all dieser Puppen mit dem Tod bedroht werden?“

„Ich werde jedenfalls dafür sorgen, dass sie alle morgen zum Festabend in Selb kommen. Ich möchte dringend mit allen sprechen. Und zuvor fahre ich gleich morgen Vormittag wieder hierher zu Marietta Erichs.“

„Jung und blond, brauchst du mal wieder optische Abwechslung von mir?“

„Aber Eddi, du bist doch mein Ein und Alles. Nein, vielleicht kann Fischers Nachfolgerin Licht ins Dunkel bringen. Ich meine, wirklich grün waren die sich bei der Marktleuthener Bürgermeister-Wahl ja nicht. Womöglich gibt es da ja endlich eine Spur zu unserem fanatischen Schmierfinken.“

Schnell hatten sie die Anhöhe zwischen Selb und Marktleuthen überquert und standen unten nun vor dem Rathaus. Einmal mehr mussten sie feststellen, dass die Fantasie dessen, den sie händeringend suchten, wohl keine Grenzen kannte. Otmar Fischers Puppe baumelte nicht irgendwo an der Fassade. Rathaus und Kirche waren nur durch eine schmale Gasse getrennt, in der sich der Eingang zur Marktverwaltung befand. Am Torbogen, der in diese Gasse führte, prangte das Stadtwappen mit der zweizeiligen Inschrift „Markt Leuthen“. Fischers Double war genau darunter aufgeknüpft worden, so dass es mitten im Torbogen hing und den Passanten den Weg versperrte.

„Das ist doch die Höhe!“ Wunderlich war inzwischen außer sich.

„Da waren es schon sechs. Welcher Ort mag noch fehlen?“

„Irgendeiner ganz in der Nähe. So viel steht fest.“ Er wählte Sibylles Nummer.

„Ich denke, wir können Tante Rosi gehen lassen. Wir haben noch zwei dieser Schmähungen entdeckt. Und diesmal kann sie schwerlich etwas damit zu tun haben.“

„Zumal sie ein Alibi für Schwarzenbach hat“, klärte seine Freundin ihn auf. „Es kam gerade rein. Sie wurde mit ihrem bekanntlich überhaupt nicht auffälligen Scirocco in Hof auf der Ernst-Reuter-Straße geblitzt. Just zu der Zeit, als sie unseren unheimlichen Fotografen angeblich vor dem Schwarzenbacher Rathaus begleitet hat. Andreas Eberts Frau muss sich geirrt haben. Tante Rosi war’s nicht.“

Wunderlich stieß einen Seufzer der Erleichterung aus. Dass er dadurch eine heiße Spur verloren hatte, war ihm ziemlich egal. Lieber ertrug er weitere geistige Anstrengung, als dass er den Teil seiner Verwandtschaft, den er von Herzen gernhatte, in ein Verbrechen verwickelt sah. Versonnen blickte er zurück auf seinen Mafia-Fall in der Rehauer Stadtbräu, bei dem Tante Rosi vermeintlich eine halbe Musikkapelle vergiftet hatte. Auch damals schien alles furchtbar eindeutig und hatte sich dann doch auf wundersame Weise in Luft aufgelöst.

Es klingelte erneut. „Sorry, habe ich ganz vergessen“, meldete sich Sibylle. „Die *HochfrankenBank* hat angerufen. Rate mal, wie viel Geld gestern in Wunsiedel geraubt wurde.“

„Eine Fantastillion?“

„Null. Es fehlt nicht ein Taler.“

„Hä? Sie nehmen eine Geisel, aber sie nehmen kein Geld mit?!“

„Damit es nicht zu einfach für uns wird. Ich bleibe dran.“

„Nuch was annersch." Angermann riss Wunderlich aus seinen rotierenden Gedanken. Er wechselte immer ins Rehauerische, wenn es zum gemütlichen Teil überging. „Schdedd eier Einladung für heid Oomd eigentlich nuch, etzerd in denn ganzn Chaos?"

„Unsere Einladung für heute Abend? Aber sicher. Jetzt erst recht."

Zur selben Zeit griff Dagobert Kramp-Freder in seinem Büro im ehemaligen Jean-Paul-Hotel nach einigem Nachdenken zum Hörer. Mit hochrotem Kopf.

„Sag mal, du bist wohl von der Muffe gepufft. Die Polizei war heute Vormittag bei mir!"

„Aaaach", entgegnete der andere gedehnt und so gleichgültig wie möglich, „Polizei. Wen interessiert's."

„Mich. Wir sind hier nicht im Land deiner Eltern."

„Ich führe nur durch, was mir aufgetragen wurde. Und ich habe volles Verständnis für den Auftrag. Die ganze Gruppe wünscht es sich, jeder leidet darunter. In jeder unserer sieben Städte gibt es einen Ruhestörer, einen, der unsere Pläne durcheinanderbringt. Die müssen alle weg."

„So ist es. Aber ich hatte angeordnet, dass du diesen sieben Leuten erst einmal einen Denkzettel verpasst, den sie verstehen sollen – nicht einen, den jeder sehen kann."

„Heilige Muttergottes, was ist denn schon dabei? Ich habe nur ein wenig, wie sagt man, deutlich werden wollen, sonst verstehen sie ja gar nicht, was wir von ihnen möchten."

„Indem du Puppen von ihnen aufknüpfst und ihnen öffentlich mit dem Tod drohst?"

„Also Edelmann fand es lüstig."

„Was bedeutet lüstig?"

„Nichts, ich habe ihn nur nachgeäfft. Er fand es *lustig*."

„Der ist ja auch am stärksten betroffen. Was die Luisenburg sich geleistet hat! Ich habe immer gesagt, viel früher als alle anderen, dieser Gabriel von Mainz ist ein ganz schlechter Schauspieler. Well that's damn right." Kramp-Freder war noch nicht so vollständig in Deutschland angekommen, dass er auf Ami-Slang verzichten konnte, allerdings meist nur zur Verwendung als Füllwörter. Für mehr, fand er, war *Business English* sowieso nicht zu gebrauchen.

„Na also. Und die Dottoressa hat gesagt, Gomringer sei entartete Kunst und dieser Mackert würde nur Taugenichtse beschäftigen."

„Nichts also! Ich verlange, dass das jetzt sofort aufhört!"

„Scha goud", lenkte der andere in seinem tiefsten Randböhmisch ein, „dann holt niad. Ist sowieso fast erledigt. Ich komme gerade aus Marktleuthen und …"

„Oh mein Gott!", stöhnte Kramp-Freder entnervt, während er nach draußen auf die Saalebrücke starrte. „Du hast noch mehr angestellt? Du bringst uns noch alle ins Kittchen! Vergiss nicht, was wir eigentlich vorhaben."

„Keine Sorge. Wenn es um Großes geht, dann stehe ich richtig unter Strom."

„Wortspieler. Also gut, setzen wir unsere Pläne am Gipfel unverändert fort."

14

„Zwei. Aha, ein *Breaking-News*-Feld. Also. ‚Die VLA verhängen Wirtschaftssanktionen gegen dein Land. Zahle fünfhundert Taler.' Na toll! Die Vereinigten Ländereien von Absurdistan sind gegen mich. Das fängt ja gut an." Ulrike nahm einen Spielgeldschein von ihrem Stapel und legte ihn auf denjenigen der Bank. Den Würfel reichte sie weiter an Sibylle.

„Die VLA sind gegen jeden", bemerkte die nur trocken.

Nach den Aufregungen der letzten drei Tage mussten die Beteiligten erst einmal ein wenig runterkommen. Da kam es gerade recht, dass die Wunderlichs ihre Freunde ohnehin zum Abendessen eingeladen hatten. Und so saßen Edmund und Nadine Angermann, Sibylle Augsburger und Ulrike und Moritz Wunderlich nun in dem Häuschen am Rehauer Staufenberg und verspeisten griechische Meze. Seitdem Wunderlich und seine Frau vor fünfzehn Jahren in Zypern gewesen waren, hatten sie sich in die kleinen, vor Vielfalt nur so strotzenden Tellerchen und Schüsselchen verliebt. Auf dem Tisch standen Baby-Calamari und Tarama-Fischrogencreme genauso wie Gyrosstreifen, Oliven, Peperoni, Zaziki, gegrilltes Gemüse, Schafskäse und die Tirosalata-Käsecreme, die wie Obatzda aussah, nur eben mit Knoblauch. Dazu körbeweise Pita-Brot und diverse griechische Weine. Während sie sich reihum von all den Köstlichkeiten bedienten, spielten sie *Monopopulist*.

Edmund Angermann hatte das Brettspiel aufgetan und Wunderlich im März zum fünfzigsten Geburtstag geschenkt. Obschon Bürgermeister, hatte er für kaum etwas so wenig übrig wie für das primitive Wettrennen um

Macht, das viele Politiker, Manager und Sportfunktionäre allzu offen zur Schau und über den gesunden Menschenverstand stellten. Er machte sich darüber lustig, wann immer er konnte, mit seinen feinen sarkastischen Wortspielen, die Wunderlich an seinem Freund so schätzte. Sibylle war dran und würfelte, während sie Kichererbsen kaute.

„Sechs. Gut. Dann annektiere ich doch gleich mal Buenas Tardes."

Bei *Monopopulist* verhielt es sich so, dass jeder Spieler die Rolle eines Staatschefs einnahm und am Rande eines quadratischen Spielfelds seinen Stein durch eine Reihe von farbigen Feldergruppen bewegte. Diese stellten jeweils ein Land dar. Es umfasste zwei bis drei Felder, die die Namen bekannter Städte des jeweiligen Landes trugen. Diese Städte konnte man annektieren. Andere Spieler, die auf dem Feld landeten, mussten dann eine Einreisegebühr dafür bezahlen. Der Start befand sich auf dem Feld „*Neuwahlen*". Am Beginn der Runde lagen die weniger begüterten Länder, am Ende die teuersten. Unterbrochen wurden die Länderfelder von vier Feldern namens Nordpol, Südpol, Atlantik und Pazifik, die sich in der Mitte jeder Seite befanden. Außerdem von zwei Kategorien an Sonderfeldern, auf denen man eine Karte von einem Stapel ziehen musste. Diese Felder hießen „*Breaking News*" und „*Unionsfeld*". Hinzu kamen die vier Eckfelder: „*Neuwahlen*", „*Gefängnis*", „*Freie Korruption*" und „*Razzia*".

Sibylle nahm das Kärtchen, welches der Besitzurkunde für die Hauptstadt Armentiniens entsprach, las zweitausend Taler als Kaufpreis vor und legte sechshundert Taler in die Bank.

„Wieso nur sechshundert? Und bist du nicht Präsidentin von Armentinien?", wunderte sich Ulrike.

„Ganz recht, arm wie eine Kirchnermaus. Deswegen muss ich der Bank für jeden Taler nur dreißig Kreuzer zurückgeben."

„Das ist ja unfair!" Ulrike stach protestierend ihre Gabel in den großen weißen Block Feta-Käse.

„Unfairness ist Teil des Spielkonzepts", erklärte Angermann ruhig.

„Und wieso muss sie ihre eigene Hauptstadt annektieren?"

„Wir fünf hier hatten heute alle Lospech. Wir sind die Präsidenten von Reußen, den VLA, Armentinien, Quadratien und Turkistan. Glaubst du im Ernst, unsere Untertanen laufen uns freiwillig nach?" Angermann nippte am Imiglykos-Wein.

„Klar glaube ich das", beteuerte Nadine. „Ich bin die Präsidentin der VLA. Wir sind das einzige Land der Welt, in dem man ungestraft sagen kann, dass unser Präsident ein Vollidiot ist."

„Nein", erwiderte Angermann ungerührt, „auch im Rest der Welt kann man ungestraft sagen, dass *euer* Präsident ein Vollidiot ist. Also, der echte."

Sibylle hatte eine Sechs gehabt, also würfelte sie erneut, obwohl sie vor Lachen kaum den Würfel halten konnte.

„Drei. Oh, ein *Unionsfeld*. Mal sehen. ‚Du eröffnest eine Brücke auf eine von dir annektierte Halbinsel. Ziehe von jedem Spieler zweihundert Taler Mautgebühr ein.'" Sie schürzte schelmisch die Lippen.

Nadine Angermann war dran und hatte eine Fünf.

„Hey cool, der Nordpol. Den kaufe ich!"

„Hast du nicht schon den Südpol?", fragte ihr Mann besorgt.

„Ja, klar. Und wenn man beide Pole besitzt, kostet es hundert Prozent Klimazuschlag, wenn du auf mein Feld kommst.“ Sie lächelte entschlossen und griff nach der gebratenen Aubergine mit Tomatenwürfeln und Schafskäse.

Derweil nahm Wunderlich einen Gyrosstreifen, tauchte ihn gefühlt einen Meter tief in die Zaziki-Schale und strich das Ganze dann quer über den Teller mit den Zwiebelringen. Er stand auf der Stadt Züsel, die teuerste im Spiel, die er sich in der ersten Runde nicht gleich hatte leisten wollen. Helvetiland war das letzte auf dem Spielfeld, und seine Preise waren gemäß den gedruckten Spielregeln immer und unter allen Umständen durch eins Komma zwei zu teilen, um den Wert in Talern zu ermitteln. Sie spielten aber die moderne Variante, bei der ein Kurs von eins zu eins galt. Es war richtig, richtig teuer. Wunderlich hatte eine Zwei.

„Sehr schön, ich bin über *Neuwahlen* gekommen.“ Er nahm viertausend Taler von der Bank. „Ich annektiere Pingpöng.“

„Was willst du denn mit Pingpöng?“, fragte Angermann erstaunt. „Ostkormenien ist das heruntergekommenste Land der Welt. Dafür bekommst du doch fast keine Einreisegebühr.“

„Wart’s ab. Ich hab’ da so ein Bauchgefühl.“

„Wie war denn jetzt eigentlich euer Vormittag bei diesem Kramp-Freder?“, fragte Ulrike interessiert.

„Wir haben scheinbar mit einem Geschäftsmann gesprochen, der ein eiskaltes Projekt auf dem Kornberg plant“, erzählte Sibylle.

„Das Problem dabei ist“, erklärte Wunderlich seiner Frau, „dass wir ihm kein Wort glauben. Der Mann ist ein Schurke.“

„Inwiefern?“

„Es ist offensichtlich, dass er etwas mit diesen Todesdrohungen zu tun hat. Und ich bin sicher, auch mit dem

Verschwinden von Andreas Ebert, und auch mit dem Bankraub. Aber wir können nichts davon beweisen."

Sibylle erzählte noch ein bisschen mehr über den Eindruck, den Dagobert Kramp-Freder, Chef der Großen Sieben, bei ihnen hinterlassen hatte. Plötzlich schüttelte Ulrike den Kopf.

„Der war's nicht", stellte sie überzeugt fest.

„Der war *was* nicht?", fragte Sibylle verblüfft.

„Der plant keinen Anschlag auf eure VIPs und er hat auch diese Schmähschriften nicht in Auftrag gegeben. Das passt nicht."

„Und zwar?"

„Das kann ich dir nicht sagen. Es passt einfach nicht zu dem Menschen, den du beschreibst."

„Ich glaube, ich muss etwas erklären", mischte sich der Kommissar ein. „Es ist nämlich so, dass es langweilig geworden ist, mit Ulrike einen Tatort in der ARD anzusehen. Früher war ich derjenige, der nach einer Viertelstunde wusste, wer der Mörder war."

„Das bringt der Beruf so mit sich, oder?", fragte Angermann ohne Überraschung.

„Mag sein. Aber inzwischen weiß meine Frau es schon nach zehn Minuten. Sie sagt einfach ‚die war's' oder ‚der war's nicht'. Und wenn ich sie frage, warum, dann antwortet sie nur, sie wüsste es einfach. Es ist, als habe sie ihre Lehre bei mir mit einer zielsicheren weiblichen Intuition verschmolzen. Ihre Trefferquote ist unfassbar. Sie hat fast immer Recht. Es ist zum Mäusemelken!"

Angermann selbst war nun dran, während er, seine Frau und Sibylle sacken ließen, was die Wunderlichs soeben von sich gegeben hatten. Er würfelte eine Vier und grinste überlegen.

„Brightpool. Die letzte Stadt von Großbarmenien, die mir noch gefehlt hat. Jetzt müsst ihr alle das Doppelte bezahlen! Und ich baue erstmal. Je ein Labor in Brightpool, Lonchester und Poorham."

Besaß ein Spieler alle Städte eines Landes, so konnte er darauf Labore bauen oder gleich Stadien, wobei ein Stadion dem Preis von fünf Laboren entsprach. Es kam also erst das Labor und dann das Stadion. Die Einreisegebühr für andere Spieler erhöhte sich mit jedem gebauten Labor drastisch.

Die nächste Runde begann. Ulrike, am Halloumi knabbernd, kam schon wieder auf ein *Breaking-News*-Feld. Zu Wunderlichs Vergnügen las sie Folgendes vor.

„Die VLA stellen fest, dass Ostkormenien über Atomwaffen verfügt. Daraufhin werfen die VLA und Westkormenien panisch ihre sämtlichen Grundsätze über Bord und bieten einen Deal an. Jeder Spieler, der eine Stadt in Ostkormenien besitzt, darf dafür ab sofort die zehnfache Einreisegebühr verlangen und erhält fünftausend Taler in bar."

„Von dieser Karte wusste ich noch gar nichts", seufzte Angermann leicht schockiert. „Eigentlich ja nicht schlecht. Ihr wisst, meine *Bürgerliche Mitte* muss sich im Stadtrat ständig eine Mehrheit suchen. Wenn ich jetzt aus dem Zeug in Blondies Trödelladen in der Schulstraße ein paar Atomwaffen bauen könnte, dann könnte ich auch mal einen Tag Urlaub machen …"

Aber es kam noch dicker für ihn. Denn Sibylle war wieder dran und kam auf ein *Unionsfeld*.

„Großbarmenien will aus deiner Union austreten. Zahle jedem Besitzer einer dortigen Stadt tausend Taler Beitrag zurück."

„Drei Riesen!" Angermann freute sich schon.

„In der nächsten Runde ziehe von jedem dieser Spieler fünftausend Taler Zoll ein", fuhr Sibylle fort. „Außerdem muss jeder dieser Spieler auf *Neuwahlen* vorrücken und dort so viele Runden stehenbleiben, bis der Austritt vollzogen ist."

„Ich soll fünf Runden aussetzen?!" Der Bürgermeister biss empört in eine Kalamata-Olive.

„Ich finde dieses Spiel äußerst realistisch", feixte Wunderlich und schlabberte einen Löffel Tarama weg. Erstaunlicherweise vergingen dann doch nur drei Runden, bis Angermann wieder mitspielen durfte. Sibylle hatte in der Zwischenzeit Ostkormenien passiert und war auf das zweitbilligste Land gekommen.

„Wie es scheint, bin ich heute auf dem Südamerika-Trip. Ich annektiere Proletia." Sprachs und nahm ein Eckchen gebratenes Schweinefleisch in Weißweinsud.

„Hattest du nicht schon die Hauptstadt, Rio de Jamón?"

„Ich habe Rio, aber die Hauptstadt von Proletien ist Proletia."

„Ups. Stimmt. Das steht im Lexikon für häufig begangene Erdkundefehler ganz oben."

„Na ja, Rio *war* ja bis 1960 Hauptstadt. Proletia ist ein künstliches Gebilde, das mitten in der Wildnis errichtet wurde und in das die Staatsbeamten zu ziehen gezwungen werden mussten. Also alles so richtig nachhaltig, bürgernah und vernünftig." Sibylle legte maximale Ironie in ihre Stimme. „Ich finde Proletien ein besonders gelungenes Beispiel für hohle Fassade. Die sind so stolz auf ihre Karnevalsumzüge, dabei ist das Land ein einziger Sumpf, geologisch wie politisch. Komisch, dass es so lange gedauert hat, bis sie endlich den dazu passenden Präsidendarsteller bekommen haben. Jedenfalls kann ich dort jetzt ein Stadion bauen."

„Ein Stadion in Proletien", grübelte Angermann, „manche Leute werden einfach nicht klüger." Er zwinkerte Sibylle zu.

„Nein, im Moment kannst du es leider nicht bauen. Alle Stadien stehen derzeit in Quadratien und gehören mir." Wunderlich deutete stolz auf das vorletzte, zweitteuerste Land auf dem Brett. Die Städte Oha, al-Wakla und al-Chaot waren mit Stadien zugepflastert, nachdem er vier Runden lang dort investiert hatte. „Du musst warten, bis eines wegkommt."

„Meine *Breaking-News*-Karte passt da total zum Thema", meldete sich Nadine Angermann frustriert. „Dein Land erhält den Zuschlag für die Fußball-WM 2030. Zahle jedem, der für dich gestimmt hat, fünftausend Taler."

Alle vier Mitspieler hoben unverzüglich den Zeigefinger und lächelten. Dann kam Wunderlich an die Reihe und annektierte Montranne. Nach mehreren Runden hatte er doch noch Lust auf Helvetiland bekommen.

Angermann war in diesem Spiel der Präsident von Reußen. Er würfelte und kam auf das „*Razzia*"-Feld.

„Was bedeutet das Feld nochmal?", fragte Sibylle.

„Dass in meinen Laboren eine Razzia stattgefunden hat und ich wegen Staatsdopings ins Gefängnis muss."

„Wie unrealistisch."

„Staatsdoping ist unrealistisch?"

„Nein, die beiden anderen Bestandteile deiner Aussage. Razzia und Gefängnis."

Gelächter am Tisch. Angermann rückte – „aber nicht über Neuwahlen und keine viertausend Taler mitnehmen!" – ins zweite der vier Eckfelder ein. Seine Frau fackelte nicht lange und fingerte eine *Unions*-Karte aus ihrem Geldstapel.

„Du kommst aus dem Gefängnis frei. Diese Karte muss behalten werden, bis sie gebraucht oder verkauft wird."

„Manche Texte waren schon vor neunzig Jahren visionär“, murmelte der Bürgermeister anerkennend, während er noch ein Stück von der Rinderleber kostete. „Ich kaufe die Karte“, erklärte er seiner Frau. „Was möchtest du dafür?“

„Zehn Taler.“

„Zehn??!“ Die anderen drei waren empört.

„Er ist Präsident von Reußen, da kostet das eben nicht mehr“, verteidigte sie sich.

Ihr Mann würfelte sich mit feierlicher Miene – „ich bin unschuldig, das habe ich von Anfang an behauptet, bloß hat mir zu Recht niemand geglaubt“ – auf das Feld „*Freie Korruption*“, und von da an überschlugen sich die Ereignisse. Es war wie verhext.

Es begann damit, dass Wunderlich kreidebleich wurde, als er die Karte vorlas. Beim Korruptionsfeld traf es nämlich nicht den, der darauf kam, sondern immer seinen Vorgänger.

„Menschenrechte-Prüfung. Lasse alle unrechtmäßig erbauten Stadien abreißen, die du besitzt.“

Unter Kopfschütteln und grummelnden Flüchen räumte Wunderlich die drei Felder von Quadratien komplett leer und schubste Ulrike frustriert den Würfel zu.

„Du bist zum Staatsbankett beim Präsidenten von Proletien eingeladen. Gehe zwei Jahrhunderte zurück.“

Sie nahm deprimiert einen Schluck vom roten Athos, drehte zwei Runden rückwärts auf dem Spielfeld und gab die achttausend Taler ab, die sie zuvor auf *Neuwahlen* erhalten hatte. Sibylle war dran.

„‚Die VLA verhängen Wirtschaftssanktionen gegen dein Land. Zahle fünfhundert Taler.‘ Nanu, diese Karte hatte Ulrike doch vorhin erst?“

„Die gibt es mehrfach in diesem Spiel“, erläuterte Angermann.

„Aber ich habe doch gar nichts gemacht!“

„Ja und?“ Der Bürgermeister setzte mitleidig seine Brille ab und sah sie tröstend an.

„Du wurdest von der Großen Volksversammlung mit achtundneunzig Prozent der Stimmen wiedergewählt. Bestimme einen beliebigen Spieler und schicke ihn wegen Abtrünnigkeit in das Gefängnis.“ Nadine Angermann vermied es nach dem Vorlesen ihrer Karte, ihren Gatten auszusuchen. Stattdessen nahm sie Wunderlich. „Immerhin warst du früher in der Opposition, das war für zwei Prozent immer gut“, schob sie lächelnd als Begründung nach, als sie die letzten zwei Kartoffelspalten verputzte.

„Du bist ins IOC gewählt worden“, las Wunderlich die nächste Karte vor. „Ziehe von jedem Spieler fünftausend Taler für deine Stimme ein.“

„Wir haben jetzt ein *Breaking-News*-Feld nach dem anderen getroffen“, stellte Ulrike schließlich fest. „So bekommt ja niemals einer von uns die Weltherrschaft zusammen.“

„Das liegt daran, dass diese Trottel, die wir spielen, sich ständig gegenseitig behindern, anstatt gemeinsame Sache zu machen“, stellte Sibylle fest. „Es ist die totale Pattsituation. Frustrierend.“

„Und das Tragische ist: Diese Trottel merken das gar nicht. Die veranstalten einen immerwährenden Längenvergleich, ihr wisst schon, und begreifen nicht, was für Witzfiguren sie sind. Die bewegen gar nichts. Keinen Meter. Sie leisten absolut nichts. Nicht für ihr Volk und nicht für die Welt. Es sind totale Versager.“

„Aber es gibt noch Hoffnung“, lächelte Ulrike und annektierte Monachia. Ihr Mann schlug sich mit der flachen Hand auf die Stirn, aber zugleich hellten sich seine Gesichtszüge auf.

„Na klar! Bavarien! An das hat wieder keiner von uns gedacht. Es gibt keinen schöneren Platz auf der Welt als Bavarien.“ Er sprach im Brustton der Überzeugung. „Leben und leben lassen, die haben’s verstanden.“

„Ich gebe die Stadt Noris dazu“, stimmte Nadine ein.

„Und ich gebe dir Ratisbona. So, jetzt kannst du Bavarien bebauen. Wir haben alle sowieso kein Geld mehr. Du hast gewonnen!“

„Wir haben alle gewonnen“, widersprach Wunderlichs Frau. „Gemeinsam geht’s besser.“

Die Gläser klangen beim Anstoßen, und sie wandten sich alle dem Nachtisch zu. Es gab Baklavas, Halva und griechischen Joghurt mit Nüssen.

„Und denk dran: Kramp-Freder war’s nicht“, raunte Ulrike Sibylle eine halbe Stunde später zum Abschied nochmals zu.

15

Während die Runde in Rehau sich an einem unfreiwillig aktuellen Brettspiel versuchte, saß Gunter Waldrau am Roulette-Tisch. Er hatte für seine Freizeit ganz bewusst etwas Abstand gehalten vom Kornberg. Die Recherche war anstrengend und vor allem war sie nicht ungefährlich. Also war er nach Bad Steben ausgewichen. Vierzig Kilometer entfernt vom Brennpunkt seines Themas hatte er hier, im Herzen des Frankenwaldes, in der Villa Hagen Quartier bezogen, einer absolut reizenden Jugendstil-Villa am westlichen Ende des Kurparks, keine fünf Gehminuten von der Therme. Er genoss es, in der herzlichen Atmosphäre des inhabergeführten Hauses zu residieren, und zu seiner Freude hatte sich auch schnell herausgestellt, dass die Wirtsfamilie mit ihm dieselben gesellschaftlichen Ansichten teilte: Unter anderem, dass Menschen, die gegen andere Menschen hetzten und sich zu den Herren der Welt aufschwangen, in Wirklichkeit der ganzen Welt nur Schaden zufügten und man ihnen ebenso sachlich und friedlich wie zugleich laut und deutlich entgegentreten musste. So und ähnlich gestalteten sich seit über einer Woche die immer freundschaftlicher werdenden Gespräche im Frühstücksraum.

Solange die Kugel rollte, ließ Waldrau seine Resultate der vergangenen drei Tage Revue passieren. Man merkte dem sportlichen Mittvierziger, der dem Schwarzenbacher Bürgermeister Andreas Ebert so ähnlichsah, hinter seiner strengen Brille die Entspannung nicht an. Sein Blick war voller Konzentration und Skepsis, eine Miene, die keine Leichtigkeit und Oberflächlichkeit duldete, sondern nur heiligen Ernst. Wer ihn beobachtete, der musste das Gefühl haben, dass Waldrau unentwegt Dinge in seinen geistigen Notizblock schrieb. Er war jemand, der nichts so sehr hasste, wie wenn ein Unternehmen, ein politisches System oder einfach nur eine Gruppe von Menschen andere Menschen ausbeutete und unfair behandelte. Aus diesem Grunde war er Journalist geworden. Eine Koryphäe der verdeckten Recherche.

Es war erst einige Wochen her, dass ihn die Kollegen des örtlichen Frankenblattes um Unterstützung gebeten hatten. Ein Konsortium aus sieben weitgehend anonymen Personen, die ein riesiges Areal auf einem nahen Berg kauften, das hatte schnell sein Interesse geweckt. Waldrau besaß ein sicheres Gespür dafür, wenn es irgendwo einen Sumpf trockenzulegen galt. Der gebürtige Bayreuther war schon oft in Hochfranken im Einsatz gewesen. Vor dreißig Jahren, als sich Teile der Kommunalpolitik noch Scharmützel mit dem Rehauer *Polyworld*-Konzern lieferten, hatte er, im Auftrag der zuständigen Gewerkschaft und aus eigenem Interesse, undercover als Arbeiter dort angefangen. Mitte der Neunziger führten seine Ermittlungen als vorgebliches Mitglied einer Freiwilligen Feuerwehr zur Ergreifung des Feuerteufels, der den ganzen Landkreis Hof in Angst und Schrecken versetzt hatte – und aus den Reihen der Brandbekämpfer gekommen war. Und vor ein paar Jahren war er sich nicht zu schade gewesen, einmal eine sündhaft teure BahnCard 100 zu erwerben, um ein Jahr lang in ganz Nordbayern umherzufahren und den Morast zu dokumentieren, in den die Privatisierung des größten Dienstleisters für öffentliche Infrastruktur geführt hatte.

„Dix-neuf, rouge, impair, passe." Waldrau lächelte dem Croupier zufrieden zu. Er hatte auf Rot gesetzt und strich seinen Gewinn in Höhe eines Zwei-Euro-Jetons ein. Auch im Casino hatte er oft ein Näschen, aber er blieb bescheiden. Wenngleich er sich heute im Spielbank-Restaurant erst einmal ein Gourmet-Menü gegönnt hatte, zur Feier des umfangreichen Materials, das er über die sogenannten Großen Sieben zusammengetragen hatte. Er hatte sich gefreut, dass seine Mutter, mit fünfundsiebzig Jahren noch immer sehr rüstig, ihn am Wochenende begleitet hatte. Das hatte ihm etwas Abwechslung beim Fotografieren in Schwarzenbach gebracht. Aber es war auch gut, dass sie am Montagmorgen wieder abgereist war, denn die Sache war doch ziemlich anstrengend bei dem Tempo, das der Schmierfink vorlegte. Heute Nachmittag dann, in seinem riesigen Pensionszimmer mit Blick auf den großen Garten der Villa Hagen, hatte er alles schon zwei Stunden lang sortiert, gleich nach seiner Rückkehr aus Marktleuthen. Er hatte ja alles dokumentieren sollen. Wie ahnungslos sie doch gewesen waren! Da lagen sie nun auf der Couch am Fenster, die Fotos, die er hatte machen können, ganz offiziell. Sie zeigten, wie die Puppen von Mackert in Rehau und Heinrich in Schwarzenbach aufgeknüpft wurden, ebenso wie von Mainz auf der Luisenburg und Roll in Steinselb. Sie zeigten, wie die Drohungen in Blutrot daruntergekritzelt wurden. Selbst in seine Kamera war dabei gelächelt worden. Und wenn alles vorbei und der Tatort schon verlassen war, hatte er ausdrückliche Order, noch Porträtfotos von den fragwürdigen Kunstwerken anzufertigen.

Aber das alles war ein Witz im Vergleich dazu, dass sie ihn in den Bunker gelassen und ihm die Rolle als einer der ihren abgenommen hatten. Waldrau hatte ordentlich darauf hinarbeiten müssen. Die gefälschte Vita, die ihn als langjähriges Mitglied von *BrainPower* auswies. Das ebenso falsche Empfehlungsschreiben aus der obersten Führungsriege. Am anstrengendsten waren die Allüren, die er sich zulegen musste, um bei Dagobert Kramp-Freder authentisch zu bleiben. Es war ihm vollkommen zuwider, aber er war Profi darin, ein Meister im Verstellen.

„Treize, noir, impair, manque." Sein Lächeln wurde breiter, denn diesmal hatte er zugleich auf die linken zwölf, auf Schwarz und ungerade gesetzt. Aber die Dreizehn kam wie ein Fanal angesichts des Unglücks, auf das er die Kornberg-Region zusteuern sah. Er hatte schon kaum glauben können, was die sieben ihm in ihrer Kommandozentrale tief unter dem majestätischen Bundeswehr-Funkturm gezeigt hatten. Aber was er entdeckt hatte, als er den Spuren weiter an die Spitze der Organisation gefolgt war, übertraf alles, was er je im Leben aufgedeckt hatte. Es war ein Verbrechen unfassbaren Ausmaßes. Hochverrat, völkerrechtswidrig, in anderen Ländern stand die Todesstrafe auf das, was am Kornberg geplant war. Und das von einer bislang so harmlos auftretenden Person aus dem beschaulichen Hochfranken. Jemand, der angesehen war, professionell, aufgeweckt. Und in Wahrheit ein Doppelleben führte, selbstgerecht, intolerant und übergriffig. Der für die Menschen der Region da sein sollte und in Wirklichkeit ihre größte Gefahr aller Zeiten war.

Morgen würde er ein weiteres Mal auf dem Gipfel eingelassen werden. Danach hatte er alles beisammen, was er für die Enthüllung der spektakulären, perfiden Pläne benötigte. Und fünf Minuten später würden die sogenannten Großen Sieben Geschichte sein.

Zufrieden verließ er die Spielbank – er hatte immerhin fünfzehn Euro gutgemacht – und trat den zwanzigminütigen Fußweg zur Villa Hagen an. Bad Steben lag morgens um ein Uhr in der friedlichen Stille eines Kurortes, und nach dem geschäftigen Treiben am hell erleuchteten Spieltisch nahm Waldrau nun diesen Kontrast dankbar an, um mit einem tiefen Atemzug frischer Nachtluft wieder zur Ruhe zu kommen. Es war immer noch nicht richtig kalt geworden an diesem 4. November im angeblichen Bayerisch-Sibirien, denn der goldene Herbst ließ seine milden Schwaden bis in den sternenklaren jungen Morgen hineinziehen. Waldrau bog nach rechts ein, hinauf zur Lutherkirche und dann wieder links in die Badstraße. Er wollte durch den Kurpark heimlaufen, das Rauschen des Windes in den Baumwipfeln genießen, die vollkommene Dunkelheit und das Quaken der Frösche.

„Eines Tages wird mich das noch den Kopf kosten", dachte er bei sich, während er das Kurhaus passierte. Einmal mehr schien es ihm, als könne er die Waghalsigkeit seiner Recherchen selbst nicht glauben. Doch letztlich hatte er für die Gefahren seines Berufes nur Verachtung übrig.

Da vorne war schon die Therme. Hell strahlte das Gebäude ab auf ihn im Dunkel. Die Schritte hinter sich bemerkte er gar nicht.

Während er sich in Gedanken sein Konzept für die Maskerade am nächsten, am letzten Tag auf dem Kornberg zurechtlegte, marschierte er an der Therme vorbei, überquerte die menschenleere Steinbacher Straße und kam entlang des großen Parkplatzes zu seiner kleinen Villa. Er stapfte die Treppe hinauf zum Eingang, schloss auf und griff sich an der Rezeption noch eine Wanderkarte für seinen nächsten freien Tag. Dann schlich er, um andere Gäste nicht zu wecken, durch den Erdgeschoss-Flur zu seiner Zimmertür. Es war eine dieser Doppeltüren, wie sie in altehrwürdigen Häusern nicht unüblich waren. Er öffnete beide und schloss auch beide wieder hinter sich zu.

Vielleicht hätte man sein ersticktes Rufen gehört, wenn es nicht den Weg durch beide Türen hätte nehmen müssen. So jedoch war bereits alles zu spät, als er erkannte, dass seine Fotos verbrannt waren und seine

Kamera verschwunden. Erst jetzt nahm er seine Verwunderung über den auffällig unauffälligen schwarzen Mini-Van wahr, der gerade draußen auf dem Hotelparkplatz gestanden hatte.

Als sie ihn sich schnappten, versteckt in seinem Zimmer wartend, war Gunter Waldraus Miene unverändert: ernsthaft, skeptisch, finster. Nur seine Brille war zu Bruch gegangen. Aber die benötigte er auch nicht mehr.

„Wissen Sie, Herr Waldrau", sprach ihn Viktor Puchta mit ruhiger Stimme an, als er schließlich gefesselt auf der Couch unter dem großen Gartenfenster saß, „es ist nicht so, dass mir nicht bereits beim Lesen Ihres offenkundig gefälschten Lebenslaufs klar gewesen wäre, wer Sie wirklich sind."

„Und warum haben Sie mich dann gewähren lassen?", fragte der so Angesprochene verdattert.

„Man muss doch seine Feinde kennen. Natürlich wollte ich sehen, wie viel Sie wirklich wissen und ob uns das sogar nützen oder eben doch gefährlich werden kann. Na ja, Sie wissen ja, von zwei Möglichkeiten ist die erste immer falsch."

Waldrau wollte aufspringen, aber Edelmann schnauzte ihn bloß an: „Hey! Nicht übermütig werden, du Lügner! Du wirst früh genug hier rausgeprügelt." Die zwei Gorillas, die er mitgebracht hatte, drückten den schmächtigen Waldrau zurück ins Sofa.

„Mit etwas Glück", fuhr Puchta fort, „hätten Sie dem Frankenblatt etwas übergeben, das Sie für einen aufgedeckten Skandal gehalten hätten, das aber in Wirklichkeit für uns die beste Werbung gewesen wäre. Die spektakuläre Existenz geheimer Stickstoff-Tanks. Es wäre der Startschuss der Eiswelten-Legende in der Öffentlichkeit geworden. Aber dann kam dieser Schmierfink dazwischen mit seinen dummen blutroten Parolen. Ab da wussten Sie mehr, als uns lieb ist.“

„Moment mal, der Typ hat mich doch selbst eingeladen – und er ist ja wohl mit Sicherheit einer von euch, oder nicht?“

Puchta machte nur eine abfällige Handbewegung. Dann erhob er sich.

„Jedenfalls fehlt Ihnen noch ein Puzzlestein, nicht wahr? Sie müssen unbedingt wissen, was wir wirklich mit diesen Stickstofftanks vorhaben. Also, hier ist mein Angebot. Sie kommen jetzt mit uns auf den Kornberg. Und dann dürfen Sie hautnah miterleben, was es damit auf sich hat. Wir zeigen Ihnen aus nächster Nähe, was wir planen. Dann wissen Sie alles, wirklich alles, versprochen. Na, ist das ein Wort?“

„Und was, wenn ich das nicht möchte?“

„Oh, es ist ein Angebot, das Sie nicht ablehnen können“, erwiderte Puchta höflich, und einen Augenblick später schleiften Edelmanns Ledernacken Waldrau aus dem Zimmer, packten ihn in den Van und verschwanden mit ihm in der Dunkelheit.

Er ging in der Villa Hagen nicht immer zum Frühstück, obwohl es so vielseitig und detailreich angerichtet und stets mit einem freundlichen und klugen Plausch mit der Gastgeberin verbunden war. Sein Beruf brachte des Öfteren ein frühmorgendliches Ausgehen mit sich.

Sein Verschwinden würde also tagelang nicht bemerkt werden. Es war eine Reise ohne Wiederkehr.

16

Während draußen der wilde Sturm pfiff und die Eiszapfen vor dem Eingang zur Schönburgwarte herunterhingen, trafen sich die neuen Herren des Kornberggipfels zu einer Lagebesprechung in ihrem großen Konferenzraum. Sie blickten auf den Monitor, auf dem die Polizei gerade den Stickstofftank geöffnet hatte. Die Funkuhr im Raum zeigte vierzehn Uhr fünfzehn. Auf der Uhr daneben, mit der Zeit für den Westpazifik, war es fünfundvierzig Minuten vor Mitternacht.

„Deine Idee, hier alles mit Tropenholz und Elfenbein auszustatten, finde ich wirklich angemessen, Theo“, lobte Dagobert Kramp-Freder und hob anerkennend den linken Daumen.

„Das freut mich“, bedankte sich Theo von Egelkraut, lächelnd und ein wenig schüchtern, wie es seine Art war, „dass mein erster bescheidener Ansatz so gefällt. Es sollte sich ja schon noch etwas von dem Standard unserer sieben Schäfchen abheben.“ Er deutete über seine Schulter in Richtung des Nebenraums, in dem sie ihre Geiseln gefangen hielten. „Aber ich habe Sorge. Waren diese Morde nicht ein wenig riskant?“

Kramp-Freder setzte eine Miene heiligen Ernstes auf und antwortete mit dem ihm eigenen Pathos. „Ihr hattet es gehört. Es musste sein. Wenn jemand von unserem eigentlichen Projekt erfährt, bevor alles abgesichert ist und alle tausend versammelt sind, dann sind wir alle geliefert und *BrainPower* ist Geschichte.“

„Zumindest die Dorfbürger in Pilgramsreuth, Martinlamitz, Niederlamitz, Großwendern, Spielberg, Steinselb und Brunn dürften sich sicher nicht amüsiert fühlen, dass sie und ihre Kühe aufhören würden zu existieren.“

„Na, na, Edelmann. Aufhören zu existieren kannst du jetzt auch nicht sagen.“

„Na was, Chef! Die haben zwei Alternativen: wegziehen oder sehr beengte Lebensverhältnisse wie früher im Ostteil von Mödlareuth. Würdest du in einem düsteren Gefängnis leben wollen?“

„*Well*, dieser Kaufvertrag war schon ein genialer Schachzug. Für uns.“ Kramp-Freder kniff die Augen zu und machte das Victory-Zeichen.

„Ich habe jedenfalls in den letzten Tagen mein Ohr wie immer ganz nahe an der örtlichen Presse gehabt“, bestätigte Viktor Puchta, „und mein Informant dort konnte mir das nur bestätigen. Sie haben schon darauf gewartet, was sie in Kürze von Gunter Waldrau bekommen würden.“

„Wir haben dem Typen versprochen, dass er genau das zu sehen bekommt, was wir vorhaben. Und wir haben Wort gehalten, oder?“

„Frostig Wort gehalten“, bestätigte Harald Waldstein und klopfte Edelmann kumpelhaft auf die Schulter. „Was dachte er, dass wir sind? Mädchen?“

„Aber das Volk! Denkt doch mal an das Volk!“ Beate Höllwey hob beschwörend die Hände. „Gunter Waldrau war ein angesehener Journalist. Er hat sich um unser Vaterland zahllose Verdienste erworben. Er hat dem Feind die Stirn geboten. Sich der Ausbeutung der deutschen Rasse entgegengestellt, an Fließbändern und in Paketlagern. Wäre er durch ein Unglück gestorben, ja! Aber wir haben ihn umgebracht. Und jeder wird das bald wissen. Dieser Plan war einfach nicht schlau! Und das wundert mich nicht!“

Für eine Weile herrschte Schweigen im Raum und man hätte sich einbilden können, draußen den Wind heulen und die tanzenden Schneeflocken fallen hören zu können. Dann beendete Kramp-Freder die beklemmende Stille und ergriff wieder das Wort.

„Uns allen ist schon eine Weile bewusst, liebe Beate, dass du mit *Leader* in einem Konflikt stehst. Aber wir anderen hier“, er blickte einmal rundum und alle nickten, „wir glauben an den Plan. *Leader* hat das Richtige beschlossen, und wir haben es umgesetzt.“

„Nur dass *Leader* übersehen hat, dass wir nur einen einzigen betriebsbereiten Tank haben“, erwiderte Höllwey trotzig. „Und dass dieser entdeckt werden könnte. Und die sogenannte Polizei daraus schnell schließen wird, dass auch Waldrau nicht einfach erfroren ist.“

„Dass die Bullen den Tank aus dem kühlen Grün gepflückt haben, ist wirklich überhaupt nicht gut“, merkte Edelmann an.

„Ja, ich gebe zu, das stimmt. Es konnte ja keiner ahnen, dass wir noch eine zweite undichte Stelle bekommen. Aber wir konnten ihn auch schlecht aufgetaut vermodern lassen. Wir haben sowieso schon fast drei Tage gewartet. Deshalb müssen wir ein wenig umplanen. Ich habe immer gewusst, dass das nötig sein könnte, und mein Freund Viktor und ich haben das Problem natürlich schon gelöst, bevor es entstanden war.“ Kramp-Freder blickte zufrieden über die Köpfe der anderen hinweg. „Es ist jetzt vierzehn Uhr vorbei. Bis heute um Mitternacht werden wir es ja wohl schaffen, Wunderlichs Söldnertruppe aufzuhalten.“ Er deutete verächtlich auf den Bildschirm, auf dem das SEK in seinen Schneeanzügen an dem soeben geöffneten Stickstofftank herumlavierte. „Danach lassen wir die sieben im Nachbarzimmer verschwinden, wie geplant. Aber dann tauchen wir erst mal ab. Keine Leichen – kein Verbrechen. Und Waldrau und diesen Verräter werden sie uns nicht anhängen können, da bin ich sicher. Ob wir morgen um null Uhr eins beginnen oder im Januar, ist nicht so wichtig. Sie können uns nicht mehr am Zeug flicken. In drei, vier Wochen ist Gras über die Sache gewachsen und dann machen wir weiter."

„Aber die Typen drüben müssen weg!" Edelmann versicherte sich noch einmal.

„Ja, die müssen weg."

„OK. Ich übernehme das."

„Das hatte ich gehofft", meldete sich Puchta. „Auf Reiner ist eben Verlass", sprach er in die Runde. „Wenn der jemanden wegschafft, dann bleibt nichts übrig."

Ein kurzer Anruf von Sibylle ließ derweil den draußen frierenden Wunderlich für einen Augenblick herzerwärmend auflachen: Sie hatte unter den Fotos auf Waldraus Datenstick die ältere Dame gefunden, die sie auf Grund von Veronika Eckerts Aussage für Tante Rosi gehalten hatten, solange bis die ein Alibi hatte und nicht der Fassaden-Schmierer sein konnte: Waldrau hatte die Fotos mit „Mutter und ich" betitelt, und seine Frau Mama sah Wunderlichs Tante fast zum Verwechseln ähnlich. Es war eine heitere Randnotiz, denn dieser Teil des Falles war ja seit Donnerstag aufgeklärt.

17

Moritz Wunderlich erwachte benommen. Hatte er womöglich doch ein bisschen zu viel vom Montepulciano d'Abbruzzo abbekommen beim gestrigen Spieleabend? Aber selbst das würde doch wohl nicht erklären, weshalb er sich schier nicht bewegen konnte.

Es dauerte fast eine halbe Minute, bis er begriff, dass es hier nicht um einen Kater ging. Er lag definitiv weder in seinem Schlafzimmer noch auf seiner Couch. Er lag überhaupt nicht. Er stand. Vielmehr, er war angelehnt. Und er war in dieser Position auch nicht einfach nur eingeschlafen. Die Beule an seinem Hinterkopf fühlte sich so groß an wie ein Hundehaufen. Schockiert schlussfolgerte er, dass er bewusstlos gewesen sein musste. Was war hier passiert?

Verwirrt und mit Schwindelgefühl blickte er sich um. Und zwar rundum. Denn die Welt um ihn sah in jeder Richtung gleich aus. Nackter, polierter Edelstahl. Ein Zylinder. Er versuchte den Gedanken mit aller Macht zu verdrängen, aber der Druck war zu stark.

Er befand sich in einem leeren Tank und war darin eingesperrt. Und das konnte nur eines bedeuten.

„Haben Sie sich gut ausgeruht, Mister Wunderlich?" Die gespielte Höflichkeit in der Stakkato-Stimme von Dagobert Kramp-Freder, der in diesem Augenblick an die obere Öffnung getreten war, bestätigte die schlimmste aller Befürchtungen. „Mir liegt es durchaus am Herzen, dass Sie eine gute Nachtruhe hatten."

„Wie rührend!"

„Ich bitte Sie. Ich bin schließlich kein Unmensch. Die letzte Nacht Ihres Lebens muss doch keine Qual werden."

„Die Beule auf meinem Schädel war also meine Henkersmahlzeit?“

„Well, es ist mir wirklich ein bisschen unangenehm. Aber Sie müssen das entschuldigen. Natürlich kann ich Sie nach allem, was Sie jetzt wissen, nicht mehr gehen lassen.“

„Und ich fürchte, mein Abschied wird etwas frostig, habe ich recht?“

„Keine Sorge. Sie werden ziemlich schnell bewusstlos sein und nicht leiden müssen. Noch einen letzten Wunsch?“

„Vielleicht eine Taucherausrüstung und ein paar glimmende Holzscheite?“

„Humor haben Sie, das muss ich Ihnen lassen. Nun denn, leben Sie wohl, Mister Wunderlich.“

Krachend fiel der Tankdeckel zu und Wunderlich konnte am Quietschen des Handrades hören, wie er von außen verschlossen wurde. Dann öffnete sich unten auch schon zischend ein Ventil.

Im selben Moment überwand das SEK den Sperrzaun um den Kornberggipfel und drang in die Gebäude der Schurken ein. Und so begann die Schlacht im Schneesturm.

Wunderlich stellte fest, dass er auf einem Podest stand. Der Tank war im Durchmesser sogar breit genug, dass er sich ein wenig bücken konnte. Er hielt seine Nase an die Nebelschwaden, die unter ihm zu wabern begannen. Er spürte klirrende Kälte und akute Atemnot. Wie er befürchtet hatte, war es flüssiger Stickstoff, mit dem man ihn umzubringen gedachte.

Er überlegte fieberhaft seine Möglichkeiten. Aber er kam nur darauf, dass er entweder zuerst ersticken oder erfrieren würde. Man hatte ihn bis zur Hüfte in einen Schutzanzug gesteckt. Er sollte sich offenbar eine Weile halten und seinen Tod so lange wie möglich abwarten müssen. Kramp-Freder war weit grausamer, als er tat. Der Stickstoff würde die Atemluft von unten nach oben durch das Auslassventil drücken. Selbst wenn Wunderlich seine Nase so lange wie möglich oben behielt, so würden die minus hundertsechsundneunzig Grad seine inneren Organe töten, während er allmählich keine Luft mehr bekam. Erneut blickte er nach unten. Von dem einstmals halben Meter zwischen seinen Füßen und dem Tankboden waren nur noch zwanzig Zentimeter Abstand zu den tödlichen eisigen Nitro-Schwaden übrig.

Draußen pfiffen die Kugeln hin und her. Zwei schwer bewaffnete Spezialeinheiten standen sich gegenüber und feuerten aus der Deckung, die Truppe von Kramp-Freder und die der Polizei. Einer nach dem anderen wurde getroffen und ging zu Boden.

„Moritz!“, wimmerte es plötzlich. „Moritz, bitte!“

Er war wie gelähmt vor Entsetzen. Es war die Stimme seiner Frau. Ulrike war neben ihm eingeschlossen worden.

„Moritz! Komm schon!“ Voller Angst zerrte sie an ihm, sein ganzer Körper vibrierte.

Mit jedem Treffer auf dem Schlachtfeld wurde es mühsamer, sich den Rest des Schneeballs aus dem Gesicht zu wischen, und es war überhaupt nicht abzusehen, ob die Polizei die mörderische Schneeballschlacht gewinnen würde. Aber als im selben Augenblick alle anfingen, mit todernster Miene und grimmiger Entschlossenheit Schneemänner zu bauen und diese gegenseitig zu bewerfen – mit der Vereinbarung, dass derjenige gewinnen würde, der den letzten aufrecht stehenden Schneemann hätte –, da ahnte Wunderlich schon, was der nächste Moment bringen würde.

„Moritz! Wach auf! Du verschläfst ja!“

Es war jetzt schon das zweite Mal in diesem Monat, dass ihm das passierte. Er hatte das Piepsen seines Weckers schlicht überhört. Der gestrige Dienstagabend mit Angermanns war einfach zu lange geworden. Und Kommissar Wunderlich war bekannt dafür, was für einen bodenlosen Schmarrn er träumte, wenn er so richtig tief schlief. Er erlebte tagsüber zu viel Skurriles. Schlaftrunken, aber doch froh, nicht sterben zu müssen, wälzte er sich aus seinen Federn und dankte seiner Frau, dass sie ihn wachgerüttelt hatte.

„Wunderlich. Moritz Wunderlich", begrüßte er sie, als er die Augen zur Gänze aufschlug. „Meinen Cappuccino bitte gerührt, nicht geschüttelt."

„Genieße nochmal den Tag", gab sie ihm beim Frühstück mit auf den Weg. „Laut Wettervorhersage wird es ab Freitag deutlich kühler und am Samstagabend kommt ein heftiger Wintereinbruch. Schnee ohne Ende."

„Winter?", fragte er empört. „Draußen hat es sechzehn Grad plus!" Wunderlich hasste Schnee. Das heißt, seinen Anblick auf den lieblichen Hügeln Hochfrankens fand er sehr romantisch. Und die Eigenschaft, dass Schnee Schall schluckte, war ihm eine Wohltat. Aber sonst? Auf den Straßen hasste er jede Flocke. Wunderlich war fanatischer Nichtskifahrer. Jeder Schneetag bedeutete für ihn einen verlorenen Tag auf dem Rennrad. Und einen Tag, an dem es unnötig kalt war. Er verdrängte den Gedanken, bedauernd, dass er diesmal nicht geträumt hatte, und startete in den Goldenen Herbst.

„Eine Schneeballschlacht zu meiner Befreiung aus der Höllenmaschine eines Bösewichts, so ein Krampf."

„Genau so ein Krampf wie in den echten Filmen halt", antwortete Ulrike schulterzuckend. „Die tun so, als würden sie Wunder was die Welt retten, und in Wirklichkeit ist es bloß eine brutale und lächerliche Knallerei."

„Man sollte wirklich mal wieder einen guten Krimi lesen", bestätigte er schmunzelnd zum Abschied.

Marietta Erichs war gerade erst zur Bürgermeisterin von Marktleuthen gewählt worden. Seit sechs Monaten befand sich die dynamische Dreißigjährige mit dem burschikosen blonden Haarschnitt nun im Amt. Der Wahlkampf war relativ heftig gewesen, aber Wunderlich, der sich nach wie vor sehr für die Kommunalpolitik seiner Heimatregion interessierte, fand gerade das belebend. „Wenigstens *eine* Gemeinde, in der zwischen den Bewerbern mal was los ist", hatte er im Freundeskreis mehrfach geäußert. In seiner aktiven Zeit bei den *Bürgern für Rehau* war er diesen Radau gewohnt gewesen, er war damals geradezu sein Lebenselixier. Aber seither hatte sich vielerorts in den Gemeinderäten eine bemerkenswerte Harmonie etabliert, die, das musste auch er einräumen, die Arbeit in aller Regel erleichterte.

Marietta Erichs jedenfalls war angetreten, um Marktleuthen umzukrempeln. Konfrontation machte ihr nichts aus. Während ihr Kontrahent Otmar Fischer als Handwerker ein Meister seines Fachs war, der zugleich in der Feuerwehr äußerst aktiven Dienst tat, konnte sie mit einer Ausbildung in Kommunikationswissenschaften punkten. Welches dieser Talente für die Leitung der Ortsgeschicke mehr benötigt würde, darüber waren die Meinungen in Marktleuthen scharf auseinandergegangen. Aber Erichs war durch ihren Beruf natürlich Social-Media-Profi, und das hatte beim Werben um die Wählerstimmen der jungen Generation wohl entscheidend geholfen.

Wunderlich war auf dem Weg zu ihr ins Marktleuthener Rathaus. Es drängte ihn zu erfahren, ob sie sich die Drohung gegen Otmar Fischer erklären konnte, gerade hier, wo die Rivalität offen zutage getreten war. Und er wollte ihre Sicht auf den Kornberg-Vertrag hören. Hatte Andreas Ebert so sehr darin herumgepfuscht, dass er ein Motiv besaß, eine ganze Reihe im Weg stehender Politiker, Künstler und Wirtschaftsbosse auszuschalten? Wenn ja, wann und wie? Grübelnd passierte er den Abzweig zum Bahnhof, rollte hinab und durch den Ort bis zum Kreisel an der Egerbrücke. Dann funkte Dittrich ihn an.

„Du kannst gleich weiterfahren bis zum Eisenbahnviadukt. Es gibt Arbeit. Und beeil dich."

Wunderlich hasste es, sein Blaulicht inflationär benutzen zu müssen. Zum dritten Mal in nur vier Tagen klemmte er sich das Ding aufs Dach, preschte um die Doppelkurve an der Stadtkirche und an einem wie ein Omen blutrot gestrichenen Haus vorbei, zog geradeaus in die Straße nach Hebanz hinein und stand eine Minute später an dem imposanten achtundzwanzig Meter hohen Bauwerk, das seit fast hundertfünfzig Jahren mit vier Rundbögen das malerische Egertal überspannte. Eine örtliche Streife und die Feuerwehr warteten schon auf ihn. Der Einsatzleiter war ein Schrank von Mann. Wunderlich war verblüfft, als er ihn bemerkte. Es war Otmar Fischer.

„Es sieht so aus, als wenn es ein schreckliches Unglück gegeben hat. Meiner Amtsnachfolgerin ist wohl ihr seltsames Hobby zum Verhängnis geworden."

„Sie waren vorher der Bürgermeister, richtig?"

„Ja. Und mir wäre das nicht passiert."

„Also, was?"

„Frau Erichs macht Yoga-Jogging, wissen Sie. Eine Kombination aus beidem, ich weiß auch nicht, wie das geht. Aber jedenfalls ist man dabei offenbar so abwesend, dass man nichts mehr um sich herum mitbekommt. Wegen der Tiefenentspannung, heißt es."

„Und weiter?"

„Es kam schon öfter vor, dass sie auf dem Viadukt über die Eger gelaufen ist. Völlig in Gedanken. Verrückt, oder? Aber wie es scheint, hat sie so eine moderne Uhr, auf der sie den Zugfahrplan ablesen kann.“

„Eine Smart Watch also.“

„Kann sein. Es kam jedenfalls nie ein Zug, während sie laufen war. Aber heute … na ja, gehen wir rauf.“

Der ganze Tross schleppte sich durch ein Birkenwäldchen den steilen Wiesenhang nach oben und wagte sich ein paar Meter weit auf die Brücke. Dort angekommen starrte Wunderlich keuchend die Gleise entlang. Sein ganzer Körper sträubte sich weiterzugehen, denn es war ein grauenhafter Anblick. Ihm wurde schwindlig und schlecht, so schrecklich war das, was er sehen musste. Er geriet ins Taumeln, und seine Marktleuthener Kollegen mussten ihn halten.

„Aber da ist doch gar keine Leiche?“, fragte Fischer verwundert. „Kein Schlachtfeld, keine Körperteile, nichts.“

„Deswegen ist mir nicht übel“, stammelte der Kommissar, „aber vielleicht hätte ich doch rechtzeitig meine Höhenangst erwähnen sollen.“ Er deutete zitternd in die Ferne, denn direkt nach unten zu blicken war ihm unmöglich. „Hier geht’s ja mindestens tausend Meter runter.“

Die anderen grinsten.

„Sie ist also von der Brücke gestürzt? Und liegt jetzt da unten?“ Wunderlich fing sich wieder.

„Ersteres ja. Sie muss so abwesend gewesen sein, dass sie einfach übers Geländer gehüpft ist. Das ist ja nicht hoch. Aber Zweiteres nein. Da unten ist keine Leiche. Sie muss in die Eger gefallen sein. Die Strömung ist derzeit recht stark, und der Fluss führt nach dem Regen letzte Woche besonders viel Wasser. Sie ist wohl schon fortgespült worden.“

„Woher wissen Sie dann überhaupt, dass sie hier oben war?“

„Als es hieß, Frau Erichs sei verschwunden, da hatte ich gleich so ein ungutes Gefühl wegen des Viadukts. Wir sind also hergekommen und haben am Geländer prompt diesen Stofffetzen gefunden.“

„Da ist ja das Marktleuthener Wappen drauf.“

„Eben. Meine Nachfolgerin hat sich extra Jogging-Kleidung mit dem Wappen anfertigen lassen. Also, sie muss von da oben heruntergestürzt sein.“

„Na worauf warten wir dann? Sucht die Eger ab von hier bis nach Arzberg. Ich will sie haben, bevor sie im Stausee von Cheb verschwunden ist! Fortgespült in einem Fluss, der normalerweise einen Meter tief ist. Ja gibt’s das denn!“

„Verdammte Schweinerei!“, brüllte er Sibylle durchs Telefon an, als er wieder unten war. Er regte sich dermaßen auf, dass ihn der Abstieg überhaupt nicht beruhigt hatte. „Wenn’s nicht so tragisch wäre, würde ich sagen, diese Bürgermeister sind Politiker wie eh und je – man bekommt sie nicht zu fassen. Einer ist unter Korruptionsverdacht verschwunden, einer ist krank, einer bietet sich als Geisel an und eine stürzt sich in der Eger zu Tode. Ich will sofort eine Streife, die Udo Günther in Selb bis heute Abend nicht von der Seite weicht. Die müssen uns erklären, warum ihre Promis auf irgendeiner Abschussliste stehen und was Ebert mit seiner Sonntagsfrist gemeint hat. Ich will mit einem von denen reden, und wenn die Hölle einfriert!“

Letzteres konnte er haben. Nur vier Tage später.

18

Er fuhr Rennrad. Immer wenn er eine Wut hatte, fuhr Wunderlich Rennrad. Es war Mittwochmittag, es war der vorletzte schöne Herbsttag und er hatte noch einige Stunden Zeit, bis er auf der Selber Schlemmernacht den Oberbürgermeister Udo Günther treffen würde. Also absolvierte er im Sattel eine seiner Lieblingsrunden, was er immer tat, um einen kniffligen Fall noch einmal mit etwas Abstand zu beleuchten. In diesem Fall spielte beides am selben Schauplatz, denn die Runde führte ihn vierzig Kilometer um den Kornberg herum.

Er war zunächst von Rehau aus in Richtung Schwarzenbach gezuckelt, eine hinterhältige lange Gerade auf Höhe des Wurlitzer Abzweigs, weil sie höhengleich aussah, aber in Wirklichkeit nicht unerheblich anstieg. Belohnt wurde man theoretisch kurz hinter Quellenreuth mit der rasenden Abfahrt zu Christoph Heinrichs Fabrik im Lamitzgrund, aber Wunderlich liebte es nun einmal auf die harte Tour. Also bog er vor dem Hang links ab nach Langenbach. Von Nachdenken konnte erst einmal keine Rede sein, denn es ging steil bergab ins Dorf, so dass er wegen rechts vor links mit beiden Händen die Bremsen malträtieren musste – nur um nach dem Ortskern sogleich wieder einen steilen Buckel zu überqueren, bis er in Martinlamitz ankam.

„Spinnsch' jetzt?“, giftete es hinter ihm. Nicht zum letzten Mal in dieser Woche. Seine Frau Ulrike fuhr gern mit ihm, aber sie war kein Fan von Höhenmetern, und so hatte sie Wunderlichs bester Freundin den Vortritt für die Kornberg-Umrundung gelassen. Nur war Sibylle Augsburger ebenfalls kein Fan von Höhenmetern.

„Warum fahren wir nicht unten lang?“, brüllte sie.

„Weil ich eine Bergziege bin und auf den Buckeln hier besser denken kann. Und jetzt hab dich nicht so! Augen rechts und hinten!“

Sibylle blickte sich stirnrunzelnd nach Nordwesten um und stellte staunend fest, dass man von der Anhöhe zwischen Langenbach und Martinlamitz bis über die Stadt Hof hinweg auf den Turm der Hohensaas sehen konnte.

„Siehste, hat sich schon gelohnt.“ Er lächelte aufmunternd, und nachdem Sibylle eine Ausdauer-Sportskanone war, nur eben zumeist im Joggen und Skifahren, hatte er keine Zweifel, dass auch sie die Runde genießen würde.

„Es kann doch nicht sein, dass wir nach drei Tagen noch immer keine heiße Spur zu Andreas Ebert haben“, stellte er, wieder ernüchtert, fest, als sie auf dem ruhigen Platz in der Martinlamitzer Ortsmitte die erste Pause einlegten. „Und dann gibt es einen Tag später eine Geiselnahme in einer Wunsiedler Bank und die Gangster sind spurlos verschwunden. Wir schauen fei ganz schön alt aus im Moment.“

„Fangen wir noch mal von vorne an“, schlug sie vor. „Was haben wir? Ebert taucht unter, eine Bank wird überfallen und sechs Prominente werden mit dem Tod bedroht.“

„Erste Frage: Was ist Eberts Rolle? Ist er gekauft worden? Oder war womöglich alles seine eigene Idee? Würde er ein Attentat auf die VIPs planen?“

„Genau; und gibt es von da eine Verbindung zu Bäcker und dem missglückten Bankraub? Sind die beiden am Ende Komplizen? Oder ist Bäcker nur in etwas reingestolpert?“

„Und hat Ebert die Zeiten auf seinem Notizzettel selbst festgelegt oder hat er davon erfahren? Sonntag, dreiundzwanzig Uhr neunundfünfzig. Ach verdammt, ich wollte doch Eddi gestern dazu befragen.“

„Aber könnte nicht Veronika mehr über das Verhältnis von Ebert und Bäcker wissen? Als Amtschefin hat sie doch ständig mit den benachbarten Bürgermeistern zu tun?“

„Stimmt!“ Wunderlich griff zum Handy und rief in Schwarzenbach an. „Hallo“, meldete sich Veronika Eckert beschwingt. „Na, geht's euch gut?“

„Wir grübeln über die Rolle deines Chefs nach“, antwortete Wunderlich. „Du kennst doch bestimmt auch seinen Amtskollegen Charly Bäcker.“

„Na klar.“

„Wäre es möglich, dass die beiden gemeinsam ein Ding drehen? Dass der ganze Bankraub nur inszeniert war und sie jetzt irgendwo sitzen und für die Großen Sieben ein Attentat auf Gerch und die anderen vorbereiten?“

Am anderen Ende hörte Veronikas Lachen gar nicht mehr auf. „Möglich ist das sehr gut“, stellte sie schließlich überraschenderweise fest. „Ich bin zwar nah dran, aber was diese Politiker wirklich sozusagen aushecken, da steckt man nicht drin.“

„Und das findest du lustig?“

„Nein, ich staune nur über deine Kreativität. Es kann absolut genau so sein, wie du sagst. Oder auch, dass mein Chef sozusagen der Kopf ist und Bäcker ahnungsloses Opfer. Ich lege für niemanden die Hand ins Feuer.“

„Hältst du es denn dann auch für möglich, dass Marietta Erichs umgebracht wurde?“, fiel Wunderlich plötzlich ein. „Sie ist nämlich heute Vormittag verschwunden, angeblich beim Joggen in die Eger gestürzt.“

„Ach du liebe Zeit. Tja, wie gesagt, möglich ist alles“, antwortete sie dann, noch immer erheitert über Wunderlichs blühende, aber womöglich treffsichere Fantasie. „Top-Leute sind die doch alle nicht, sonst wären sie nicht in diese brotlose Kunst der Kommunalpolitik gegangen. Vielleicht will ja einer sein Salär aufbessern.“

„Und was hat es nun mit diesem ominösen Kaufvertrag auf sich, dessentwegen dein Chef angeblich in Klausur ist?“

„Keine Ahnung. Ich habe mich nie mit dem Vertrag beschäftigt. Das war sozusagen Chefsache.“

Wunderlich bedankte sich und stieg mit Sibylle wieder aufs Rennrad. Sie strampelten durch die Felder aus dem Ort hinaus und erhoben sich ganz leicht aus dem malerischen Wiesengrund der Lamitz, bis sie oben am Schwarzenbacher Waldbad auf die Straße nach Niederlamitz trafen. Eine Runde durch den stillen Schiedateich stand zu Sibylles Bedauern heute jedoch nicht an. Das Gelände, östlichster Ausläufer des Großen Waldsteins, wurde wellig und sie hatte erneut Gelegenheit zu fluchen, als es am Jagdschloss Fahrenbühl ein weiteres Mal knackig bergauf ging. Aber die Strecke erst durch den Wald, dann über die zwei Bahngleise und schließlich zurück in den Lamitzgrund war so reizvoll, dass die Anstrengung nicht ins Gewicht fiel. Sie kreuzten die Sichtachse vom Kornberg zum Schneeberg und ab da rollten sie nur noch. In Niederlamitz bogen sie links ab über die Bahnlinie und rasteten zweihundert Meter weiter an einem blumengeschmückten Brunnen, modern künstlerisch gestaltet mit einem geschliffenen Granitstein und runden Öffnungen, hinter denen man das Wasser plätschern sah. Sibylle hatte kaum ihren Energieriegel ausgepackt, als Wunderlich sich mit dem Zeigefinger an die Stirn tippte.

„Wir haben uns gefragt, ob es zwischen den Großen Sieben und der eisblauen Zahl Sieben eine Verbindung gibt. Die gibt es! In welchen Orten wohnen unsere bisherigen fünf Gruppenmitglieder nochmal?“

„Kramp-Freder in Schwarzenbach, Puchta in Selb, die Höllwey in Rehau, Edelmann in Wunsiedel und Prolini in Kirchenlamitz.“

„Und wo hat der Schmierfink zugeschlagen?"

„In Schwarzenbach, Steinselb, Rehau, Wunsiedel, Schönwald und Marktleuthen."

„Finde die Übereinstimmungen."

„Moment – das ist ja fast dasselbe! Bei den Großen Sieben würden dann nur noch Schönwald und Marktleuthen fehlen und bei dem Schmierfinken … Kirchenlamitz!"

Wunderlich klopfte ihr auf die Schulter, telefonierte und organisierte eine Zivilstreife, die sich genau dort in den nächsten vierundzwanzig Stunden intensiv aufhalten würde.

„Jetzt kriegen wir ihn!", schmunzelte er siegessicher. „Und es sieht danach aus, dass die Wohnorte der Großen Sieben identisch mit den Tatorten sind. Also stecken sie entweder selbst dahinter oder sie profitieren dankend von diesem durchgeknallten Unterstützer, wie Kramp-Freder es behauptet. So oder so, zwischen den Großen Sieben und den bedrohten VIPs besteht ein direkter Zusammenhang."

„Und Ebert, der damals als Landrats-Kandidat ein Netzwerk rund um den Kornberg aufgebaut hat, koordiniert vielleicht die Vorbereitung des Attentats unter dem Vorwand, er habe sich zu Vertragsverhandlungen zurückgezogen."

„Das wäre der worst case."

„Tja. Wo führt diese Straße eigentlich hin?" Sie deutete auf den Asphalt vor sich, der sich weiter bergauf zog und hinter dem sich nichts als sattgrüner Wald zu erheben schien.

„Sie endet im Forststraßennetz des Kornbergs. Das ist das Schöne an den Dörfern hier – kein Verkehr, nur Wald und Wiese. Das nächste Mal nehmen wir die Geländeräder mit, dann können wir durch den Wald zur Vorsuchhütte fahren. Glaub' es oder nicht – vom Niederlamitzer Waldrand sind das keine vier Kilometer."

„Was? Die liegt doch auf der anderen Seite?"

„Für unsere Rennräder heute existiert diese Abkürzung ja auch nicht. Wir fahren gerade die engstmögliche Straßenrunde, die man um den Kornberg ziehen kann."

Von Niederlamitz führte eine regelrechte Rennstrecke Richtung Großwendern. Es ging rechts neben den Bahngleisen kerzengerade und nahezu flach dahin. Wunderlich verzichtete trotzdem auf einen Sprint. Sie waren mitten im Nachgrübeln, und er wollte weder sich noch seine Teampartnerin unnötig auspowern. Entsprechend gemütlich bogen sie über die Bahnbrücke nach Großwendern ein.

„Okay, lass die Großen Sieben die Drahtzieher der Todesdrohungen und des Bankraubs in Wunsiedel sein. Nur, sie haben kein Geld geraubt – also was wollten sie dann dort?", grübelte Wunderlich, als sie so durch die schmalen, von Bauernhöfen gesäumten Straßen des Dorfes rollten, an der Pizzeria vorbei, an der Kirche und am Reiterstüberl. Sie drehten auf den Rädern in Ruhe eine Runde um den Wenderner Bach, um es zu diskutieren.

„Fragen wir doch einfach die Finanzprofis", sprach er schließlich munter, stieg ab und klingelte an dem Gebäude mit der bemerkenswerten Turmuhr, das inzwischen ein Firmenschild mit der Aufschrift „*Finance for life*" trug.

„Was, bitte, tust du da?", stotterte Sibylle.

„Manchmal ist mir eben spontan nach einem Plausch mit Fremden zumute", entgegnete er heiter. Die Tür öffnete sich und ein junger Mann, leger gekleidet, aber im Anzug, begrüßte die beiden. Wunderlich stellte Sibylle und sich vor.

„Wir haben das Schild gelesen und uns überlegt, ob Sie uns bei einem Bankraub behilflich sein könnten."

Kurz bevor ihm der junge Banker beleidigt die Tür wieder vor der Nase zuschlug, merkte Wunderlich, dass er sich wie so oft etwas unklar ausgedrückt hatte.

„Ich meine, bei der Aufklärung eines Bankraubs." Von da an verlief das Gespräch signifikant erfreulicher. Kern der Unterhaltung war die Frage, ob man aus einer Bank derart wertvolle Informationen stehlen könne, dass sie mehr bedeuten würden als Bargeld. Der Anlageberater erklärte ihnen jedoch, dass die Banken kaum noch geheime Kundenunterlagen auf Papier verwahren würden und auch das Personal nicht so sehr aus Finanzgenies bestand, dass man deren Wissen auf Notizzetteln vorfinden und im Insiderhandel zu Geld machen könne.

„Das ist ja genau das Geschäft von Investmentspezialisten wie uns", schloss der junge Mann das Gespräch ebenso freundlich wie stolz, bevor sich die zwei von der Kripo bedankten und wieder verabschiedeten.

„Heißt zusammengefasst: Kramp-Freder und seine Leute haben mit diesem Banküberfall etwas bezweckt, was überhaupt nichts mit Finanzen zu tun hat."

„Fragt sich nur, was. Wir wiederholen uns."

Sie verließen das Dorf, bogen links ab in Richtung Selb und nahmen die lange Gerade unter die Räder, die sie bergauf führte. Erstaunlicherweise war sie gar nicht so steil, wie es den Anschein hatte. Oben auf der Anhöhe pausierten sie wieder, wendeten den Blick und bewunderten das gigantische Naturerlebnis Fichtelgebirge: den nahen Kornberg zur Rechten und mit bester Fernsicht den über tausend Meter hohen Schneeberg geradeaus am Horizont.

„Also, was sagt deine Profiler-Expertise?"

„Na ja, zu dem Bankraub habe ich das Gefühl, dass es hier auch um eine Machtdemonstration geht. Die das getan haben, wollen zeigen, dass sie perfekt organisiert sind und mit uns umspringen können, wie sie wollen. Bislang leider sehr überzeugend. Das heißt, die haben Größeres vor. Und es würde mich wundern, wenn die Spur nicht direkt zu Puchta mit seiner List und Edelmann mit seiner Feuerkraft führen sollte. Ob Bäcker das mitinszeniert hat oder ein Zufallsopfer war – keine Ahnung."

„Und die bedrohten VIPs? Ist das Ebert? Oder Puchta?"

„Beides eher nein. Diese Taten sind zwar technisch geschickt ausgeführt, aber intellektuell plump. Die Bankräuber sind gerissen. Sie haben aus dem Hinterhalt zugeschlagen. Leise. Der Schmierfink pöbelt herum, legt es darauf an, gesehen zu werden. Ein Angriff mit Ansage. Laut. Da geht es um die Botschaft: ‚Wir wollen euch hier nicht.'"

„Aber die Großen Sieben profitieren davon, dass die Promis eingeschüchtert werden. Wenn Gerch seinen Windpark am Kornberg nicht baut, haben Kramp-Freder und seine Gruppe freie Bahn."

„Stimmt. Und wenn die Großen Sieben die Promis ausschalten wollten, dann müssten sie eigentlich sofort zuschlagen. Viktor Puchta, unser Mastermind, weiß doch genau, dass wir seine Organisation auf dem Kieker haben, jetzt, da wir bei Kramp-Freder vorgesprochen haben. Reiner Thomas Edelmann hat die militärischen Mittel, um die Bewachung unserer Schützlinge auszuschalten, da können wir noch so gut vorbereitet tun."

„Und wenn es nicht der Plan der Sieben war?"

„Auch dann würde zum Beispiel Beate Höllwey, diese Scharfmacherin, die Gelegenheit dankbar annehmen: Alle Bedrohten sind doch Sonderlinge. Für uns im guten Sinn, aber für Höllwey im schlechten. Gerch mit seinen IT-Autisten, Heinrich mit dem Non-profit-Denken, Masi mit sozialem Kapitalismus alter Schule, Roll als linker

Kabarettist, Fischer als Amtsträger, der ‚nur' einen Hauptschulabschluss hat. All das passt nicht ins elitäre Denken von Leuten wie Höllwey."

„Und Gabriel von Mainz?"

„Ja, da musste ich innerlich lachen, als du ihn am Montag gefragt hast, ob wir seine Frau benachrichtigen sollen."

„Wieso?"

„Was meinst du, warum er selbst die schwierigsten Charaktere so problemlos mit Warmherzigkeit, Sanftmut und Einfühlungsvermögen spielt? Warum unser Schmierfink ihn einen ‚Chönkeist' genannt hat?"

„Von Mainz lebt mit einem Mann zusammen?"

„Das wusstest du nicht?"

„Nein. Ach so! Das erklärt natürlich, was sie gegen ihn haben."

„Eben. Also, ein ungebetener Fan bedroht all die Menschen, die den Großen Sieben verhasst sind. Dann können sie die jetzt bequem aus dem Weg räumen und es demjenigen in die Schuhe schieben. Egal, wie es nun genau ist: Es muss eigentlich eine Frage der nächsten achtundvierzig Stunden sein."

„Ach herrje! Erinnere dich: ‚Sonntag, aber besser bis Freitag.' Könnte das gemeint sein auf Andreas Eberts Notiz? Plant wirklich er das Attentat? Verdammt!"

Endlich holten sie sich die Belohnung für das Auf und Ab der Straße: In rasender Bergabfahrt ging es hinein nach Spielberg. Sie umkurvten den Dorfteich und zischten gleich wieder hinaus, erneut einen kleinen Buckel hinauf, mit Blick über den Großen Hengstberg bis in den Böhmerwald, und dann wieder hinab nach Steinselb. Dort standen sie schließlich auf dem Platz, an dem tags zuvor die Puppe von Randolph Roll aufgeknüpft worden war.

„Ja, das wäre absolut möglich", bestätigte Sibylle. „Niemand würde in dem fleißigen, ordentlichen, fast schon biederen Andreas Ebert einen Attentäter vermuten. Es wäre die perfekte Tarnung."

„Aber er benutzt dazu den unbekannten Schmierfinken. Kann das klappen?"

„Durchaus. Auch ein plumper Mensch ist gefährlich. Unser zweiter Täter handelt impulsiv. Gerade so einer ist zu allem fähig. Und Leute wie Edelmann sind das auch. Wir müssen unsere Promis beschützen."

Sie kamen draußen auf der Staatsstraße an, quälten sich einen letzten Berg hinauf am Dorf Brunn vorbei. Und wieder war die Belohnung beim Blick zurück ziemlich krass: Das halbe Herz Europas tat sich im Süden auf, von der Kösseine über den Steinwald bis nach Tschechien. Windräder säumten die Weite aus bewaldeten Berggipfeln. Sie dachten beide an die Zeit auf der Polizeiakademie in München zurück, als sie sich die Alpen mit gefühlt einer Milliarde Ausflüglern hatten teilen müssen. Hier in Hochfranken dagegen war Platz und Ruhe, soweit das Auge reichte. Dann rollten sie nach Schönwald hinein auf die alte B15 und gönnten sich doch noch einen Sprint auf der wunderbar verkehrsarmen, schnurgeraden Strecke. Auf Höhe des Bahnhofs legten sie los und erst vier Kilometer später am Perlenhaus war ihr Ziel. Von da zurück zum Rehauer Maxplatz waren es noch zehn Minuten aktives Erholungsfahren.

„Du hattest recht", schnaufte Sibylle, mehr erholt als kaputt, „diese vierzig Kilometer immer am Kornberg entlang sind eine tolle Runde."

„Also, wie weiter?", fragte Wunderlich, als sie mit einem Cappuccino draußen vor Tinas Restaurant in der Sonne saßen. „Ich werde heute Abend die Promis eingehend belehren. Mackert, Heinrich und Masi haben ihre

Personenschützer, von Mainz, Roll und Fischer bekommen einen von uns."

„Denk daran, es könnte einen Siebten geben, vermutlich in Kirchenlamitz."

„Den wir aber noch nicht kennen. Und du würdest derweil die Täterprofile dieses Schmierfinken und unserer, Gott möge es verhüten, angehenden Attentäter weiterentwickeln?"

„Ja. Ich bin neugierig, in welche Richtung das alles geht."

Wunderlich verabschiedete sich nach Hause, um sich umzuziehen für den Festabend in Selb.

Sie waren der Wahrheit schon näher gekommen, aber das Schlimmste stand ihnen allen noch bevor.

19

„Darf ich jetzt bitte ausreden?“ Birnbaums Stimme klang inzwischen ernstlich empört. Wunderlich starrte gedankenverloren mit dem Handy am Ohr hinauf gen Schönburgwarte. Das Steintürmchen war der bei weitem kleinere, aber auch bedeutend ältere Bruder des militärischen Kolosses auf dem Gipfel. Eigentliches Wahrzeichen für den Fichtelgebirgsverein und Schauplatz für dessen wöchentlichen Turmdienst.

„Ja, natürlich. Entschuldige, aber wir waren gerade dabei, den Stickstofftank zu öffnen.“

„*Den* Stickstofftank?“

„Hä?“ Wunderlich verstand nicht recht.

„Ich meine, ihr habt genau einen Tank gefunden?“

„Ja, sicher. Wieso? Sollte es etwa noch mehr geben?“

„Vermutlich reichlich.“

„Was??! Aber …“

„Hättest du mich vorhin ausreden lassen, dann hättest du dir das inzwischen schon selbst zusammenreimen können.“

„Entschuldigung, eure Majestät. Also, was ist hier Sache?“

„Wie ich schon sagte, an der Leiche von Gunter Waldrau ist etwas, das ihn von allen anderen üblichen Leichen unterscheidet.“

Wunderlich lief bei dem Begriff „übliche Leichen“ ein kalter Schauer über den Rücken, als wäre es nicht bereits eisig genug.

„Wenn man eine Leiche obduziert, wovon findet man dann am meisten?“

„Keine Ahnung. Alkohol, Drogen, Schäufele oder Kochkäs von der Henkersmahlzeit …“

„Olda Ladschkabbm! Ganz kalt.“

„… eine schwarze Seele …“

„Immer noch kalt.“

„… beschädigte Eingeweide …“

„Lauwarm.“

„Die Eingeweide?“

„Nein, deine Suche, du ekliger Wortspieler.“

„Böses Blut?“

„Warm, sehr warm. Nein, eigentlich ein Volltreffer!“

„Ich habe doch nur einen Witz gerissen!“

„Und ich habe kein böses Blut gefunden. Ich habe überhaupt kein Blut gefunden, überraschenderweise.“

„Hä?“

„Du wiederholst dich. Nochmal zum Mitschreiben: Ich habe in der Leiche kein Blut gefunden.“

„Soll das etwa heißen, die Verbrecher haben ihn ausbluten lassen? Wozu das denn? Und er hatte doch auch keine Schnittverletzungen.“

„Nein, aber eine Einstichstelle. Sie haben es über eine Kanüle gemacht. Und sie haben ihn auch nicht einfach ausbluten lassen. Sie haben sein Blut ausgetauscht.“

Wunderlich gestikulierte wild in Richtung der SEK-Leute, die sich an der Leiche im Tank zu schaffen machten. Er bedeutete ihnen, sofort alles stehen und liegen zu lassen und den tiefgekühlten Körper nicht anzurühren. Er wusste nicht, was Birnbaum ihm nun erklären würde, aber dass es alles ändern würde, das konnte er sich ausmalen.

„C_2H_6OS“, fuhr der Forensiker fort, der wusste, dass Wunderlich viel von Mathematik, aber wenig von Chemie verstand.

„Ja, gib nur an. Ich verstehe nur Kohlenstoff, Wasserstoff, Sauerstoff und Schwefel. Moment – er hat Schwefel in der Blutbahn??!“

„Dimethylsulfoxid, um genau zu sein.“

„Und das wäre?“

„Ein Frostschutzmittel.“

„Hahahahaha!“ Wunderlich kriegte sich nicht mehr ein. Die Leute vom SEK schreckten auf. Herzhaftes Lachen war das Letzte, was irgendjemand in dieser Lage erwartet hatte. Wunderlich blickte ein wenig entschuldigend drein und stellte endlich sein Telefon auf laut. „Ein Typ wird erstickt und in der Kälte abgelegt und zum Schutz dagegen spritzen sie ihm Frostschutzmittel? Wie darf ich das verstehen?“

„Viel schlimmer als du es dir ausmalen kannst. Dimethylsulfoxid, kurz DMSO, wird vor allem in der Kryonik verwendet.“

„Ähm – ist das dieses Verfahren, bei dem Menschen eingefroren werden in der Hoffnung, später wieder aufgetaut werden zu können?“

„Richtig. Oft sind sie todkrank und erhoffen sich, zu einem Zeitpunkt wieder zum Leben erweckt zu werden, wenn ein Heilmittel gefunden wurde.“

„Waldrau wirkte in der Presse immer topfit. Er war todkrank?“

„Nein, eben nicht. Der Mann hat weder Krebs im Körper noch Alzheimer oder Leberzirrhose noch sonst etwas, was ich bei der Obduktion hätte nachweisen können. Er war, genau wie du sagst, topfit.“

„Aber das würde ja bedeuten …“

„Dass er es nicht freiwillig getan hat, genau. Zumal es in Deutschland illegal ist und in anderen Ländern wie den USA nur durchgeführt werden darf, unmittelbar nachdem der Klient eines natürlichen, und ich betone *natürlichen*, Todes gestorben ist. Wovon hier keine Rede sein kann.“

„Darum geht es also!“ Wunderlich wurde aufgeregt. „Jetzt wird mir klar, wie viel die Großen Sieben hier oben wirklich zu verlieren haben. Die wollen für ihre Sekte ein riesiges Einfrier-Programm durchziehen. Tausend Leute, aufgehoben für später, wie in der Arche Noah. Waldrau ist ihnen wohl auf die Spur gekommen, und daher musste er sterben."

„Wenn es an die Öffentlichkeit gelangt wäre, dann wären sie für eine Weile im Hotel Seeblick in Hof eingerückt, ja. Urlaub hinter schwedischen Gardinen – wir buchen, Sie fluchen."

„Aber warum auf diese Weise? Das ergibt doch keinen Sinn. Der Mann ist erstickt worden, ohne dass man wissen sollte, woran. Das heißt für mich, man will es vertuschen. Und gleichzeitig friert man Waldrau ein, in einer Weise, dass wir sofort draufkommen? Das ist ja fast wie ein Fanal, wie ein riesiger brennender Scheiterhaufen."

„Scheiterhaufen wäre jetzt ein Vorzeichenfehler bei der Verarbeitungstemperatur. Aber die Zahl vor dem Celsiuszeichen kommt hin."

„Ja, schon recht, minus statt plus. Ändert nichts am Rätsel."

„Hatte ich schon erwähnt, dass ich, genial wie ich bin, die Mordwaffe gefunden habe?"

„Was??", brüllte Wunderlich so laut in die Winterlandschaft, dass Schneeflocken von den Fichten rieselten. „Das sagst du erst jetzt?!"

„Eiswürfel", antwortete Birnbaum knapp.

„Was … ich …"

„… verstehe nur Bahnhof. Dachte ich mir. Also: Waldraus Luftröhre wurde mit einem Eiswürfel verschlossen. Eine wirklich raffinierte Methode, ich habe bei einer Fortbildung in Sankt Petersburg vor Jahren davon gehört. Das Objekt wird in den Rachen gedrückt, das Opfer erstickt, der Eiswürfel schmilzt – voilà, keine Spur. Du hattest vollkommen recht, sie wollten es vertuschen."

„Und warum ist ihnen das nicht gelungen?"

„Ich könnte natürlich mit Fug und Recht sagen, einfach weil sie es mit Hans-Otto Birnbaum zu tun haben. Aber ich gebe zu, ich hatte nur Glück. Dadurch, dass Waldrau schockgefrostet wurde und dann noch im wie immer minus zehn Grad kalten Fichtelgebirge lag, ist das Eis nicht vollständig geschmolzen. Als ich seine Luftröhre in Carpaccio verwandelt habe, kam ein Splitter davon zum Vorschein."

„Den Allgemeinplatz mit den minus zehn Grad im Fichtelgebirge verbitte ich mir."

„Meine Güte, du Sensibelchen."

„Egal. Es sollte also allen Ernstes wie ein Unfall aussehen."

„Was einfach lächerlich ist – man stirbt nicht *versehentlich*, nachdem einem sämtliches Blut abgenommen wurde."

„Ich könnte mir vorstellen, dass sie schlicht nicht damit gerechnet haben, dass wir ihn obduzieren. Ihr Plan A war, dass es wie ein Unfalltod durch Erfrieren aussieht. Plan B vielleicht, dass man zwar uns hinzuzieht und wir auf Ersticken kommen, aber mangels Fremdkörper einfach einen allergischen Schock annehmen. So oder so, es sollte ja gar keinen Anlass geben, ein Verbrechen zu vermuten."

„Und wieso machen sie es dann überhaupt? Das Einfrieren, meine ich?" Birnbaum wunderte sich.

„Ich denke mal, als Technik-Test. Aber dann kam ihnen der andere hier dazwischen, den sie ebenfalls parken mussten. Offenbar haben sie nur einen Platz frei gehabt. Also musste Waldrau weichen."

„Wenn sie Waldrau umgebracht haben, dann bringen sie die anderen sieben auch um. Die wissen doch nun auch, was gespielt wird."

„Das verhüte Gott! Deswegen müssen wir jetzt auch sofort weiter."

„Schickst du mir den anderen hierher nach Selb oder muss ich noch ein zweites Mal auf diesen sibirischen Berg?“

„Nicht doch, Eure Hoheit. Die Zeit haben wir auch gar nicht. Ich lasse ihn dir mit dem Heli bringen.“

Wunderlich meldete sich eiligst bei Sibylle und schilderte ihr Birnbaums Erkenntnisse.

„Wow! So was hatten wir auch noch nicht“, platzte es aus ihr heraus. „Damit ist Puchta endgültig raus. Wie soll der mit einer Hand einen Eiswürfel in Waldraus Rachen gedrückt und das Opfer gleichzeitig festgehalten haben?“

„Ja, und Kramp-Freder ist ebenfalls raus. Für diese Einfrier-Aktion braucht es schließlich erheblichen technischen Sachverstand. Ingenieurswissen eigentlich. Onkel Dagobert ist der Letzte, der so etwas beisteuern kann.“

„Bleiben Höllwey, Edelmann, Prolini und die beiden anderen. Waldraus Recherche passt auf jeden von ihnen.“

„Halt, ich muss dir noch was erklären. Aber erst einmal müssen wir aufbrechen. Ich melde mich gleich wieder.“

Als der Telefon-Marathon beendet war, hatte sich Wunderlichs Gesichtsfarbe derart dem Schneetreiben um ihn herum angepasst, dass SEK-Chef Wenger schon die Sanitätsausrüstung öffnen lassen wollte. Aber der Kommissar machte eine beschwichtigende Handbewegung.

„Mir geht’s gut. Ich bin einfach nur schockiert. Solche eisigen Mordumstände habe selbst ich noch nie erlebt.“

„Denkst du, der Typ im Tank wurde auf dieselbe Weise umgebracht?“

„Das werden wir noch herausfinden. Ich lasse jetzt die KTU einfliegen, die sollen sich Tank und Leiche auf Herz und Nieren ansehen, sofern der Tote beides noch hat. Und der Leichenbestatter kann gleich mitkommen und den Transport ins Selber Klinikum begleiten. Wir brauchen hier inzwischen zwei deiner Männer zur Bewachung. Und die anderen beiden sollten mit dir und mir weiter aufsteigen. Da vorne ist schon der zweite Zaun, den diese Großen Sieben um ihr neues Privatgelände gezogen haben. Wenn die Teams von den anderen Bergflanken bis dahin nicht auf Widerstand gestoßen sind, dann überwinden wir diese Absperrung zugleich von allen Seiten und stoßen gemeinsam auf den Gipfel vor."

„Du könntest glatt meinen Job machen." Wenger war ehrlich beeindruckt.

„Wir haben ja jetzt leider eine Ahnung davon, was die sieben vorhaben", entgegnete Wunderlich entschlossen. „Für mich ist auch klar, dass sie die eigentliche Technik innerhalb ihrer Sicherheitszone aufgebaut haben – das dürfte der einzige Grund sein, weshalb sie das Gipfelareal derart unter ihre Kontrolle gebracht haben. Blut raus, Frostschutzmittel rein, den Körper einfrieren – das passiert alles rund um den Funkturm."

„Und die Stickstofftanks?"

„Die müssen sie großenteils außerhalb des Gipfels eingerichtet haben, die Fläche da oben ist ja viel zu klein dafür. Deswegen haben wir unseren unterkühlten Bekannten hier auf der Skipiste gefunden. Aber das Herzstück ist der Bunker."

„Das heißt, der schwierigste Teil kommt noch", murmelte Wenger. „Sie werden die Gipfelfestung mit Zähnen und Klauen verteidigen."

„Was Sie hier sehen", dozierte derweil Dagobert Kramp-Freder im Bunker unter dem Funkturm seinen unfreiwilligen Gästen mit Blick auf die Liveübertragung von dem geöffneten Tank, „ist das Ergebnis eines Verrats. Er hat geglaubt, er könnte seine eigenen Interessen verfolgen. Damit hat er unser Projekt leider in größte Gefahr gebracht."

„Verrat an unserem großen Plan zum Wohl der Region. Verrat am hochfränkischen Volk!", stimmte Höllwey gestikulierend ein.

„Also mussten wir ihm einen etwas frostigen Abschied bereiten", fuhr Onkel Dagobert fort. „Wir möchten Ihnen deshalb nochmals eindringlich raten zu kooperieren."

„Er will damit sagen", ergänzte Viktor Puchta ruhig, „dass, wenn Sie uns behilflich sind, alles gut wird." Er setzte sein niederträchtigstes Lächeln auf. Er musste seinen Satz gar nicht fortsetzen. Seine hinterlistige Miene sagte es den Geiseln eindrucksvoll genug: Andernfalls seid ihr Verräter. Und genauso tot wie der Mann im Tank. Es war vierzehn Uhr dreißig.

20

Udo Günther aß wie ein Scheunendrescher. Das passte eigentlich nicht zu seiner Figur, denn der Oberbürgermeister von Selb war ein schlanker, hochgewachsener Endvierziger. Seine etwas jungenhaften Gesichtszüge ließen ihn noch dynamischer wirken, als er ohnehin schon war.

Günther war 2013 zum OB von Selb gewählt worden und hatte seitdem Begriffe wie Dornröschenschlaf oder Zonenrandlage in weite Ferne gerückt, sofern diese Negativität überhaupt jemals gerechtfertigt gewesen war. Er hatte eine Idee nach der anderen gehabt. Mit dem Slogan „In Selb gehen die Lichter an!“ hatte er begonnen. Dann gab er die Losung aus: „Jeden Tag eine Veranstaltung!“ Und heute standen er und sein Team auf der Erfolgsskala dort, wo die T-Shirts mit dem Aufdruck „gutes machen wir selber“ ausverkauft waren und die Bestellfrist drei Monate betrug. Dazwischen lag die Erfindung von Terminen wie der Selber Schlemmernacht. Genau die hatte er in diesen Minuten eröffnet.

Im Frühjahr war es in Selb zu einem schweren Hochwasser gekommen, einer Naturkatastrophe wie seit Jahrzehnten nicht. Ein langer, nicht weiterziehender Gewitterregen hatte den Selbbach in einen reißenden Strom verwandelt. Die Schlammlawine donnerte durch die Schloss- und die Burgstraße und verwüstete alles vom Rathaus über das Café Ludwig bis zum früheren Kaufhaus Storg. Der Marktplatz stand unter Wasser wie Venedig bei Aqua Alta. Die Kirche, das Stadthotel, der Porzellanbrunnen, die Eisdiele – alles war schwer beschädigt worden. Zwei Menschen wären beinahe ertrunken. Als der Horror vorbei war, mussten alle zusammenstehen, um die Krise zu bewältigen. In der Folge war beschlossen worden, sämtliche öffentlichen Veranstaltungen in der Stadt vorläufig abzusagen. Als das Schlimmste überstanden war, beschloss Günther, im Spätherbst in einer nie da gewesenen Festwoche alle Events nachzuholen. Und so hatten in den vergangenen vierzehn Tagen zuerst das Fest der Porzelliner, dann die viel beachteten Grenzland-Filmtage und schließlich das deutschlandweit bekannte Mittelalter-Festival stattgefunden. In diesen zwei Wochen war den Menschen der Region auf einmal drastisch bewusst geworden, welches unfassbar reichhaltige Angebot man in einer Gegend genoss, in der ja ach so wenig los war. Selb erlebte, wie Günther es formulierte, eine Explosion der Lebensfreude. Praktisch alle Orte rund um den Kornberg erwogen, die Idee zu kopieren und spätestens im Frühjahr 2021 eine solche Doppel-Festwoche zu veranstalten.

Günther war keiner, der auch nur einen einzigen Bürgerwunsch einfach an sich abprallen ließ. Er versuchte immer, es möglichst vielen recht zu machen, ein klassischer *everybody's darling*. Folglich war er auch täglich viele Stunden auf jedem der Feste, suchte das Gespräch mit den Selbern und nahm hinterher, schon aus Höflichkeit, bis in die Nacht an den Absacker-Runden der Veranstalter teil.

Und deshalb stand der gelernte Ski- und Tauchlehrer Günther nun an diesem Mittwochabend im Rosenthal-Theater mit einem Bärenhunger neben Wunderlich am Büffet. Er hatte schlichtweg zwei Wochen durchgearbeitet. Wunderlich ließ sich natürlich ebenfalls nicht lumpen und bewegte sich zielsicher von einem Krabbencocktail über Nudelsalat zu Schäufele mit einem oberfränkischen Kloß und Blaukraut.

„Können Sie sich einen Grund vorstellen, warum Ihr Schwarzenbacher Amtskollege untergetaucht ist?“

„Beim besten Willen nicht. Ich kenne Andreas schon lange und bin genauso ratlos wie Sie. Er arbeitet seriös und hat nach meinem Eindruck nicht mehr Feinde als jeder andere Erste Bürgermeister in Bayern.“

„Vielleicht dennoch einen Feind zu viel? Wäre es denkbar, dass seine Nachverhandlungen zum Kornberg-Vertrag ein schmutziger Trick waren? Vielleicht wurde er unter Druck gesetzt oder ist jemandem damit auf die Füße getreten und deswegen abgetaucht?“

„Bestimmt nicht. Wissen Sie, Herr Wunderlich, keiner von uns ist beeindruckt von all den Verschwörungstheoretikern, den Hatern, den Phantasten. Die meisten von ihnen sind harmlos, aber was noch wichtiger ist: Keiner von ihnen hat Substanz. Würden wir diesen Besserwissern nachgeben, dann erst würden wir unser Gemeinwesen in genau die Misere reiten, vor der diese Leute behaupten die Menschen bewahren zu wollen.“

„Starke Ansage. Sie würden also ausschließen, dass, sagen wir, Reichsbürger dahinterstecken? Ich meine nicht, dass Ebert da gekniffen hätte. Sondern Schlimmeres.“

„Schlimmeres? Nun, mir fällt zumindest kein Grund ein, warum Extremisten einen Kommunalpolitiker zum Beispiel entführen sollten. Primitive und wirre Beschimpfungen sind das eine, aber was sollen die mit einer Geisel? Gibt es denn eine Forderung?“

„Nein, eben nicht. Das ist ja das Bizarre.“

„Und noch Schlimmeres?“, flüsterte Günther besorgt.

„Nein, wir haben, Gott bewahre, keine Leiche gefunden oder so. Aber gut, vielen Dank.“

„Nicht dafür. Sie wollten als Nächstes noch mit der Prominentenriege sprechen, richtig? Kommen Sie, wir haben sie im Foyer für Sie versammelt.“

Wunderlich war völlig verwirrt. Ein guter Bekannter entpuppte sich als Krimineller, verschwand spurlos unter dem Damoklesschwert einer mysteriösen Frist und es ließ sich auch nach drei Tagen kein konkretes Motiv zu alldem ermitteln. Er war noch immer halb in Gedanken versunken, als er sich im Eingangsbereich des Selber Rathauses den Lokalgrößen näherte.

Gerch Mackert flößte ihm keine Ehrfurcht ein und Christoph Heinrich und Otmar Fischer kannte er auch schon lange. Aber der in einen italienischen Maßanzug gekleidete Gianpaolo Masi, der wie ein Double von Jean-Claude Juncker aussah, der Kabarettist Randolph Roll und der Schauspieler Gabriel von Mainz – bei denen machte sich in dem Rehauer Kommissar unweigerlich der Gedanke breit: „Die kenne ich doch aus dem Fernsehen!“ Und damit war er wieder hellwach und konzentriert.

„Piacere!“, machte Masi den Anfang.

„Gott zum Gruße!“, stimmte von Mainz ein.

„Hätten Sie vor vierzehn Tagen gedacht“, ergänzte Roll, „dass wir heute Abend im Zentrum eines echten Verbrechens stehen? Wahnsinn! Wahnsinn!“

„Ist das wirklich schon dreißig Jahre her?“ Wunderlich schmunzelte Randolph Roll bewundernd zu. „Ich glaube, ich habe jede Ihrer Scheibenwischer-Folgen gesehen.“

„Wahnsinn!“

Alle mussten schallend lachen. Roll war, nicht zuletzt in Spontaneität, noch immer ein Meister seines Fachs. Man hätte dem Grandseigneur des deutschen Kabaretts stundenlang zuhören können – stolz darauf, dass es *Made in Hochfranken* war. Aber die Lage war zu ernst.

„Sie wissen also schon, warum ich Sie hierhergebeten habe. Wir haben Grund zu der Annahme, dass Ihnen jemand nach der Freiheit, wenn nicht sogar nach dem Leben trachtet. Wir haben auch bereits einen konkreten Verdacht, über den ich Ihnen aber noch keine Auskunft geben darf." Danach schilderte er ihnen ebenso behutsam wie detailliert, auf welch plakative Weise man sie bedroht hatte.

„Man muss Freiheit aushalten", meinte Roll. „Das kann nicht jeder."

„Er meint, dass wir Künstler sind", erklärte von Mainz. „Wir sind unbequem. Wir haben Feinde. Aber wir haben noch alles überlebt. Gelobt sei Jesus Christus."

„In Ewigkeit, Amen. Aber als Kriminaler sehe ich die Sache nicht so optimistisch. Denn zugleich sind drei Wirtschaftsleute und ein Altbürgermeister betroffen."

„Ma Commissario, auch wir haben Feinde. Naturalmente."

„Certo, Signor Masi. Aber dieselben? Das ist einfach sehr ungewöhnlich. Bei Herrn Roll und Herrn von Mainz würde ich zum Beispiel unterstellen, dass sie sehr liberal und, pardon, querköpfig sind."

„Das ist sicher so, und im Kabarett gang und gäbe", erwiderte Roll selbstbewusst, „ich kenne in Deutschland nur einen einzigen konservativen Satiriker. Und den gibt es nur im Ersten."

„Im Gegenzug dazu sind Sie als Wirtschaftsbosse doch eher, ich meine das nicht abwertend, systemkonform. Möchte man denken. Nun weiß ich aber schon, dass es nicht so ist. Gerch, du beschäftigst Autisten als deine besten ITler, Herr Heinrich verweigert sich der Profitmaximierung und hat eine Umweltstiftung. Und Sie, Herr Masi, sind Unternehmer alter Schule, ein Dorn im Auge jedes jugendwahn-verblendeten Beraterfuzzis."

Seine Gegenüber nickten beeindruckt.

„Meine einzige Erklärung ist, dass diese Leute gegen alles sind, was anders ist. Da will jemand Ihrer Art zu leben den Stecker ziehen. Koste es Oberfranken, was es wolle, denn was wären wir ohne Menschen wie Sie?"

„Come? Ziehen welche Stecker?“

„Tutto finito“, erklärte Wunderlich und machte mit nach unten gerichteten Handflächen und überkreuzten Armen das „Aus-und-vorbei“-Zeichen. Masi legte besorgt den Zeigefinger über die Lippen.

„Ich finde das unverantwortlich!“, echauffierte sich Otmar Fischer mit der ganzen Kraft seiner Leibesfülle. „Die Region braucht Kontinuität. Die Polizei muss dafür sorgen, dass uns nichts passiert.“

„Mein lieber Wunderlich“, mischte Gerch sich ein, „das ist doch ganz einfach. Im Gegensatz zu dem armen Andreas Ebert sind wir alle noch da. Also, entweder dein Entführer beißt sich an uns die Zähne aus, denn dank meiner Möglichkeiten habe ich bekanntlich professionelle Leibwächter.“ Er deutete lässig auf die zwei Schränke in schwarzen Anzügen hinter sich. „Oder er traut sich nicht ran an uns, weil wir einfach zu berühmt sind. Kurz: Uns passiert schon nix.“

„Na ja, aber so ganz darauf verlassen, dass ich nicht morgen in irgendeiner Granithöhle verwese, möchte ich mich nicht“, gab von Mainz zu bedenken. „Wie gesagt – es gibt Dörfer im Fichtelgebirge, da bekommt man Furcht und Schrecken.“

„Dann bleibt es dabei – Sie alle bekommen Polizeischutz und bewegen sich bitte so vorsichtig wie möglich, bis wir den Täter haben.“ Wunderlich legte den größten Ernst in die Stimme, der ihm möglich war.

„Herr Kommissar, kommen Sie mal bitte!“, tönte es vom Büffet, und das Gespräch mit den Berühmtheiten der Kornbergregion war abrupt beendet. „Herrn Günther geht es nicht gut!“

Wunderlich eilte zurück zu den Essenstischen und sah den Selber OB, wie der sich mit schmerzverzerrtem Gesicht auf einem Stuhl krümmte.

„Hat jemand den Sani verständigt?“, rief er in die Runde, was umgehend bejaht wurde. Während Wunderlich draußen schon das Martinshorn näher kommen hörte, redete er auf Udo Günther ein.

„Was ist passiert?“

„Booah, ich hab’ mit einem Mal so furchtbare Magenschmerzen. Das ist die Hölle!“ Der OB war leichenblass.

„Was haben Sie denn gegessen?“

„Von dem Fisch da drüben. Mist, mir ist total schwindlig. Mein Kreislauf ist nahe null.“

„Nicht wegkippen!“ Wunderlich gab Günther eine leichte Ohrfeige. Die Wange des Oberbürgermeisters war kalt wie ein Gefrierfach.

„Das ist mir noch nie passiert. Ich glaube, es kommt gleich alles wieder raus.“

Die Sanitäter eilten in den Raum.

„Und davor? War davor etwas Besonderes?“, konnte Wunderlich noch fragen.

„Nein. Ich komme ja seit zwei Wochen nicht aus dieser Mühle raus. Veranstaltung eröffnen, essen, Bier trinken und wieder von vorn.“

„Schwere Magenverstimmung“, war der erste Tipp des Mannes vom Roten Kreuz. „Vielleicht einfach nur der Stress. Wir nehmen ihn mit ins Krankenhaus.“

Wunderlich spürte in seinem Inneren, dass ihn irgendetwas stutzig machte, aber er kam nicht im Entferntesten darauf, wo er die Ursache zu suchen hatte. Erleichtert sah er dem Krankenwagen nach. Er hatte keinerlei Lust verspürt, noch einen weiteren Bürgermeister in ein Unglück verwickelt zu sehen. Aber er war vom Parkplatz des Rosenthal-Theaters noch nicht einmal wieder losgefahren, als sich in die Erleichterung der immer größere Frust mischte. Drei Tage waren seit den ersten Ereignissen vergangen. Drei! Und sie wussten – nichts! Nichts über

Eberts Verschwinden, nichts darüber, wie ernst die Bedrohung der VIPs zu nehmen war und wer sich dabei die Finger schmutzig machte. Alles, was er hatte, waren Mutmaßungen über die Großen Sieben – und auch das nur dank Sibylles genialem Gespür für eventuelle, aber noch durch nichts belegte Zusammenhänge. Vor allem jedoch hatte er ein sehr, sehr ungutes Bauchgefühl, dass seiner geliebten Heimatregion rund um den Kornberg eine Sache mit schweren Konsequenzen bevorstand.

Er ließ das Seitenfenster herunter, gierig danach, die Luft der vorletzten lauwarmen Nacht des Jahres aufzusaugen, bevor der kalte, weiße Unrat in nur zweiundsiebzig Stunden sein Leben für Monate erschweren würde. Er fuhr viel schneller, als es ihm ohne Blaulicht zustand, über die Kreuzung am Selber Hallenbad und durch den Kreisel an der A93, passierte die Kappel und war, innerlich wie äußerlich auf hundertachtzig, in zehn Minuten zuhause am Rehauer Staufenberg.

Vermutlich wäre sein Tempo noch viel höher gewesen, hätte er schon jetzt gewusst, wie sich ab dem nächsten Morgen alles in einem *worst case* zusammenfügen würde.

21

„Warum ausgerechnet das Granit-Labyrinth?“, fragte Wunderlich ratlos, als er dem Hilferuf nach Kirchenlamitz gefolgt und am Donnerstag gegen zehn Uhr oben auf dem Wanderparkplatz am Epprechtstein angekommen war. Die Zivilstreife hatte zwar die ganze Nacht versucht, den Ort zu bewachen, aber an die Straße nach Weißenstadt hatte keiner gedacht. Und so mussten sie vor einer Stunde ernüchtert feststellen, dass der Schmierfink wieder zugeschlagen hatte. Genau wie von Wunderlich vorhergesehen.

Peter Dittrich zuckte mit den Schultern. Wunderlichs Assistent war ihm seit Jahren eine verlässliche uniformierte Hilfe bei der Kripo-Außenstelle in Rehau, aber in diesem Fall wusste der pausbäckige, gemütliche, altgediente Beamte auch nicht weiter.

Gemeinsam streiften sie durch das im Jahr 2009 hoch über Kirchenlamitz errichtete begehbare Kunstwerk. Wunderwerk traf es noch besser, oder auch Naturdenkmal, denn es bestand aus zahllosen Quadern jenes Steins, der genau hier, am Epprechtstein, abgebaut wurde. Die Steinbrüche am Berg waren Zeuge davon, ebenso wie der nach ihnen benannte Rundwanderweg, auf dem man im Wald rund um den Epprechtstein-Gipfel eindrucksvoll alles über die Mühen und die technische Findigkeit derer lernen konnte, die das Fichtelgebirgs-Gold aus dem Boden geholt hatten. Umso niederträchtiger empfanden es Wunderlich und Dittrich, dass ausgerechnet dieses Denkmal für harte Arbeit und gigantische Natur geschändet worden war.

Einhundertachtzig Granitblöcke zählte das Labyrinth, und auf jeden einzelnen war mit eisblauer Farbe wieder diese eine Zahl gesprüht. Nichts hatte der Täter ausgelassen, nicht einmal den Obelisken in der Mitte und schon gar nicht den modernen Infopavillon aus Holz. Überall dieselbe Ziffer.

„7“.

Sonst nichts.

„Der Spaziergänger, der das Geschmiere vor einer Stunde entdeckt hat, war total geschockt, hat aber ansonsten nichts Verdächtiges bemerkt“, fasste Dittrich die Vorarbeit der Streife zusammen.

„Immerhin scheint die Kreativität dieses Vollpfostens nachzulassen“, meinte Wunderlich sarkastisch. „In Rehau und Schwarzenbach hat er noch die größten Unternehmer am Ort mit aufgehängten lebensechten Puppen bedroht, in Schönwald ein Arschloch genannt.“ Er blickte ratlos über die Steine hinweg auf den Kornberggipfel, ging mit Dittrich ein paar Schritte zwecks Gedankensammlung und sah von einem Feld aus hinab auf die Stadt Kirchenlamitz. Traumhaft. Wären sie nicht aus diesem Anlass hier oben gewesen.

„Die Kollegen haben schon alles wegen des Bürgermeisters in die Wege geleitet?“, erkundigte er sich.

„Ja. Sie glauben im Moment nicht, dass wir damit einen Kriminalfall haben. Fakt ist, dass sein Auto seit gestern hier steht und darin dieser Brief gefunden wurde.“ Dittrich deutete auf den Parkplatz an der Waldwirtschaft. „Die vom Wirtshaus sagen, er sei gestern am frühen Nachmittag bei ihnen im Biergarten gesessen. War ja wieder mal ein spätsommerlicher 4. November. Den Tafelspitz mit Meerrettich und oberfränkischen Klößen hat er bestellt.“

Wunderlich überkam ein leichtes Hungergefühl, aber letztlich war er von der Selber Schlemmernacht noch pappsatt. Er aß gerne, aber er kannte auch seine Grenzen.

„Und dann ist er zu einer Wanderung auf die Burgruine aufgebrochen, aber am Abend um zehn, als sie zugemacht haben, war er noch nicht wieder da."

„Kann er sich verlaufen haben?"

„Der Mann ist seit über zwölf Jahren im Amt. Der kennt sich hier aus. Außerdem würde das den Brief nicht erklären."

„Na dann zeig mal her." Wunderlich ließ sich das Blatt Papier reichen, auf dem das Wappen der Stadt Kirchenlamitz prangte. Er las laut vor, und mit jedem Wort wurde sein Tonfall verständnisloser.

„‚Mir wird die Belastung des Amtes zu viel, ich kann nicht mehr …' – Moment mal, der Markus Roth hat doch erst vor acht Jahren mitten in seiner ersten Amtszeit eine Traumhochzeit gefeiert. Und gerade ist er noch mal angetreten und hat gewonnen. Der ist doch glücklich und zufrieden. Der ist doch kein Selbstmörder!"

„Vielleicht war ihm das Ergebnis zu knapp."

Wunderlich blickte seinen Obermeister tadelnd an. Ein Mensch war verschwunden und hatte einen Abschiedsbrief hinterlassen, da war ihm das ein bisschen viel an Zynismus.

„Die Kollegen ermitteln in alle Richtungen", fuhr Dittrich fort, während er entschuldigend und betreten zu Boden blickte.

„Ich werde noch wahnsinnig!", fluchte der Hauptkommissar. „Ich sollte meinen Beruf aufgeben. Ich hinterlasse ja eine Schneise der Verwüstung. Jeder Kommunalpolitiker, mit dem ich in Kontakt treten will, ist plötzlich wie vom Erdboden verschluckt. Mensch, ich muss mit denen reden! Wir brauchen dringend mehr Infos über ihren ominösen Kaufvertrag mit den Großen Sieben. Wir müssen wissen, was bis Sonntag um Mitternacht sein könnte!"

„Schon mal drüber nachgedacht, ob Markus Roth vielleicht Teil dieses Verbrechens ist? Mittäter bei dem geplanten Attentat?“

„Was? Der auch noch? Gut, der zeitliche Zusammenhang ist irritierend“, grübelte Wunderlich. „Womöglich war Roth unser Schmierfink? Und jetzt bricht er zusammen?“

„Irgendjemand will jedenfalls gesehen haben, wie Roth mit einem anderen Fahrzeug davongefahren ist.“

„Das heißt, er könnte sich abgesetzt haben? Mit Ebert?“

„Die wären nicht die Ersten, die man auf den Bahamas wiederfindet“, gab Dittrich zu bedenken.

„Aber die Ersten von dieser Partei!“

„Du und deine alten Seilschaften und dein Glaube an das Gute. Vielleicht ist ihm auch einfach der Granitboden zu heiß geworden. Und zwar da drüben.“ Dittrich deutete von ihrem Aussichtspunkt auf den Weiler, der keinen Kilometer entfernt im Tal vor ihnen lag. „Der alte Stollen in Großschloppen ist als Atommüll-Endlager im Gespräch. Was glaubst du, was die Kirchenlamitzer mit ihrem Bürgermeister machen, wenn das tatsächlich so kommt? Aller Teer und alle Federn dieser Erde würden nicht reichen für das, was Roth dann bevorstünde.“

„Das grenzt an eine Verschwörungstheorie“, entgegnete Wunderlich verächtlich. „Ich …“ Er brach ab.

„Was ist? Was hast du?“ Dittrich blickte seinen Chef verdutzt an. Der wiederum starrte plötzlich auf die knallorange getünchten Wände des Waldgasthauses.

Es war der Schattenwurf an der Hausfassade, auf den er aufmerksam geworden war. Sie konnten die nordöstliche Gebäudeseite von ihrem Standpunkt aus nicht einsehen. Aber ihr Schatten war nicht regelmäßig. Wunderlich hatte eine böse Ahnung, was das zu bedeuten hatte.

Er war locker zehn Sekunden vor dem nicht mehr so sprint-erfahrenen Dittrich beim Wirtshaus, und als der Obermeister, noch pausbäckiger als sonst und ziemlich pustend, ebenfalls angekommen war, nickte der Kommissar ihm schon zu, halb triumphierend, halb empört. Er deutete mit dem Daumen an der Fassade entlang nach oben.

„Da steht: ‚Strom lebt – Ökoterroristen sterben'. Und ich würde sagen, das ist Reinhold Markner – Vorsitzender des Bundes Naturschutz."

„Und iech dedd song, do leffd dem sei Henker."

Wunderlich war in die Betrachtung der aufgeknüpften Puppe so versunken, dass er überhaupt nicht schaltete.

„Hallo, Herr Kommissar. Do leffd er!"

Wunderlich schreckte hoch, und jetzt endlich registrierte er, was Dittrich von ihm wollte. Es schien eigentlich nur ein harmloser Spaziergänger zu sein. Seelenruhig lief er vom Gasthaus auf das kleine Gebäude mit dem lustigen Bücherwurm auf der Fassade zu – die Eigentümer der darin befindlichen Ferienwohnungen waren offenbar ebenso begnadete Wortspieler wie der Rehauer Kommissar, nachdem man sich hier nun einmal im Weiler Buchhaus befand. Da begab sich also ein Feriengast vom Mittagessen wieder zurück in sein Zimmer. Nur was ein Feriengast beim Essen mit einem Strick und einem Messer gewollt hätte, diese Frage wäre wohl kaum zu beantworten gewesen.

„Entschuldigen Sie, bleiben Sie bitte mal stehen?"

Der Ruf Wunderlichs zeigte keine Wirkung bei dem Fremden.

„Stehen bleiben! Polizei!"

Als wäre er entweder taub oder ihm ein lautes Rufen in der Nähe schnurzegal, schloss der Angesprochene in aller Gelassenheit die Haustüre auf, ließ sie hinter sich ins

Schloss fallen und war verschwunden. Dittrich donnerte einen Moment später krachend gegen die Tür. Aber die widerstand ihm.

Ein Attentat auf sieben lokale Prominente stand unmittelbar bevor. Wunderlich verlor keine Zeit damit, auf Verstärkung zu warten. Er nickte Dittrich zu, der zog seine Waffe, richtete sie auf das Türschloss und schoss.

„Polizei!“, plärrten sie nochmals beim Hineinstürzen, als ob der andere das nicht längst begriffen haben musste. Nichts rührte sich. Es erwies sich als gar nicht so einfach, zu zweit ein dreistöckiges Haus zu durchkämmen, in dem jedes Stockwerk eine in sich geschlossene Ferienwohnung war. Sie verschafften sich mit Karacho Zutritt zur Erdgeschosswohnung, gleichzeitig den Hausflur im Auge behaltend und die Tatsache, dass der Verdächtige ein langes Messer mit sich führte. Durch den Flur geradeaus ins Schlafzimmer, dann mit größter Vorsicht und gezogener Waffe noch ums Eck in den Wohnbereich.

„Sicher!“, rief Wunderlich seinem wartenden Obermeister zu. Dann stürmten sie in den ersten Stock. Das gleiche Spiel noch einmal – wieder nichts.

Als sie mit einem lauten Rums die Tür aufstießen, fanden sie ihn, allen Gesetzen der Logik gehorchend, in der Dachgeschosswohnung vor. Seelenruhig stand er in der großen Küche, hatte sich einen Kaffee eingegossen und ließ zwischen den rosa Vorhängen hindurch den Blick durch die Landschaft am Epprechtstein schweifen.

„Sie?? Sie sind das?“ Wunderlich erkannte ihn sofort und taumelte zwischen maßloser Überraschung und einem schlagartigen Verstehen der Zusammenhänge. Aber er fing sich schnell. „Sie sind verhaftet!“, erklärte er seinem Gegenüber, als Dittrich sich dieses gegriffen und ihm die Handschellen angelegt hatte. Ebenso verwundert wie selbstbewusst blickte der Vollbärtige mit dem Goldkettchen auf der Brust ihn an.

„Ich habe nichts verbrochen. Ich bin ein unbescholtener Bürger."

„Aha. Und der Strick und das Messer?"

„Sind mein gutes Recht."

„Wir werden uns jetzt ausführlicher über Ihr gutes Recht unterhalten und über Bedrohung und Sachbeschädigung sowie einen verschwundenen Bürgermeister."

„Also aufs Präsidium nach Hof?", fragte Dittrich.

„Die Zeit haben wir nicht. Die Lage ist mir zu gefährlich. Wir machen das gleich hier, drunten in Kirchenlamitz."

22

Die Funkuhr im Raum zeigte halb drei Uhr nachmittags. Mit finsterer Miene saßen die sieben „Gäste" im Konferenzraum des Kornberg-Bunkers und musterten noch immer das Geländemodell mit den sieben Städten und den vier Zäunen.

„Keine Sorge, wir erklären es Ihnen ja", verkündete Dagobert Kramp-Freder generös.

„Dann beginnen Sie doch mal mit den Flaggenmasten auf den Dorfplätzen", forderte der Wortführer der Gefangenen unwirsch und deutete auf die kleinen Modell-Fahnenstangen in den Örtchen rund um den Gipfel. Daran hingen nicht die Flaggen Europas, Deutschlands und Bayerns.

„Wie Sie sehen, haben wir uns erlaubt, dort ein neues Hoheitszeichen anzubringen", begann Viktor Puchta. „Die eisblaue Sieben ist recht gelungen, nicht?"

„Ja, ganz nett. Nur dass unsere Ortsteile, die direkt am Waldrand zum Kornberg liegen, so eingezäunt sind, als befänden sie sich auf dem Gebiet der Deutschen Demokratischen Republik und die Hauptorte in Westdeutschland. Das sieht nicht witzig aus."

Sie starrten auf das morbide Arrangement, und die Empörung hielt sich die Waage mit der Angst.

„Was für ein Verbrechen haben Sie vor?"

„Wir machen hier nur Ferien", widersprach Puchta ruhig.

„Aha. Und die Ferien für die anderen? Das Eiswelten-Projekt? Die Polizei hat uns letzte Woche informiert."

„Oh, es dreht sich ja auch alles um Eis. Aber wir denken viel visionärer als nur bis zu einem Vergnügungspark. Nun, wir wollten die Bevölkerung nicht überfordern."

„Womit?“

„Mit unserer Größe“, schaltete sich Beate Höllwey ein. Mit den Händen beschwörend vor der Brust und den Blick zwischen den Zuhörern und dem Herrgott im Himmel wechselnd holte sie zu einer Rede aus.

„Es gibt ein Volk, das größer ist als alles andere. Die Gemeinschaft der Tausend. Menschen, die durch ihre überlegenen intellektuellen Fähigkeiten den Fortbestand dieser Welt sichern. Ich frage Sie – ist es nicht jeden Preis wert, diese Elite am Leben zu erhalten?“

„*BrainPower*?“, fragte ihr Kontrahent völlig unbeeindruckt zurück. Kramp-Freder setzte sein Siegergrinsen auf und streckte den Daumen nach oben.

„Wir brauchen das ewige Leben für die, deren Leben es wert ist!“

„Aha. Und wie wollen Frau Doktor das bewerkstelligen?“

„Vorsprung durch Technik“, erläuterte Viktor Puchta. „Wie Sie auf der Videoüberwachung ja bereits bemerkt haben, wurde von Ihrer Polizei im Boden ein Tank gefunden. Und zwar gefüllt mit flüssigem Stickstoff. Wir haben aber nicht nur einen davon, sondern zwei Dutzend.“ Er drückte einen Knopf auf dem Kontrollpult und dreiundzwanzig Außenkameras wurden zugeschaltet, jede in einem der Flutlichtmasten irgendwo draußen am Berg. Und auf jedem Bild erkannte man, wenn man genau hinsah, gut getarnt den Verschluss eines Tankdeckels.

„Wir müssen sie nur noch herrichten. Im Moment ist lediglich der eine in Betrieb, den Sie die ganze Zeit schon gesehen haben. Aber in Kürze wird alles fertig sein.“

„Stickstoff für ewiges Leben? Sie wollen Leute einfrieren?“

„*Unsere* Leute, genauer gesagt“, bestätigte Kramp-Freder siegessicher. „Keine Loser, nur die tausend Gewinner.

Und wir werden sie wieder auftauen, wenn die Zeit gekommen ist."

„Das ist in Deutschland illegal."

„Wir werden aber nicht in Deutschland sein", erwiderte Puchta und deutete auf den Zaun, hinter dem die Dörfer eingesperrt lagen. Die Demarkationslinie zog sich vom Wanderparkplatz Wüstenbrunn bei Pilgramsreuth nach Westen und traf in Martinlamitz auf den Lamitzgrund. Dort knickte sie nach Süden ab, die Fabrik von Christoph Heinrich von den Wohnsiedlungen abschneidend. Ab der Fahrenbühler Eisenbahnbrücke verlief die neue Grenze innerhalb der Bahngleise bis nach Großwendern, Niederlamitz war somit in der Mitte durchtrennt, der Rastplatz am Brunnen, an dem Wunderlich und Sibylle noch vergangenen Mittwoch auf ihrer Rennrad-Runde gesessen hatten, nun unerreichbar. Und so setzte sich das makabre Konstrukt über Spielberg und Steinselb fort, schluckte Brunn und Buchbach und schloss seinen Sperrring über die Kleppermühle bei Rehau.

„Hey Deutschland, du bist überhaupt keine Hürde für uns!" Reiner Thomas Edelmann stieß mit seinem Zeigefinger immer wieder drohend herab auf die sieben Flaggen mit dem neuen Hoheitszeichen. „Wir überbringen dir kühle Grüße!"

„Und Sie müssen verstehen, dass wir für die tausend Tanks noch ein bisschen Platz brauchen", erklärte Theo von Egelkraut. „Wir werden sie also in den reizenden kleinen Ortschaften errichten, in denen wir einige Grundstücke zusammen mit dem Kornberggipfel erworben haben. In der Organisation, der ich früher vorstand, haben wir das auch so gelöst. Wir konnten die Menschen davon überzeugen, dass sie uns in jedem noch so kleinen Ort einen Platz reservieren. Und den Staat um uns herum konnten wir überzeugen, uns in nicht unerheblichem

Umfang Steuergelder zur Verfügung zu stellen. Denn von fünfzig Prozent davon haben wir Kindergärten und Altenheime gebaut."

„Und von den anderen fünfzig?"

Statt einer Antwort blickte von Egelkraut nur voller Selbstbewunderung an seinem maßgeschneiderten Ermeneguido-Amaretti-Anzug für dreitausend Euro hinunter.

„Haben wir es uns bequem gemacht, unser eigenes Rechtssystem installiert und los geht's."

„Sie werden begreifen, dass diese Hochtechnologie gewisse Sicherungsmaßnahmen benötigt", fuhr Kramp-Freder in seinem sächselnden Stakkato fort. „Ich muss allerdings zugeben, dass wir ein Problem hatten. Denn natürlich können wir niemanden überzeugen, dass wir die Guten sind, wenn es in jeder Stadt einen Störenfried gibt." Er sah seine sieben Kontrahenten stechend an.

„Wunsiedel: ein Schauspieler, der Männer küsst." Edelmann tobte. „Bei so einer Sünde bleibt für mündige Bürger kein Krümel an Würde mehr übrig!"

Die Wunsiedler Geisel war entsetzt.

„Schwarzenbach: ein Manager, der nicht die besten Deals macht. Was für ein Schwächling!", tönte Kramp-Freder herablassend. „Die Leute sollen sich an Gewinner halten, wie uns. Nicht an die totalen Loser."

„Schönwald: ein Italiener, der sich weigert, uns das hochwertigste Porzellan zu liefern, das seine Fabrik herstellt. Dabei habe ich ihm eine halbe Million für jedes der tausend Gedecke geboten." Von Egelkraut schien aufrichtig verwundert. „Wie soll man denn ohne Prunk der Zivilbevölkerung klarmachen, dass sie ihr Land für etwas Außergewöhnliches opfern?"

„Selb: ein Kabarettist, der die Leute zum Selberdenken ermuntert. Das ist nicht gut", zeigte sich Puchta besorgt. „Wir übernehmen das doch gern für die Menschen."

„Marktleuthen!“, rief Waldstein aus. „Ein Ex-Bürgermeister, der nicht einmal studiert hat. Der nur ein einfacher Handwerker war und seine Bürger zu dieser furchtbaren Bodenständigkeit erzogen hat. Und noch schlimmer: Er hat es zugelassen, dass eine Frau ihm ins Amt nachfolgt. Eine Frau!“

„Der Kirchenlamitzer kann ja jetzt nicht mehr für sich selbst sprechen“, sagte Kramp-Freder, „aber der Naturschützer dort stellt sich dem SuedOstLink in den Weg und gefährdet damit den enormen Strombedarf, den wir für unser Kryonik-Projekt haben.“

„Und in Rehau: ein Unternehmer, der lebensunwertes Leben einstellt, um damit auch noch einen Windpark auf dem Kornberg bauen zu wollen, der uns im Weg steht.“

Für diesen Satz hätte jeder der sieben Gefangenen der Faschistin Höllwey am liebsten ein „Volksschädling!“ hingeschleudert, wäre der Begriff nicht vor achtzig Jahren durch dieselbe Bande besetzt worden, in deren Geist sie sich zu sprechen erdreistete. Stattdessen blickten die sieben „Gäste“ betreten in die Runde ihrer übermächtigen Gastgeber. Sie hatten die herablassenden Beschreibungen mit zunehmender Empörung zur Kenntnis genommen, aber die Angst war größer als die Wut.

„Jaja, ich verstehe schon, Herrschaften“, beruhigte sie Kramp-Freder voller Empathie, „Sie möchten endlich wissen, was das für Ihre nähere Zukunft bedeutet. Aber versetzen Sie sich doch erst einmal in unsere Lage. Betrachten Sie die Herren von Mainz, Heinrich, Masi, Roll, Fischer, Markner und Mackert einfach von außen. Würden Sie sie gewähren lassen, damit sie alles zerstören? Oder würden Sie sich darum bemühen, dass sie nie wieder den Mund aufmachen?“

„Aber das nebenbei“, fuhr Puchta fort. „Wie gesagt, wenn Sie mit uns zusammenarbeiten, und das heißt im konkreten Fall, so lange hier sitzenbleiben, wie wir es Ihnen sagen, und in der Zwischenzeit keine Mätzchen machen, dann ist alles gut."

„Außer natürlich, eine bestimmte Person überlegt es sich mal wieder anders", knurrte Beate Höllwey vor sich hin. „Wäre ja nicht das erste Mal."

„Weiber!", murrte Harald Waldstein.

Der Wortführer der Gruppe sagte nichts dazu. Stattdessen konnte man in seiner Miene lesen, dass er begann, über etwas Bestimmtes nachzudenken. Dass er wieder und wieder durchzählte. Nach zwei Minuten flüsterte er seinen sechs Mithäftlingen etwas zu, woraufhin diese ihn zunächst überrascht ansahen und dann finster nickten.

„Sagen Sie mal", begann er schließlich gedehnt, „wenn ich das richtig sehe, dann sind wir zu siebt. Und Sie sind nur sechs."

„Und?", fragte Puchta.

„Wir sind in der Überzahl. Sie haben einen Fehler gemacht. Sie haben zu viele von uns entführt. Und deswegen werden wir jetzt einfach gehen!"

Er sprang auf, warf krachend seinen Sessel um und bedeutete den anderen, es ihm gleichzutun, um sich auf die sechs Leute zu stürzen und sie zu überwältigen. Aber noch bevor er einen einzigen Schritt auf seine Entführer zu machen konnte, um sie zur Seite zu drängen, wurde er durch einen Lachanfall von Reiner Thomas Edelmann gestoppt.

„Hahahaha! Überzahl? Rührend! Meine Güte, denkst du, wir dümpeln alleine hier oben herum? Du müsstest mal gründlich auf die Bildschirme sehen. Vor allem Nummer fünf, hier drüben."

Das Bild, das Edelmann meinte, zeigte den Eingang zum Bunker von außen. Alle konnten sich erinnern, dass sie durch genau diese Tür geschleift worden waren. Aber die Rückschau war es nicht, was sie schlagartig entmutigte. Es war die Tatsache, dass vier schwerbewaffnete Soldaten neben der Tür standen.

„Ich war so großzügig, meine Privatarmee als Stütze auf den Berg zu überführen“, eröffnete ihnen Edelmann mit harter Stimme. „Ich spüre, zwanzig überaus trainierte Männer dürften reichen, um Sie und Ihre übermütige Eliteeinheit da draußen zu überzeugen, dass Sie sich fügen müssen.“

Sie wollten ihm etwas entgegnen, aber sie fanden keine rechten Worte für ihr Empfinden. Ja, man hatte sie alle gewaltsam entführt. Aber dass sie sich in den Händen einer skrupellosen Terrororganisation befanden, sprengte alle Grenzen dessen, was sie sich je für ihr Leben hatten vorstellen können. Dies hier konnte nur in einem Blutbad enden.

Wunderlich hatte es auch gehört. Das Ding hatte endlich kurz funktioniert. Er berichtete es Wenger mit Schaudern.

23

„Sie verhören mich an einem Dorfteich? Die deutsche Polizei hat Humor, das muss man ihr lassen.“ Der Vollbärtige mit dem Goldkettchen auf der Brust blickte gelassen einmal rund um den Kirchenlamitzer Stadtteich, so als wollte er im nächsten Moment aufstehen, einen gemütlichen Spaziergang auf dem dreihundert Meter langen Promenadenweg um das Gewässer machen und in Ruhe die Enten beobachten.

„Sie vergessen die Handschellen an Ihrem Körper, Herr Prolini“, konterte Wunderlich. „Fühlen sich die nicht relativ humorlos an? Außerdem, wo Sie doch Halbitaliener sind, wollte ich Ihnen nicht den vorläufig letzten sonnigen Tag verwehren. Wenn morgen die düstere Winterzeit beginnt, können Sie diese dann im Knast überbrücken.“

„Mir ist gar nicht zum Lachen, Herr Kommissar. Ich habe nämlich nichts Unrechtes getan.“

„Das müssen Sie mir erklären, angesichts dessen, dass wir Sie auf frischer Tat ertappt haben.“

„Was ich getan habe, war, Oberfranken zu beschützen. Eine strukturschwache Region, in der Zehntausende in Armut leben.“

Wunderlich blickte Dittrich an, dessen Pausbacken sich unter einem zunehmenden Grinsen so weit aufblähten, dass er Mühe zu haben schien, sie nicht im nächsten Augenblick mit einem epochalen Lachanfall platzen zu lassen. Aber er sagte nichts und ließ Prolini weitersprechen.

„Armut, um die wir uns kümmern müssen. Armut, die mitverschuldet wird von all diesen Personen des öffentlichen Lebens, die uns rechtschaffene Bürger umkrempeln wollen. Anstatt anzupacken, kommen diese Quertreiber ständig mit neuen Spinnereien daher. Das muss aufhören."

„Welche Quertreiber und welche Spinnereien?"

Prolini setzte theatralisch ein wehleidiges Gesicht auf, bevor er antwortete.

„Der Herr Markner vom Bund Naturschutz, zum Beispiel. Wir, meine Gruppe und ich, tun alles, um dem Großen Kornberg zu mehr Tourismus zu verhelfen und diesem verarmten Landstrich, Gott sei ihm gnädig, Geld und Arbeitsplätze zu bringen. Wir brauchen auf dem Gipfel Strom. Viel Strom. Und was tut dieser Saboteur? Klagt gegen den SuedOstLink – Bayerns wichtigstes Energieprojekt."

„Soso. Und Gerch Mackert?"

„Dieser Mann verhöhnt unsere jungen, gesunden, starken Menschen, die händeringend nach Arbeit suchen. Stattdessen stellt er diese degenerierten Sonderlinge ein."

„Sie meinen die Autisten in seiner IT-Abteilung?"

„Das ist doch wieder so ein beschönigender Begriff, diese armen Gehandicapten." Mit verächtlicher Miene machte Prolini eine wegwerfende Geste mit seiner rechten Hand. „Schmarotzer sind das!"

„Aha. Und Wunsiedel?"

„Die Stadt Wunsiedel untergräbt die menschliche Natur!", brüllte der Goldkettchenmann. „Es liegt in der Natur, dass Mann und Frau zusammenleben. Das sagt einem nicht nur der gesunde Menschenverstand, das ist gute Tradition unter den rechtschaffenen Bürgern. Und was tut Wunsiedel? Sie geben Gabriel von Mainz die Hauptrolle. Von Mainz, diesem warmen Bruder. Edelmann war außer sich!"

„Moment, Sie sprechen von Reiner Thomas Edelmann?"

„Ja genau."

Wunderlich fühlte sich wie einer, der sechs Richtige hatte, ohne einen Lottoschein abgegeben zu haben.

„Das heißt, Herr Edelmann hat Sie mit diesen Schmierereien beauftragt?"

„Das musste er gar nicht. Ich konnte doch sehen, wie er leidet!" Er setzte wieder sein Mitleidsgesicht auf.

„Und Christoph Heinrich?"

„Eine Umweltstiftung. Fällt diesem sentimentalen Weichei denn nichts Besseres ein als eine Umweltstiftung?" Beschwörend blickte er gen Himmel. „Dagobert Kramp-Freder hat es mir gesagt. Ein Unternehmer, der auf die besten Deals verzichtet, weil er gegenüber seinen Mitarbeitern und Kunden mehr Rücksicht walten lässt? Was ist mit den Steuern, die er nicht zahlt, wegen der Gewinne, die er nicht macht? Nur der beste Deal zählt, das sagt Kramp-Freder immer!"

Wunderlich blickte Prolini schmunzelnd an und der blickte etwas verdutzt zurück. Ihm dämmerte wohl gerade, dass er im Begriff war, sich gehörig zu verplappern und das gesamte Netzwerk preiszugeben. Aber dazu kam es nicht.

„Herr Prolini, wie kommen Sie mir eigentlich vor?", holte Wunderlich zum Gegenschlag aus. „Sie lamentieren hier rum, wie bedauernswert Oberfranken sei und dass es vor Sonderlingen geschützt werden müsse. Dabei sind es genau diese sogenannten Sonderlinge, die unsere Region so nach vorne bringen. Kreative, moderne, nachhaltig denkende und handelnde Menschen. Solche, die über den Schatten so mancher Tradition springen können, um Neues zu erforschen. Die einen scharfen Blick dafür haben, was an einer Tradition wertvoll und erhaltenswert ist und was ein alter Zopf, der abgeschnitten gehört. Sie jammern über die Menschen, die genau das tun, was Sie so pathetisch, aber mit leeren Worten fordern: dafür sorgen, dass Oberfranken stark bleibt! Das ist erbärmlich!"

Dittrich hätte beinahe Applaus geklatscht, so geplättet war er von der Rede seines Chefs. Aber der war noch nicht fertig.

„Wer hat sich das alles ausgedacht? Sie? Edelmann? Kramp-Freder? Wo sind Andreas Ebert und Markus Roth? Arbeiten sie für Sie? Und was haben Sie wirklich vor?"

„Ebert? Dieser Mann ist doch nur Mittel zum Zweck. Genau wie die anderen." Prolini grinste vielsagend, und Wunderlich sprühte innerlich vor lauter Vorfreude auf das, was der Dummkopf, der sein Gegenüber war, ihm gleich noch alles verraten würde. Endlich würde er mehr wissen!

Aber er irrte sich. Prolinis Grinsen war der letzte Moment des Austausches zwischen dem Polizisten und seinem Verdächtigem.

Im nächsten Augenblick schon hörte man die hohe Drehzahl im niedrigen Gang aus Richtung des Friedhofs. Ein Auto kam röhrend den Berg von Marktleuthen herunter. Mit quietschenden Reifen bog es um die Ecke am Marktplatz, säbelte die gelbe Menschenfigur vor dem Rathaus um und donnerte beinahe in dessen frische rote Fassade. Vor dem kleinen Gemüseladen gegenüber des Stadtteiches legte der schwarze Mini-Van eine Vollbremsung hin. Die Türen wurden aufgerissen, und die vier sprangen heraus. Wunderlich erkannte ihren Anführer genau. Im Unterschied zu seinen drei Schergen hatte er sich nicht einmal die Mühe gemacht, eine Sturmhaube überzuziehen. Die beiden Beamten rissen Prolini zu Boden, gingen mit ihm hinter Dittrichs Streifenwagen in Deckung und legten über das Autodach hinweg ihre Dienstwaffen an. Aber der Schnauzbärtige lachte nur und hob seine Maschinenpistole. Krachend schlug die Salve ein. Direkt über ihre Köpfe hinweg in das Vogelhaus und die Buche, die auf der kleinen Insel im Stadtteich standen. Die Passanten auf dem Spazierweg suchten schreiend das Weite. Sein Mordinstrument weiter im Anschlag brüllte Edelmann die zwei Polizisten hämisch an.

„Hübsches kleines Warnschüsschen ins Grüne für euch. Also werdet nicht übermütig und lebensmüde. Es ist klüger, wenn ihr euch fügt, eure Waffen aufs Autodach legt und uns einfach nur Prolini übergebt! Und zwar zügig. In der Kürze liegt die Würze. Sonst gibt's auf die Mütze!"

Noch während er die Hände hob, wissend, dass alles andere sein Todesurteil gewesen wäre, versuchte Wunderlich zu verhandeln.

„Edelmann, das ist doch Wahnsinn. Sie kommen doch nicht weit. Wir haben drei verschwundene Bürgermeister und wir wissen, dass Ihre Gruppe das war. Halb Oberfranken wird nach Ihnen suchen." Das war hoch gepokert, da ja völlig unklar war, ob zwischen Ebert, Bäcker und Roth eine Verbindung existierte. Aber es war ohnehin egal.

„Hey Deutschland!", schnauzte Edelmann nur zurück, „da müsstest du früher aufstehen! Gib dir keine Mühe! So, los jetzt, bring ihn auf die Füße, du Hürsch! Sonst mache ich dich zu Müsli! Fünf, vier …" Er winkte Prolini zu sich her.

Wunderlich und Dittrich hatten keine Wahl. Sie nahmen dem protzigen Brustbehaarten mit dem offenen Hemd die Handschellen ab und ließen ihn ziehen.

„Gelobt sei Jesus Christus, in Ewigkeit Amen!", plärrte der erleichtert, als er die Straße überquerte, um einzusteigen.

„Du bist zu katholisch!", entgegnete Edelmann schulterklopfend und freundschaftlich, als er Prolini in Empfang nahm. Die Söldnertruppe sprang zurück in den Van und raste davon, am Supermarkt vorbei und hinaus aus dem Ort in Richtung Weißenstadt.

Es war dreizehn Uhr, als er endlich im Gestüt des Jagdschlosses Fahrenbühl ankam. Zuerst hatte Wunderlich natürlich ein Großaufgebot angefordert, um die Gefangenenbefreiung noch in der Nähe von Kirchenlamitz zu beenden. Aber Prolini, Edelmann und seine Helfer blieben wie vom Erdboden verschluckt. Der Kommissar hatte nun ein Hühnchen mit Dagobert Kramp-Freder zu rupfen. Sibylle hatte dessen Leidenschaft für Pferde in Erfahrung gebracht.

„Schönes Tier, nicht wahr, Herr Wunderlich?", sprach die sächselnde Stakkato-Stimme. Der Chef der Großen Sieben blickte bewundernd seinen Araber-Hengst an und wandte sich dann erst dem Kommissar zu.

„In der Tat. Reiten Sie selbst?"

„Ach wo, dazu bin ich zu unbeweglich, sehen Sie mich an." Er schmunzelte selbstironisch. „Nein, ich habe diese wundervollen Tiere als Investition für mich entdeckt. Schon in den Staaten. Natürlich musste ich sie dann mit hierherbringen, Ehrensache. Fahrenbühl ist eine exzellente Adresse dafür." Er deutete über seine Schulter auf die Pferdekoppel, den mächtigen Wald dahinter und den darüber thronenden Kornberggipfel. Dann setzte er wieder dieses Grinsen zu seinen zusammengekniffenen Augen und seinem erhobenen Daumen auf, das niemanden beeindrucken konnte außer vielleicht einen begnadigten Truthahn an Thanksgiving.

„Ich wollte Sie darüber informieren, dass wir den Schmierfinken ermittelt haben, der in Ihrem Namen die örtlichen Prominenten mit dem Tode bedroht. Matthias Prolini."

„Prolini, sagen Sie? Unser Prolini? Das ist ja erschütternd!“

„Mmh. Leider hatte er nur kurz das Vergnügen mit uns. Er wurde vor einer Stunde gewaltsam befreit, mitten im Verhör.“

„Was sagen Sie da? Das ist ja noch schockierender.“

„Nun, ich hatte eigentlich gehofft, Sie könnten mir weiterhelfen. Immerhin ist Prolini ein Mitglied Ihrer Gruppe.“

„Sehen Sie sich diese wundervollen Pferde an“, erwiderte Onkel Dagobert mit einem Rundumblick über die Fahrenbühler Weide. „Wussten Sie, dass ein Pferd so schnell und so kräftig ist, dass es einen Menschen töten kann?“ Er nahm beiläufig die Dressurgerte von dem Tischchen neben sich und deutete auf eines seiner eigenen Tiere. „Der hier zum Beispiel – eines der schnellsten Rennpferde der Welt.“

„Was hat das mit Herrn Prolini zu tun?“

„Gar nichts. Ich fürchte, ich kann Ihnen nicht behilflich sein. Prolini hat – oder hatte, muss ich wohl zu meinem Bedauern sagen – die Aufgabe, das Strom-Konzept für die Eiswelten umzusetzen. Deshalb ist er Teil unserer siebenköpfigen Gruppe. Ansonsten weiß ich nicht viel über ihn. Dass er sich zu einer solchen Tat hinreißen ließ – unerhört. Aber ich schlage vor, Sie suchen seine Entführer im Umfeld der Herren Mackert, Heinrich, Masi und so weiter. Die wollen es dem, der sie so unflätig bedroht, doch sicher heimzahlen. Besonders zu einem italienischen Geschäftsmann fallen mir da Assoziationen ein. Und Rache ist immer ein gutes Motiv, finden Sie nicht?“

Wunderlich war sich sicher, dass Kramp-Freder hinter all dem steckte und dass ein Anschlag auf die sieben VIPs von Gerch Mackert bis Reinhold Markner unmittelbar bevorstand. Aber hier und jetzt musste er unverrichteter

Dinge von dannen ziehen. Mit einer Mischung aus Anspannung und Frust.

Hätte er im Ansatz geahnt, welche Überraschung ihm am Nachmittag noch blühte, dann hätte er beides gar nicht bemerkt. Eine Überraschung, die seinen ganzen Fall einmal mehr auf den Kopf stellte.

24

„Es ist doch zum Mäusemelken“, plärrte Wunderlich in den unablässig dröhnenden eisigen Wind hinein. „Jetzt knobeln wir schon seit drei Stunden dran rum und können erst zwei weitgehend ausschließen.“

„Dann müssen wir eben meinen Weg gehen“, schlug Sibylle am anderen Ende der Leitung vor.

„Du meinst Profiling statt Alibis prüfen. Na, dann leg mal los.“

„Also, Waldstein ist meiner Meinung nach zu alt. Er hat rein körperlich nicht mehr die Kraft. Außerdem würde der zwar jede Frau umbringen, aber nicht sein eigenes Geschlecht. Von Egelkraut, denke ich, hat schlicht nicht die Eier für zwei Morde. Bleiben noch drei.“

„Zwei.“

„Wieso? Edelmann, Höllwey und Prolini.“

„Das war es, was ich dir vorhin noch erklären wollte. Prolini kann es nicht gewesen sein. Jedenfalls nicht der zweite Mord.“

„Woher weißt du das?“

„Weil Prolini das Opfer ist. Seine Leiche liegt tiefgefroren direkt hier vor mir.“

„Ach nee! Schön, dass man’s mal erfährt!“

„Ja, ich weiß. Entschuldige. Hier draußen geht’s drunter und drüber und ich kann kaum klar denken auf diesem lebensfeindlichen Eisberg.“

„Das heißt also, die anderen sechs haben Prolini liquidiert, weil der sie mit seinen plumpen, stümperhaften Schmierereien in Gefahr gebracht hat.“

„So sehe ich das auch. Allein schon, dass er überall die Zahl Sieben hingepinselt hat, war so dämlich, da mussten sie geradezu davon ausgehen, dass er sie im nächsten Atemzug verraten würde. Als wir ihn dann verhaftet haben, herrschte mit Sicherheit Alarmstufe Rot."

„Also hat Edelmann Prolini eilends entführt und postwendend schockgefrostet", schlussfolgerte Sibylle.

„Ersteres ja. Aber hat er auch Letzteres getan?"

„Er ist der Soldat unter den sieben – pardon, sechs. Ihm traue ich es am ehesten zu."

„Wieso nicht Höllwey?"

„Die macht sich nicht selbst die Hände schmutzig. Sie stachelt nur die anderen dazu an. Bei Edelmann haben wir natürlich wieder das Problem, dass er nicht der Typ für das nötige Ingenieurswissen ist, um den Kryonik-Vorgang durchzuführen."

„Also waren es womöglich alle sechs gemeinsam?"

„Wie auch immer das gegangen sein kann. Waldrau spricht eher von einer einzelnen Person. Wir sind mit seinen Daten durch. Er kam bis zu dem Satz ‚Diese Person – sie will forsch und unbekümmert nach oben und würde über Leichen gehen.' Da hat er leider Recht behalten."

„Aber das wusste er ja zu dem Zeitpunkt noch nicht. Forsch und unbekümmert – hm, mit irgendwem von denen verbinde ich das ganz besonders. Ich habe deine Pinnwand in Schwarzenbach regelrecht vor Augen. Aber ich komme gerade nicht drauf."

„Ich mache mich mal noch ein wenig über die Strukturen innerhalb von *BrainPower* schlau. Vielleicht lernen wir ja daraus etwas darüber, wer von den sechsen am meisten auf dem Kerbholz hat."

„Frag dich doch mal bei Linde und bei Air Liquide durch. Das sind die beiden großen Player für industrielle Kälte-Erzeugung. Vielleicht hatten die in den letzten Jahren mal eine merkwürdige Anfrage aus unserer Region. Oder einen auffälligen Seminarteilnehmer. Wir steigen inzwischen zum Gipfel auf und bereiten den Zugriff vor."

„Alles klar. Viel Glück und pass auf dich auf. Du weißt …“

„Ich weiß.“

„Nachdem Sie nun begriffen haben, dass Sie an unseren Wachen nicht lebend vorbeikommen werden“, fuhr Dagobert Kramp-Freder derweil im Bunker fort, „möchten wir Ihnen die Bedingungen für Ihre Freilassung mitteilen. Wir sind ja schließlich keine Monster.“

„Freilassung?“, kam es unisono zurück. Die sieben Entführten waren nun ehrlich überrascht. „Wir dachten, Sie wollen freie Bahn für Ihr größenwahnsinniges Vorhaben?“

„Die bekommen wir ja auch“, entgegnete Puchta ruhig.

„Allerdings muss es jetzt schnell gehen“, erklärte Kramp-Freders sächselnde Stakkato-Stimme. „Sie zücken nun Ihre Mobiltelefone und klingeln in Ihren Städten durch. Sie werden sich für eine Weile aus Ihren Geschäften verabschieden müssen. Also rufen Sie bitte Ihre Stellvertreter an.“

„Ach so ist das! Und die Frist läuft heute Nacht ab, und Sie haben danach freie Hand.“

„Genau das ist der Plan.“

„Aber das funktioniert doch nicht. Es sei denn, wir verschwinden so lange, bis die Bauarbeiten abgeschlossen sind und nichts mehr rückgängig gemacht werden kann.“

„Sie haben es erfasst. Am Flughafen Hof wartet für Sie ein Privatjet unseres Konsortiums mit Flugziel Guam.“

„Gechartert“, grinste Theo von Egelkraut. „Hat mich gerade mal zwölftausend gekostet, mit Besatzung.“

„Was??! Guam??“

„Ich sagte Ihnen bereits vorhin, es kann eine Weile dauern“, bekräftigte Kramp-Freder. „Aber die müssen Sie doch nicht in diesem Bunker verbringen. Herr Edelmann hier organisiert Ihren Transfer nach Hof-Pirk. Unsere Organisation verfügt ja auch über Hubschrauber. Und sobald Sie alle sieben in dem Flugzeug sitzen, sind Sie frei. Sie machen dann bis Weihnachten Urlaub auf unsere Kosten und danach kehren Sie zurück in Amt und Würden. Nur ohne Martinlamitz, Großwendern und so weiter natürlich.“

„Das ist doch absurd! Ihr habt sie ja nicht alle!“ Der Wortführer der Geiseln schüttelte vehement mit dem Kopf.

„Glauben Sie mir, wir haben mehr Überblick über die Welt als der Rest der Welt zusammen“ entgegnete Kramp-Freder. „Es läuft so, wie wir es verlangen.“

„Und wenn nicht?“

Statt einer Antwort drehte sich Puchta zu Edelmann um, der mit seiner Handkante eine Kopf-ab-Geste vollführte.

„Die Aktion muss innerhalb der nächsten sechzig Minuten über die Bühne gehen. Wenn das Flugzeug nicht starten kann oder wenn Ihr Beschützer“ – er deutete auf den Bildschirm mit Wunderlich, der frierend vor Prolinis Leiche stand – „zu früh hier ankommt, dann sehen wir uns leider gezwungen, Sie zu liquidieren.“

Die sieben Weggefährten spürten, dass sie keine Wahl hatten. Also sahen sie zu, dass sie die nötigen Leute an die Strippe bekamen. Es war fünfzehn Uhr.

25

Die Pinnwände im achteckigen Großen Sitzungssaal des Schwarzenbacher Rathauses waren reichhaltig mit Neuigkeiten bestückt, als Wunderlich am Donnerstagnachmittag nach dem unerquicklichen Treffen mit dem finsteren Dagobert Kramp-Freder zurück ins Lagezentrum kam. Er war seit achtundvierzig Stunden nicht mehr hier gewesen. Sibylle hatte den ganzen Tag damit zugebracht, die letzten Puzzlesteine der Großen Sieben zusammenzutragen. Mit einer Bescheidenheit, hinter der nur er den berechtigten Stolz erkennen konnte, trug Wunderlichs Kollegin und bester Kumpel vor, was die neuen Fotos im Südwest-Eck des Raumes zeigten. Der wuchtige Schlossbau draußen hinter ihr, im 18. Jahrhundert als Sommersitz einer Fürstenfamilie errichtet, war die perfekte Kulisse für die letzten Enthüllungen. Plus der Latte Macchiato Caramel, den Veronika Eckert brachte.

„Das hier ist Theo von Egelkraut aus Schönwald. Wenn du geglaubt hast, der Werdegang des KGB-Mannes Puchta sei skurril gewesen, dann hör dir das jetzt an. Egelkraut hat nämlich Karriere bei der Kirche gemacht."

„Hast du *Kirche* gesagt? Und wie kommt er von da in ein weltliches, profitorientiertes Konsortium?"

„Wieso, da muss er doch sozusagen nirgendwo hin wechseln", mischte sich Veronika grinsend ein.

„Ha, ha. Also, er hatte es bis zum Bischof gebracht. Aber plötzlich tauchte sein Name in den Wirtschaftsnachrichten auf. Er hatte das gesamte Vermögen seines Bistums in Put-Optionen investiert, also auf fallende Kurse gewettet. Brutal gezockt, könnte man sagen. Und dann kam der Crash im Frühjahr 2020 und er war schwerreich. Mit diesem Geld in der Tasche ist er dann aus der Kirche ausgetreten." Mit einer Mischung aus Bewunderung und Tadel ließ sie ihren Zeigefinger mehrfach auf Egelkrauts Foto auftippen.

„Alles klar, das ist also der Finanzchef der Großen Sieben. Wer fehlt uns denn jetzt noch? Wir haben einen Obergangster, einen Presse- und Geheimdienstoffizier, einen Militärführer, eine Propagandachefin, einen Finanzjongleur und einen verschwundenen Elektriker."

„Abenteuerlich genug, oder? Und der siebte passt irgendwie so gar nicht in die Reihe." Sie deutete zu guter Letzt auf das Foto eines etwa Siebzigjährigen mit graumeliertem Vollbart und Geheimratsecken, der trotz seines Alters vor Manneskraft nur so zu strotzen schien. Jedenfalls sagte seine ganze Körpersprache: Nimm mich, ich bin ein *womanizer*. Sibylles Mimik drückte genau das Mitleidige aus, das Wunderlich beim Blick hinter die Fassade dieser armseligen Figur empfand.

„Harald Waldstein", teilte sie mit, aber das wäre unnötig gewesen. Der Mann war einer der Top-Promis auf Wunderlichs Liste „Lumpen, die man nie vergisst".

„Wie viel Jahre hat er gekriegt für die drei versuchten Vergewaltigungen? Zwölf?"

„Elf, glaube ich. Ist auch egal. Er ist ja soo krank. Er muss sie ja nicht absitzen."

„Und als was taucht der bei den Großen Sieben auf?"

„Er besitzt die größte Werbeagentur der Welt. Die Kampagne, die die ‚Eiswelten' bewerben soll, stammt von denen. Und jetzt rate, wo er seinen Alterssitz hat."

„Also wir haben Kramp-Freder in Schwarzenbach. Puchta in Selb. Edelmann in Wunsiedel. Die Höllwey in Rehau, Prolini in Kirchenlamitz und zuletzt Egelkraut in Schönwald. Wird Waldstein doch nicht etwa in Marktleuthen zuhause sein?"

„Bingo. Die sieben verteilen sich eins zu eins genau auf die sieben Städte, in denen die sieben bedrohten Prominenten ihrer Tätigkeit nachgehen. Es ist, wie wir schon gestern vermutet haben: Die Großen Sieben haben die anderen auf dem Kieker, weil sie sie hautnah kennen."

Sie standen Seite an Seite am Fenster und blickten hinab auf die Saale. Wunderlich nahm Sibylle in den Arm.

„Weißt du, dass du sie alle in nur vier Tagen gefunden hast? Nachdem zuvor monatelang niemand darauf gekommen ist, um wen es sich bei der Gruppe handelt?"

„Na ja, die da draußen haben ja auch keine Polizei-Informationen. Wenn man mit unserem Wissen eins und eins zusammenzählt, dann – zack!" Sie schnalzte mit der Zunge.

„Ja, aber ohne diejenigen, die die Fleißarbeit machen, so wie du, brächte alles Zusammenzählen nichts. Mach dich nicht kleiner, als du sowieso schon bist." Er stellte sich auf die Zehenspitzen und sah betont provokativ auf seine eins sechzig große Weggefährtin herab, was diese wie immer mit „Potsch" und einer wohlmeinenden Kopfnuss quittierte.

„So, und nun müssen wir rauskriegen, was sie mit den Eiswelten wirklich vorhaben und wo Ebert und Bäcker stecken. Aber als Erstes sind Eddi und ich dem Franz Roberts noch einen Besuch schuldig."

Der Krankenbesuch bei Angermanns Schönwalder Amtskollegen war überfällig, und ein wenig Abwechslung tat jetzt gut. Also hatte Wunderlich sich als Nächstes seinen Kumpel Eddi geschnappt und war mit ihm losgefahren, auf der alten B15, den neuen *Perlenradweg* nebendran bestaunend. Zudem hoffte er, Roberts in Ruhe zu dessen Sicht auf das Kornberg-Projekt und den ominösen Kaufvertrag befragen zu können.

„Und“, meinte der Rehauer Bürgermeister auf dem Beifahrersitz, „hast du schon gehört? Am Samstagabend soll ein richtig heftiger Schneesturm kommen. Unglaublich, oder?“

„Mmh, ich freu mich schon“, ätzte Wunderlich und blickte zuerst auf die Temperaturanzeige mit sechzehn Grad plus und dann durch die Windschutzscheibe nach oben auf einen strahlend blauen Himmel. „Und ich hoffe, dass der Fall bis übermorgen geklärt ist. Ich habe weiß Gott keinen Bedarf, im Schneegestöber nach verschwundenen Promis zu suchen.“

Franz Roberts, Bürgermeister von Schönwald, hatte sein Privathaus am Rabenberg, einem ruhigen Wohnviertel am Waldrand, zu dem es so steil hinaufging, dass es im Mittelalter als Burgberg hätte dienen können. Zumindest Richtung Südosten, wo man mit gefühlten fünfzig Kilometern Fernsicht feindliche Ritter bis aus dem Steinwald in der Oberpfalz hätte kommen sehen. Wunderlich und Angermann stiegen aus, nahmen einen tiefen Atemzug an Waldluft und klingelten.

Nichts rührte sich. Sie warteten eine Minute und klingelten erneut. Kein Mucks. Wunderlich blickte Angermann besorgt an.

„Franz, hier ist Eddi!“, rief der und klopfte an die Tür. „Bist du auf den Beinen? Wir möchten wissen, wie es dir geht.“ Er klopfte nochmals etwas stärker. Plötzlich quietschte etwas. Die Tür war nur angelehnt und öffnete sich.

Wunderlich zog seine Waffe und bedeutete seinem Freund und Mitermittler, dass dessen Begleitung ab hier zu gefährlich war. Angermann bewegte sich ohne Diskussion zurück zum Auto und nahm dahinter Deckung ein.

„Hallo, Herr Roberts! Hier ist die Polizei! Ich komme jetzt rein!“ Die Dienstpistole mit beiden Händen fest umklammernd, den Lauf zum Boden gerichtet und jederzeit schussbereit betrat der Hauptkommissar das Haus des Schönwalder Bürgermeisters. Angermann tat etwas, was er sonst nur in einer weinseligen Runde zum privaten Abschluss großer Rehauer Events zu tun pflegte, und diesmal schnorrte er sie nicht einmal: Er steckte sich nervös eine Zigarette an.

Drin hörte man, wie Wunderlich eine Zimmertür nach der anderen mit dem Fuß aufstieß, mehrfach sehr laut „Polizei!" rufend. Treppen knarzten. Die Geräuschkulisse verlagerte sich ins Obergeschoss. Angermann konnte Wunderlichs Silhouette an den Fenstern erkennen. Für ihn war nicht mehr die Frage, ob es krachen würde, sondern nur noch, in wie viel Sekunden.

Er bemerkte, wie Wunderlich in den Keller ging. Eine weitere bange Minute verging, in der nichts zu hören und zu sehen war. Angermann hielt den Atem an. Es war klar, dass …

Weiter kamen seine Gedanken nicht mehr, denn der Moment war da. Das Unerhörte, das Unerwartete geschah: Er rieb sich verwundert die Augen, als Wunderlich unverrichteter Dinge wieder in der Eingangstür erschien.

„Hier ist niemand. Aber das musst du dir ansehen." Er winkte Angermann zu sich und gemeinsam gingen sie in das Gebäude zurück.

Die Höllenmaschine war in Roberts' Arbeitszimmer im Keller aufgebaut. Zig Lämpchen blinkten und die Verkabelung sah kompliziert aus. Die Drähte führten von einem Tablet in das kleine Kästchen hinein. Offenkundig konnte man es über Internet manipulieren und jederzeit aktivieren. Wunderlich näherte sich vorsichtig. Angermann streckte gedankenverloren die Hand danach aus.

„Nicht anfassen! Er hatte sich bei seiner Sekretärin per Festnetztelefon gemeldet. Und das steht hier. Und wird vom Tablet aus gesteuert.“ Wunderlich deutete mit Nachdruck auf das Telefon-Kästchen. „Also mach keine Spuren kaputt.“

„Du meinst, der Anruf war ein Fake?“

„Ja. Schau, wie Telefon und Tablet verbunden sind. Ich bin kein Fachmann, aber offenbar steuert es die Sprachfunktion des Telefons so, als käme von dort ein Anruf.“ Er klickte auf dem Tablet herum und suchte nach Audiodateien. „Bingo!“, rief er schließlich und drückte auf Play. Angermann traute seinen Ohren kaum, als er Roberts’ Stimme erkannte, die mit kränkelndem Tonfall verkündete, dass man zwei Wochen krankgeschrieben und abwesend sei.

„Er war also schon nicht mehr hier, als der vermeintliche Anruf kam.“

„So eine Funktion wünsche ich mir ehrlich gesagt gelegentlich auch“, scherzte Angermann.

„Aber warum tut Roberts das? Was hat er vor?“

Der Rehauer Bürgermeister zuckte mit den Schultern.

„Mensch, das wollte ich dich schon seit zwei Tagen fragen“, rief Wunderlich plötzlich und zerrte den geheimnisvollen Notizzettel von Andreas Ebert aus seiner Tasche. „Hast du eine Vermutung, was dein anderer Amtskollege hiermit gemeint haben könnte?“

„SONNTAG, 8. NOVEMBER, 23:59 UHR. BESSER BIS FREITAG“, las Angermann laut vor. „Ner klor!“, fügte er dann zu Wunderlichs völliger Verblüffung hinzu. „Wieso hast du mir das nicht gleich gezeigt?“

„Herrgottsna, weil ich es halt vergessen hatte. Du weißt, worum es geht?“

„Sicher. Es ist die Frist für unsere Anfechtung des Kaufvertrags.“

Wunderlich haute es beinahe den Schalter raus.

„Wie du weißt, haben alle sieben Orte, die einen Teil des Kornberg-Gipfels besitzen, ihre Anteile an das Konsortium der Großen Sieben verkauft."

„No scho."

„Was aber nicht öffentlich wurde, ist, dass wir ihnen etwa sechs Wochen später auf ihr falsches Spiel gekommen sind. In dem Vertrag war die Rede davon, dass ein Eventzentrum am Gipfel entstehen wird. Der Text, das sagen auch unsere Juristen, erweckte ganz klar den Eindruck, dass das Gipfelgelände frei zugänglich bleibt. Für Wanderer zum Beispiel, aber auch für die Nutzung der Skipisten, die es ja schon immer gibt."

„Und dann kamen plötzlich zwei Zäune mitten in die Landschaft."

„Und es wurde ruchbar, dass die Bebauung unvorstellbare Dimensionen annehmen soll. Der ganze Wald bis runter zum Kornbergring gerodet, Eintritt auf das Gelände nur zu aberwitzig hohen Preisen und so weiter. Das würde kein Tourismus-Angebot werden, sondern ein Resort für Superreiche. Das ist arglistige Täuschung, und deshalb haben alle sieben Orte beschlossen, den Vertrag anzufechten. Wir sieben Bürgermeister haben uns dazu in den letzten zwei Wochen intensiv koordiniert und wollen in den nächsten Tagen die Unterschrift leisten. Denn die Frist dafür läuft an diesem Sonntag um Mitternacht ab."

„Und besser, ihr macht es schon bis Freitag, dem letzten Werktag davor. Also morgen."

„Genau das war unsere Absicht. Wir wollten uns morgen beim Notar treffen. Ebert wollte aber vorher noch mit den Großen Sieben eine gütliche Einigung suchen."

„Ich fasse es nicht – da bleiben ja keine Fragen mehr offen. Bis auf die wichtigste: Könntest du dir denn vorstellen, dass Roberts und Roth ein falsches Spiel spielen und mit den Großen Sieben zusammenarbeiten? Und deswegen abgetaucht sind, wie eventuell Ebert und Bäcker?"

„Ich kenne Franz Roberts jetzt seit über einem Vierteljahrhundert. Der ist bei uns in der *Bürgerlichen Mitte* verwurzelt wie kaum ein Zweiter. Ein gestandener Multifunktionär der Partei. Der hat schon Auftritte von Franz Josef selig in der Hofer Freiheitshalle gemanagt und dort auch noch eigenhändig Security gemacht. Wobei er mit Parteifreunden umgehen musste, die im Überschwang und ohne jede Absprache Schusswaffen zum Schutz des bayerischen Königs, äh Ministerpräsidenten, dabeihatten. Alles völlig irre, aber wahr."

„Ja, beides. Und was schließt du jetzt daraus?"

„Dass Roberts nicht allen die Hucke voll lügen und dann abtauchen würde. Dafür hat er ein viel zu breites Kreuz."

„Das heißt, jemand anderer hat seine krankheitsbedingte Bettlägerigkeit vorgetäuscht."

„Das ist meine einzige Erklärung", erklärte Angermann überzeugt, „und ich denke auch, dass Ebert ehrlich in unser aller Interesse mit den Großen Sieben verhandeln wollte."

„Dann haben wir eine ganz neue Situation."

„Nämlich welche?"

„Das ist ja das Problem. Ich weiß es nicht."

26

Es war Freitag, der 6. November. „Meggy“ blinzelte gemächlich aus seinem Häuschen im Außengehege, machte keinerlei Anstalten mehr, den Schutzraum mit der Wärmelampe zu verlassen, und sein ganzes Verhalten teilte seinen Eltern mit: „Holt mich rein, der Winter kommt.“

Die griechische Landschildkröte der Wunderlichs war ein verlässlicher Wetterfrosch. Schon beim ersten Hinaustreten an die frische Luft konnte der Kommissar spüren, dass sein Reptil wie immer recht behalten würde. Der Spätsommer war vorbei. Die Luft hatte sich deutlich abgekühlt und trug etwas Beißendes in sich. Es war trocken, aber der Himmel war grau geworden. Es roch nach Schnee. Missmutig dachte Wunderlich an das Toskana-Feeling zurück, das der hochfränkische Altweibersommer in sich getragen hatte und das, wenn es nach ihm gegangen wäre, für immer hätte andauern können, genau wie die Mitteleuropäische Sommerzeit. Doch heute würde sich weit mehr als nur das Wetter ändern.

Wunderlich wollte wie immer sein Rennrad aus der Garage holen, um damit vom Rehauer Staufenberg hinunter an den Perlenbach und von dort wieder hinauf zur Kripo-Dienststelle in der Jahnstraße zu fahren. Ein Hupen hielt ihn davon ab.

„Wir müssen sofort nach Selb. Ich habe den Hausarzt von Franz Roberts angerufen.“

„Warum müssen wir nach Selb, wenn es um den Bürgermeister von Schönwald geht?“

„Es geht nicht nur um ihn.“

Während das Blaulicht auf Sibylles Familienkutsche auf der A93 das Grau durchpflügte, begann sie zu erzählen.

„Zuerst habe ich nur erwähnt, dass Roberts ja länger krank sei. Schon da war Dr. Hartwig bass erstaunt. Roberts sei nach seiner Erinnerung noch nie einen Tag lang krank gewesen."

„Und was hat Roberts dann dieses Mal auf die Bretter geschickt? Tatsächlich oder angeblich?"

„Das ist die Pointe. Dr. Hartwig hatte keinen blassen Schimmer."

„Hä?"

„Roberts war überhaupt nicht bei ihm. Seit Monaten nicht. Er hat sich auch nicht krankschreiben lassen."

Während in Wunderlichs Kopf die wirrsten Fragen kursierten, jagten sie unter der Grünbrücke bei Schönwald hindurch. Hatte Roberts sein Verschwinden doch inszeniert, als Krankheit? Warum wollte er unentdeckt abtauchen? Und wie hatte er sich sicher sein können, dass man seine Finte nicht bemerken würde?

„Er ist nicht abgetaucht", antwortete Sibylle, als Wunderlich sein lautes Denken beendet hatte. Sie blinkte und fuhr von der Autobahn ab an der Kappel vorbei nach Selb hinein. „Er ist abgetaucht worden."

„Was??! Du meinst, er wurde entführt? Wie kommst du darauf?"

„Das verstehst du sofort im Selber Klinikum." Fünf Minuten später waren sie dort.

„Wie geht es Ihrem Oberbürgermeister, hat er seine Magenverstimmung überwunden?", begrüßte Wunderlich den Chefarzt.

„Der war nie hier", kam es als Antwort.

„Wie – nie hier? Wurde er in ein anderes Krankenhaus gebracht?"

„Nein." Der Chefarzt deutete auf fünf junge Männer, die sich im Halbkreis im Foyer aufgestellt hatten, alle in Rotkreuz-Montur.

„Dies hier sind die einzigen Rettungssanitäter, die vorgestern Abend beim BRK Dienst taten. Ihre Kollegin hier hatte mich gebeten, sie herzubestellen.“

Wunderlich blickte ratlos erst den Arzt, dann Sibylle und dann die Sanis an. Um nicht zu sagen, er musterte sie. Gründlich, mehrfach und mit zunehmender Verzweiflung.

„Der Sanitäter, der Udo Günther am Mittwochabend abgeholt hat, ist nicht darunter“, stellte er schließlich frustriert fest, „und es war ein Fahrzeug vom Bayerischen Roten Kreuz, da bin ich sicher.“

„Das war, so leid es mir tut, der Zweck dieser Gegenüberstellung“, erklärte Sibylle, „denn das Sanitätsfahrzeug, das du gesehen haben dürftest, war gar keins. Es wurde gestern Abend entdeckt, versteckt zwischen Bäumen, an dem Feldweg, der von der Autobahnausfahrt Selb-Nord nach Vielitz führt.“

„Ich habe mich schon immer gefragt, wo der eigentlich hinführt“, grummelte Wunderlich aus reiner Verlegenheit.

„Mit anderen Worten, jemand hat sich als Sanitäter ausgegeben und Udo Günther entführt“, stellte Sibylle fest. „Und von dir bräuchten wir jetzt …“

„O mein Gott!“, entfuhr es ihm. „Das vorletzte Foto!“

„Hm?“

„Die Fotos an der Pinnwand im Rathaus. Deine Bilder. Der Sani war so ein ewig lächelnder, schüchtern wirkender Typ mit Brille, zirka Ende vierzig, Anfang fünfzig. Das war Theo von Egelkraut!“

„Ich hatte mir irgend so etwas gedacht.“

„Dann ist auch Udo Günther jetzt in den Fängen der Großen Sieben. Wir müssen sofort weiter nach Marktleuthen!“

Sie verabschiedeten sich von den Medizinern im Foyer des Klinikums, und keine drei Minuten später raste schon Oberweißenbach im Schein des unheilvoll blau flackernden Lichtes an ihnen vorbei. Es war noch nicht einmal zehn Uhr. Die Spurensicherung und eine Hundertschaft der Bereitschaftspolizei hatten gegen neun ihre Suche nach der abgestürzten, davongespülten Bürgermeisterin Marietta Erichs wieder aufgenommen. Wunderlich und Sibylle trafen den Einsatzleiter am Fuß des Eisenbahn-Viadukts.

„Sag mal“, fragte der Hauptkommissar seinen uniformierten Kollegen, „habt ihr eigentlich schon das Flussbett direkt hier untersucht? Ich meine, wenn sie hier abgestürzt ist, dann müsste ja eine, entschuldige bitte, Einschlagstelle auszumachen sein?“

„Nein, das wollten wir heute tun. Die Suche nach der Leiche hatte absoluten Vorrang.“

„Ich glaube, es gibt gar keine Leiche.“

Zehn Minuten später machten sich fünf Mann über das Bett der jungen Eger her. Weitere fünf überprüften die vermeintliche Absturzstelle auf der Brücke. Eine halbe Stunde waren Wunderlich und Sibylle zur quälenden Untätigkeit verdammt, dann kamen beide Teams zum gleichen Ergebnis.

„Es gibt da oben tatsächlich nirgendwo Abriebspuren von Joggingschuhen am Geländer, nur die Trittspuren am Gleisbett“, meinte der Spurensicherer, „und das Flussbett der Eger ist flach wie ein holländischer Gebirgswanderweg. Hier ist niemand in den Fluss gefallen.“

„Ihr könnt aufhören, die Eger abzusuchen“, bestätigte Wunderlich. „Marietta Erichs ist am Leben, da bin ich sicher. Noch. Und jetzt nach Kirchenlamitz!“

Als sie gegen halb zwölf am Rathaus des Nachbarortes ankamen, wurden sie von der Amtschefin des Bürgermeisters Markus Roth bereits erwartet. Sie war noch immer vollkommen aufgelöst über sein Verschwinden und tat natürlich alles, um der Polizei zu helfen. Die gewünschte Schriftprobe hielt sie daher bereits in ihren Händen.

„Vielen Dank. Bitte scannen Sie sie ein und mailen Sie sie an diese Adresse."

Wieder vergingen sechzig Minuten des Wartens. Kommissar und Profilerin aßen in der Pizzeria unweit des Rathauses zu Mittag.

„Charly Bäcker, ich gehe jede Wette ein, dass es da genauso gelaufen ist", meinte Wunderlich, während er in die Pizza Marinara biss. „Das war überhaupt kein Banküberfall. Es war eine reine Inszenierung. Die Entführer haben Bäckers Eingreifen regelrecht provoziert." Er knabberte auf den Shrimps und den Muscheln herum. „Es ging nie darum, Geld zu stehlen, es wurde ja auch keines gestohlen. Die wollten Bäcker haben."

Dann schwiegen sie fast die ganze Zeit, gespannt auf die Nachricht wartend. Endlich klingelte Wunderlichs Handy.

„Da gibt es überhaupt keinen Zweifel", erklärte der Hofer Kripo-Kollege, der den vermeintlichen Abschiedsbrief von Roth mit dessen nachweislich echter Unterschrift abgeglichen hatte. „Das Ding ist eine Fälschung. Markus Roth hat sich weder das Leben genommen, noch hängt er auf den Caymans rum. Wer will da auch schon freiwillig hin, wenn er das Fichtelgebirge haben kann?"

Sibylle, bekannt für ihre unbändige Reiselust, knurrte ein wenig pikiert, aber Wunderlich schwankte zwischen Entsetzen und Strahlen.

„Was lächelst du denn so?", fragte sie ihn verwundert.

„Weil jetzt alles klar ist", antwortete er. „Es ging nie um die sieben Prominenten, verstehst du? Gerch, der Christoph Heinrich, Masi und die anderen – die sind überhaupt nicht in Gefahr. Es ging die ganze Zeit um die

Bürgermeister! Kramp-Freders Bande hat sie alle entführt und es so angestellt, dass wir es so spät wie möglich bemerken. Ebert hat nichts verbrochen, er wollte nach der Entdeckung der Tücken im Kornberg-Vertrag mit den Großen Sieben vernünftig reden und wurde auf diesem Weg schlichtweg die erste Geisel!"

„Und was sollten dann diese Schmierereien mit Unterschrift ‚7'?"

„Ich glaube, das war einzig und allein Prolinis Blödheit. Sozusagen ein Betriebsunfall."

„Aber die Charaktereigenschaften unserer sieben Promis sind doch tatsächlich etwas, das den verklemmten Kornberg-Herrschern sauer aufstößt. Viel zu modern, viel zu wenig aus der alten Welt."

„Ja, denen wollten sie deshalb wohl ans Bein pinkeln. Aber dabei nie im Leben so viel Aufsehen erregen, da bin ich sicher. Ich rufe jetzt mal Veronika an und gebe ihr die Neuigkeiten durch. Zumindest ist ihr Chef nicht der Böse, das wird sie sicher erleichtern." Er wählte die Nummer der Schwarzenbacher Hauptamtsleiterin, erreichte aber niemanden.

„Schade", bedauerte er, „aber es ist ja auch schon Freitagnachmittag und es war eine irre Woche für uns alle."

„Na schön. Und jetzt?"

„Glaube ich, dass wir den Personenschutz abblasen können."

„Außer für einen."

Wunderlich brauchte einen Moment, um die Wucht der Bedeutung von Sibylles letzter Anmerkung zu begreifen. Sieben Städte lagen rund um den Kornberg. Aus jeder davon war ein VIP übel beleidigt worden. In jeder Stadt wohnte auch einer der Großen Sieben. Sechs Bürgermeister waren entführt worden.

Sechs.

„O Gott! Wir müssen uns auf der Stelle um Eddi Angermann kümmern!“

„Genau das. Und es wäre nicht schlecht, sich zu überlegen, wo die Rathauschefs gefangen gehalten werden und was die Großen Sieben mit ihnen vorhaben.“

„Es kommt noch dicker. Weißt du, was Eddi morgen vorhat? Öffentlicher geht’s kaum. Verdammter Mist!“

27

„Frau Erichs, meine Herren“, fuhr Dagobert Kramp-Freder fort, „Sie werden sich jetzt natürlich noch fragen, weshalb wir nur Sie als Bürgermeister auf diesen Berg geholt haben und nicht auch die sieben Störenfriede, von denen ich sprach. Herr Wunderlich hat ja, zum Teil mit Ihrer Hilfe, die ganze letzte Woche gerätselt, was denen blühen könnte.“ Er lachte herablassend.

„Ja, da haben Sie ein echtes Kommunikations-Defizit“, entgegnete Marietta Erichs schnippisch. „Wenn Sie dazu Beratung brauchen, kann ich Ihnen gerne eine Facebook-Kampagne erstellen. In Marktleuthen hat das jedenfalls funktioniert.“

„Danke, aber unsere eigene Kampagne wird in Marktleuthen auch funktionieren“, erwiderte Viktor Puchta.

„Das Problem mit den Herren, die wir gerne aus dem Weg haben wollten, ist, dass sie so schwer verfügbar sind“, erklärte Onkel Dagobert. „Gabriel von Mainz weilt als Schauspieler die Hälfte der Zeit in der sogenannten Landeshauptstadt. Mit Randolph Roll als Kabarettist verhält es sich ähnlich – Tourneen, Tourneen.“

„Aber mein Vorgänger?“, wunderte sich die Bürgermeisterin von Marktleuthen.

„Der ist am 1. Mai zu einer sechsmonatigen Weltreise aufgebrochen, das müssten Sie doch am besten wissen. Alle soeben Erwähnten sind erst vor ein paar Tagen zurückgekommen. Und das hätte uns vor erhebliche logistische Probleme gestellt.“

„Und Mackert, Heinrich und Masi?“ Andreas Ebert und Edmund Angermann wunderten sich. „Die sind auf keiner Reise.“

„Aber die verfügen, im Gegensatz zu Ihnen als Kleinstadtbürgermeister, über professionelle Personenschützer. Wie auch immer: Wir haben es dabei bewenden lassen, den Herren klarzumachen, dass sie künftig systemkonform agieren sollten. Da waren Sie als ständig mit Ihren Städten Verheiratete schon besser, nun ja, einzuladen."

„Einzuladen. Ganz tolles Wortspiel, du Möchtegern-Bankräuber von Wunsiedel!", fluchte Charly Bäcker, der niemals in einen tatsächlichen Banküberfall geraten war. „Ihr habt uns nicht eingeladen in euren komischen Van. Hineingezerrt habt ihr uns!"

„Aber Sie müssen zugeben, dass ein fingierter Bankraub ein guter Trick ist, damit so eine, nun gut, Entführung nicht auffällt."

„Und was haben Sie da für eine Bastelei in meinem Wohnhaus betrieben, als Sie mich am Montagvormittag einkassiert haben?", wunderte sich Franz Roberts. Puchta erklärte es ihm. Er erzählte auch dem Kirchenlamitzer Markus Roth von dem gefälschten Abschiedsbrief.

„Toll, und ich wäre beinahe draufgegangen, als Sie mich vom Viadukt gestoßen haben!", empörte sich Marietta Erichs.

„Aber nicht doch. Das Sprungtuch ist ein Stück aus Beständen der Schweizer Armee gewesen", beruhigte sie Edelmann geradezu väterlich. „Ich habe Sie fürsorglich über das Geländer gehoben und dann sind Sie sanft gehüpft, da gab es nichts zu fürchten."

„Und das Abführmittel in dem Fisch, den wir für Sie bei der Schlemmernacht bereitgestellt hatten", wandte Puchta sich an Udo Günther, „war zwar aus meinen KGB-Reserven, aber trotzdem auch nicht weiter gefährlich."

„Also, wie Sie sehen", bilanzierte Kramp-Freder, „wir hätten Sie gerne ganz unauffällig hierher eingeladen, damit Sie Ihre Reise in Ruhe antreten können. Aber dann kam uns Prolini dazwischen, der die Polizei etwas zu früh auf unsere Spur gebracht hat. Und dass wir beim Zugriff auf Sie, Herr Ebert, ausgerechnet die Akte mit diesem Notizzettel haben fallen lassen, nun, ich räume ein, das geht auf meine Kappe. Also müssen wir Sie jetzt wohl unter Gefechtsbedingungen hier wegschaffen. Aber wie gesagt, Sie werden es überleben – wenn Sie kooperieren."

In diesem Moment begann es am Gürtel aller sechs noch lebenden Großen Sieben zu piepsen.

„Schau mal", flüsterte Angermann Ebert zu, „jeder von denen hat so einen Pager wie bei der Feuerwehr. Was soll …"

Weiter kam er nicht, denn zu ihrer aller Erstaunen verließen die sechs Entführer eilig den Raum, so eilig, dass sie nicht einmal die Tür hinter sich schlossen. Und so konnten die Bürgermeister der Kornbergstädte entsetzt mithören, was sich im Videokonferenz-Bereich nebenan zutrug.

„Liebe Kampfgefährten", begann die Stimme, die offenbar aus Sicherheitsgründen durch einen Verzerrer lief. „Ihr habt den Auftrag von *BrainPower* bis hierher hervorragend ausgeführt. Ihr alle werdet unsere Tapferkeitsmedaille bekommen."

„Das freut uns sehr, o *Leader*", antwortete Onkel Dagobert ehrfürchtig. „Noch heute vor Mitternacht werden unsere sieben Vertragspartner weit weg Urlaub machen, die Einwendungsfrist ist abgelaufen und der Kaufvertrag gültig."

„Sehr gut. Das wird allerdings noch nicht genügen."

„Was meint Ihr damit, o *Leader*?"

„Die Kornberg-Dörfer sind nicht genug. Wir gründen einen neuen Staat."

„Einen ganzen Staat? Aber wie denn das?"

„Indem wir die *Große Landstadt Kornberg* ausrufen."

„Oh. Aber bräuchten wir dazu nicht mehr Land?"

„Ja, und das werden wir auch bekommen. Dazu benötigen wir nur Stadtratsbeschlüsse der umliegenden Orte. Rehau, Schwarzenbach, Kirchenlamitz, Marktleuthen, Wunsiedel, Selb und Schönwald werden sozusagen ihr vollständiges Gemeindegebiet an uns abtreten."

„Aber … aber *Leader*, wieso sollten sie das tun?"

„Weil wir ihre Bürgermeister haben."

„Die wir aber noch heute nach Guam ausfliegen."

„Das kommt darauf an."

Angermann und Ebert, immer konzentriert am Lauschen, sahen einander unruhig in die Augen.

„Sobald die Maschine in Hof abgehoben hat, werden wir die Stadträte informieren, dass sie diesen erweiterten Vertrag sofort zu unterzeichnen haben. Andernfalls wird es über dem Atlantik einen ebenso mysteriösen wie bedauerlichen Flugzeugabsturz geben."

„Scheiße!", entfuhr es Angermann. Es war wirklich nicht seine Ausdrucksweise, aber er wusste nur zu genau, was das bedeutete. Und deshalb verspürte er Todesangst.

„Der Verkaufsbeschluss müsste ja einstimmig ergehen", flüsterte er seinen sechs Amtskollegen zu. „Ich weiß nicht, wie das bei euch ist, aber der Rehauer Stadtrat besteht nicht nur aus Menschen, deren oberstes Ziel es ist, dem Ersten Bürgermeister das Leben zu retten."

„Völlig richtig", stimmte Bäcker zu. „Die werden niemals verkaufen. Da steht die Stadt über dem Einzelschicksal."

„Und die Kryonik?", fragte Kramp-Freder nebenan in der Videokonferenz.

„Ja, die Fortdauer der überlegenen Rasse!", assistierte Höllwey.

„Jetzt hören Sie mal auf mit Ihrer Rasse!“, fuhr *Leader* sie an. „Sie tun doch eh nichts dafür. Machen Sie sich die Hände schmutzig? Nein, Sie kommen mir bloß andauernd in die Quere. Ich habe eine Aufgabe vorgesehen, die größer ist als das Einfrieren von Menschen. Wenn alles sozusagen in trockenen Tüchern ist, was ich angeordnet habe, dann können Sie Ihr Kryonik-Projekt meinetwegen behalten. Mir egal.“

„Merkst du das?“, flüsterte Angermann. „Diese Person, die sie *Leader* nennen, also der eigentliche Anführer, die hat die anderen nur benutzt.“

„Siech iech aa so“, pflichtete Ebert bei. „Und mir dämmert sogar, wer Leader ist. Es scheint unglaublich!“

„Verdammter Zickenkrieg!“, fluchte Waldstein im Nebenraum.

„Damit sind auch alle Garantien für unsere Unversehrtheit einen feuchten Kehricht wert“, stellte Roberts fest. „Du hast doch für alles eine Lösung“, wandte er sich an den Selber OB Udo Günther. „Was jetzt?“

„Wir müssen um jeden Preis hier raus“, antwortete der, „und in diesem Fall lege ich ausnahmsweise keinerlei Wert auf Konsens mit der Gegenseite!“

„Leicht gesagt. Und wie?“ Ebert war ratlos.

„Ich hoffe, das Ding hat funktioniert“, bemerkte Angermann und nestelte an seiner Sakkotasche. „Dann sollte es klappen. Aber wie Kramp-Freder schon gesagt hat: Unter Gefechtsbedingungen.“

Es war fünfzehn Uhr dreißig.

28

Edmund Angermann hatte nicht im Geringsten vor, sich zu verstecken. Vor allem nicht heute, am Samstag, den 7. November 2020. Das neue Feuerwehrgebäude der Stadt Rehau wurde heute eingeweiht, und das war ein Moment großer Freude und Erleichterung. Es hatte damit begonnen, dass man in den 2010er-Jahren fast zwanzig Millionen Euro für das neue Schulzentrum investiert hatte, was trotz der ungeheuren Summe sowohl notwendig als auch klug gewesen war angesichts der guten Wirtschaftslage. Beflügelt vom Erfolg des Projektes fasste man als Nächstes die Feuerwehr ins Auge. Dann jedoch hatte es einen Schlag getan: Die Gewerbesteuer-Einnahmen, die Kämmerer Uwe Varbeck auf dem Konto vorfinden durfte, hatten sich plötzlich unangenehm verschlankt. Jetzt war Krisenmanagement angesagt – und sie hatten es hinbekommen. Die Freiwillige Feuerwehr Rehau konnte auf ein bedeutend größeres, ehemals den Stadtwerken gehörendes Gelände umziehen.

Angermann und Gerch Mackert, der natürlich großzügig und -spurig als Sponsor eingesprungen war, hatten die Ehre, die beiden Festreden zu halten. Der Bürgermeister ließ dem Industriellen den Vortritt – Mackert drohte ja keine Gefahr mehr und so konnte die Polizei die Sicherheitslage gründlich bewerten, bevor Wunderlich seinen alten Kumpel aufs Podium lassen würde. Es war frisch geworden und schon jetzt am Mittag wurde der Wind merklich lebhafter. Der Himmel hatte sich immer weiter zugezogen. Man meinte beim Blick nach Westen Richtung Wurlitz den Schneesturm schon kommen zu sehen. Aber bis dahin waren laut Wettervorhersage noch etwa vier Stunden Zeit und es wurde erst einmal gefeiert.

„Als zweitgrößter Steuerzahler der Stadt Rehau“, begann Gerch also wie üblich, „ist es mir eine Freude …“

An Wunderlichs Ohr drangen nur Wortfetzen, während er die Umgebung musterte. An der Bankfiliale, die sich an der Zufahrt zum neuen Feuerwehrgelände befand, standen zwei seiner Hofer Kollegen in Zivil.

„… großes Engagement, das ein großes Unternehmen wie *MackertWind* für die Stadt …“

Auf dem Dach der Bahnhofstraße 24, in der er selbst seine ersten fünf Lebensjahre verbracht hatte, waren zwei Scharfschützen postiert. Das war heftig, aber es musste sein.

„… wir standen immer ganz vorne, wenn es um das Wohl der Rehauerinnen und Rehauer …“

Angermann saß noch in der Limousine mit den getönten Scheiben, neben der in Anzug und Krawatte zwei eigens angeforderte Personenschützer einer Hofer Sicherheitsfirma standen. Wunderlich war zufrieden. Alles war vorbereitet. Mackert beendete seine Ansprache und wurde mit dem üblichen, höflichen, aber müden Applaus bedacht, für den er sich überschwänglich bedankte. Es konnte losgehen.

Der Bürgermeister der Stadt Rehau stieg aus der Limousine, flankiert von den beiden Kleiderschränken im schwarzen Anzug, unter deren Sakkos man die Holster ihrer Waffen ausmachen konnte. Angermann schritt, von der Gefahr unbeeindruckt, auf das Rednerpodest zu. Er lächelte und winkte in die Menschenmenge, deren Applaus diesmal erkennbar herzlicher war als bei Gerch. Alles war fröhlich.

Bis zu dem großen Knall, den es plötzlich tat.

Es krachte und pfiff. Heulend flogen Geschosse über die Kreuzung. Die Personenschützer rissen Angermann zu Boden, preschten vor und hinter ihn und gaben ihm Deckung, während sie alle drei gebückt und in Windeseile den Rückweg zu der gepanzerten Limousine suchten. Die Scharfschützen visierten das feindliche Mündungsfeuer an. „Ziel befindet sich gegenüber, im Fenster des roten Backsteinhauses“, knarzte es durch Wunderlichs Funkknopf im Ohr. „Kein freies Schussfeld. Moment – stand by!“

Wunderlichs Panik überwältigte ihn beinahe, als die Menschen anfingen zu kreischen – jetzt musste er sich sowohl um Angermanns Leib und Leben sorgen als auch um das der Rehauer Bevölkerung. Selten hatte er derartige Versagensängste verspürt wie unter diesem grellen Pfeifen hier und jetzt. Aber schon im nächsten Moment wich seine Angst der schlichten Verwunderung. Denn das Kreischen verwandelte sich allmählich in ein staunendes „Aah“ und „Ooh“ und schließlich klatschten die Menschen Beifall.

„Da wird nicht geschossen“, meldete auch der Scharfschütze im selben Augenblick, „das sind bloß Feuerwerkskörper.“

„Welcher hirnverbrannte Schleißknipfl hat denn bei dieser Sicherheitslage ein Feuerwerk bestellt?!“, fluchte Wunderlich, obwohl Schleißknipfl gar kein Schimpfwort, sondern nur ein Spitzname für Rehauer war.

„Von uns niemand“, meinte der städtische Hauptamtsleiter Heinz-Dieter Finger, der neben dem Kommissar auftauchte.

„Meine Idee war es auch nicht. Man muss ja auch aufs Geld schauen, gell?“, pflichtete Gerch bei.

„Eddi muss es doch wissen. Moment – wo ist der eigentlich?“

Die Limousine mit den getönten Scheiben war davongefahren. Wunderlich sah sie vorne am Maxplatz gerade noch links um die Ecke biegen. Die beiden Zivilbeamten stürzten aus der Bank.

„Die Sicherheitsfirma hat gerade angerufen. Sie fragen nach, warum der Auftrag so kurzfristig storniert wurde."

„Los, einsteigen!", befahl ihnen Wunderlich unmissverständlich. „Das war das Werk von Puchta und Edelmann. Diese Ratten! Eddi ist entführt worden. Aber dieses Mal kriege ich sie!"

Die Blaulicht-Woche des sonst radelnden Hauptkommissars wollte kein Ende nehmen, und nun kam auch das Martinshorn dazu. Mit Flackern und Dröhnen raste das Polizeifahrzeug entgegen der Einbahnrichtung durch die Bahnhofstraße zum Maxplatz, dann links und wieder rechts zur Stadt hinaus, das Fluchtfahrzeug immer gerade so in Sichtweite. Es ging auf die Autobahn. Die Limousine beschleunigte auf zweihundertfünfzig Sachen. Die Polizei schaffte nur zweihundertzwanzig. Der Vorsprung der Verbrecher wuchs. An der Ausfahrt Selb-West bretterten sie hinaus, fuhren Richtung Marktleuthen, bogen aber noch vor Oberweißenbach wieder ab Richtung Schönwald. Wunderlich jagte sie, grell und laut. Er folgte ihnen durch den Wald bis nach Brunn. Dort bogen sie nach links in den winzigen Weiler ein.

„Jetzt haben wir sie! Hier geht es nur noch am Merzenhaus vorbei hinauf zum Kornberg. Da können sie nicht schneller fahren als wir!" Sie überfuhren die Lichtung und näherten sich der Forststraße, die durch den Wald hinauf zur Vorsuchhütte führte. Siegessicher. Und dann trauten die drei Beamten ihren Augen kaum, als sie die Lösung erkannten, die Edelmann sich ausgedacht hatte. Direkt am Eingang in den Wald waren anderthalb Meter hoch zahlreiche große, schwere Baumstämme quer über die Forststraße geschichtet worden. Die Bande hatte dann auf jeder Seite zwei dicke Holzbretter als Rampe aufgelegt. Ihr schwer wirkendes, aber extrem wendiges Fahrzeug fuhr auf die Rampe und rumpelte einfach über das Hindernis hinweg. Sie hatten zwanzig Sekunden Vorsprung. Das genügte, um nach dem Aufschlagen auf der Kornberg-Seite anzuhalten, die Bretter ins Auto zu wuchten und weiterzurasen.

Wunderlich legte eine Vollbremsung hin, dass es auf der Kiesdecke nur so staubte. Er wollte links herum, er wollte rechts herum, aber überall standen die Bäume zu eng. Er stieg aus und fluchte in den Novembertag hinein. Sie hatten ihn abgehängt. Und damit hatten sie nun alle sieben Bürgermeister der Kornbergstädte in ihrer Gewalt.

Rasend vor heiligem Zorn setzte er sich wieder ins Auto, und er und seine beiden Beamten begannen umfassend zu telefonieren.

Keine zwei Stunden später hatte er seine Suchmannschaft zusammengetrommelt. Dass es auf den Kornberg gehen musste, war nun klar. Aber heimlich, still und leise. Er wollte das letzte Überraschungsmoment auf seiner Seite haben. Also hatte er nicht die Bereitschaftspolizei angerufen, sondern Fritz Jahn, den Granden des Fichtelgebirgsvereins. Hatte ihm geschildert, dass durch einen billigen Trick mit einem getürkten Kaufvertrag und durch eine hinterlistige Kidnapping-Serie der Fortbestand sämtlicher Kornbergdörfer auf dem Spiel stand. Das hatte als Ansporn völlig genügt. Alle Ortsgruppen rund um den Gipfel sagten zu, Treffpunkt war am nächsten Tag morgens um halb zehn in Brunn.

In diesem Moment streifte ihn die erste Windbö und die erste Flocke rieselte vom dunkelgrauen Himmel. Es ging los. Er hoffte inständig, dass es nicht so schlimm werden würde.

29

Sie mussten es tun. Jetzt. Es war sechzehn Uhr. Das Tageslicht des 8. November begann fast unmerklich, aber doch allmählich schwächer zu werden. Und es war mit einem Mal still. Der Sturm am Kornberg hatte sich gelegt. Ausgerechnet jetzt, da die Stille gar nicht recht willkommen war. Zum einen, weil sie unerträglich sein konnte, wenn man sich, wie in diesem Augenblick, im Moment größter Anspannung befand, wie ein Sprinter vor dem Startschuss. Zum anderen, weil man sie so vom Gipfel aus leichter kommen hören würde.

„Zugriff!", befahl Wunderlich, und die Hölle brach los. Udo Wenger und seine zwei SEK-Leute preschten hinter den Flutlichtmasten an der Bergstation des Kornberg-Liftes hervor, bei denen sie ihre erste Deckung bezogen hatten. Schnell gewannen sie die zwanzig Meter Gelände bis zum Signalzaun am Halbring der oberen Turmallee. Sie setzten ihre Schneidewerkzeuge an und rissen ein Loch in die metallenen Maschen, groß genug, damit alle vier hindurchpassten.

„Eisberg für Eisberg zwei und drei, bestätigen Sie Überwindung Signalzaun." Wenger verschaffte sich einen Überblick, ob auch die anderen beiden Teams, die von der Ruine Hirschstein und vom unteren Abschnitt der Turmallee aufgestiegen waren, so weit Erfolg hatten.

„Bestätigt", knarzte es, und jetzt ging die Rennerei richtig los. Hundertfünfzig Meter mussten sie bis zur Schönburgwarte zurücklegen, aber da pfiffen ihnen schon die ersten Kugeln um die Ohren. Die vier sprinteten um ihr Leben. Mit Ach und Krach schafften sie es hinter die wuchtigen, meterdicken Steinsäulen des sechsundzwanzig Meter hohen Aussichtsturms.

„Der Turmgeist dankt für deine Spende“, las Wunderlich keuchend die Inschrift auf dem trutzigen Steinmännchen am Turmzugang vor. „Kannst du haben. Wenn wir hier lebend rauskommen, spende ich jeden Monat zehn Kilo Kochkäs, mindestens!“

„Eisberg zwei und drei, Deckung im Wald beibehalten und die Flanke sichern!“, brüllte Wenger ins Mikro. „Gebt uns Feuerschutz auf mein Zeichen!“

„Was hast du jetzt vor?“, rief ihm Wunderlich zu.

„Als Erstes ziehen wir ihnen ihre Kommunikation unter dem Hintern weg. Eisberg zwei, ihr steht auf dem Trampelpfad von Niederlamitz her und habt Sichtkontakt zu den Antennen am Funkturm. Ausschalten!“

„Wie, ausschalten?“, fragte Wunderlich verdutzt, aber Wenger wusste genau, was er tat.

„Wir haben genügend Munition mit, keine Sorge.“ Im selben Moment schlug eine mindestens dreißig Sekunden andauernde Salve in der ringförmigen Antennenanlage ein, die auf dem Kontrollgebäude, am Fuß des eigentlichen Funkturms, montiert war. Das gleiche Schicksal widerfuhr den Bauteilen auf halber Höhe und an der Turmspitze. Als es aufgehört hatte zu krachen, nahm Wenger sein Fernglas zur Hand.

„Eisberg für Eisberg zwei, aus meiner Sicht sind alle Funkzellen zerstört.“

„Bestätige!“, knarzte es zurück.

„So, die reden aus ihrem Bunker mit niemandem mehr. Da müssten sie schon rauskommen. Den Handymasten haben wir ja heil gelassen.“

„Eisberg zwei und drei, Feuerschutz jetzt!“ Wenger und seine zwei Leute hechteten aus der sicheren Deckung der Schönburgwarte und rasten unter dem Knallen von Patronen auf die Fichte neben dem Tor im innersten Zaun zu. Dort zückten sie ihre Blendgranaten und warfen sie hinüber. Es rumste ordentlich, und das ganze gerodete Areal im Umkreis von hundert Metern um den Turm war eingenebelt. Die beiden Teams auf den Trampelpfaden nach Martinlamitz und Niederlamitz rückten in diesem Schutz ebenfalls auf den Zaun vor. Jetzt waren sie endlich zu elft, und nun musste es mit geballter Feuerkraft noch schneller gehen.

Mitten in diesen kriegsähnlichen Zustand hinein erreichte Wunderlich, der weiterhin hinter den massiven Säulen der Schönburgwarte in Sicherheit stand, ein Anruf, der alles auf den Kopf stellte.

„Weißt du eigentlich, mit wie vielen Leuten ihr es zu tun habt?"

„Ja, etwa zwanzig. In den wenigen Momenten, wo Eddis Wanze funktioniert hat, habe ich das mithören können."

„Ihr habt Angermann verkabelt??!"

„Na sicher. Das war doch DIE Chance. Ich konnte mir gestern bei der Feuerwehr-Eröffnung ausrechnen, dass sie ihn womöglich trotzdem schnappen würden. Und ich hatte Glück, sie haben ihn nicht durchsucht. Blöd nur, dass die Technik nicht richtig gearbeitet hat. Die meiste Zeit bei unserem Aufstieg hatte ich keinerlei Verbindung. Sie sitzen eben unter der Erde. Sonst wüssten wir schon viel mehr. Aber ich habe vor kaum zehn Minuten das alles entscheidende Wort gehört, das das Rätsel um Waldraus und Prolinis Mörder löst. Hast du bei den Kältefirmen angerufen?"

„Ja. Du hattest Recht. Sie hatten bei einem Seminar jemanden aus dem südöstlichen Landkreis Hof, der auffallend viele Fragen gestellt und sich besonders detaillierte Unterlagen mitgenommen hat. Sie mailen mir gleich ein Foto."

„Dachte ich's mir doch. Und ich bin draufgekommen, wen Waldrau gemeint haben muss. Ich bin sicher, dass …" Weiter kam er nicht, denn das Gewehrfeuer wurde immer heftiger. Wengers Truppe hielt massiv dagegen.

„Also zwanzig feindliche Schützen? Wie viele hörst du gerade?"

„Ja, zwanzig. Ich höre aber nur ein einziges Mündungsfeuer."

„Kein Wunder. Weißt du, aus wie vielen Leuten Edelmanns sogenannte Privatarmee besteht? Aus genau vier."

„Was?? Aber …"

„Jaja, es ist wie immer im Leben. Tarnen, tricksen, täuschen. Du hast es mit reinen Blendern zu tun. Edelmann hat längst keine Freunde mehr im Militärbusiness. Seine Truppe ist ein versprengter Haufen aus zwei Alkoholikern und zwei Drogenabhängigen; vier Typen, die selbst die Bundeswehr rausgeschmissen hat."

„Wenger!" Wunderlich robbte aus der Deckung des Aussichtsturms und plärrte, so laut er konnte, quer über den Rastplatz. Er hatte Glück: Der zwanzig Meter entfernte SEK-Chef konnte ihn hören. Wunderlich hielt seinen rechten Arm hoch und streckte vier Finger aus.

„Was?"

„Es sind nur vier Schützen!"

„Wie das?"

„Sibylle!", schrie Wunderlich zur Erklärung, das reichte, damit Udo Wenger begriff, dass die Information gesichert war. Aber er konnte nicht mehr reagieren. Sein Team hatte den Stacheldraht auf dem letzten Zaun unschädlich gemacht und war auf das ehemalige Militärgelände vorgedrungen. Wieder wurden sie beschossen. Aber es war das letzte Mal. Die elf Mann verteilten sich, legten an, es machte vier Mal „Peng!“ und einmal „Uh!“. Dann lag der Schütze regungslos am Boden.

Vier Beamte rückten, die Waffen weiter im Anschlag, vor. Sie trafen bis zum Kontrollgebäude auf keinen Widerstand. Sie sahen sich die Blutlache an, aber einer hob den Daumen.

„Lebt noch. Maßarbeit! Eisberg drei, holt ihn hier weg und versorgt ihn.“

Mit sechs Mann plus dem Überblick von Wenger umstellten sie das Gebäude. Und nun bot sich ihnen ein bizarrer Anblick. Die traurigen Reste von Edelmanns Armee, die übrigen drei, kamen aus einem Erdloch gekrochen und ergaben sich der Polizei auf der Stelle. Sie waren viel zu betrunken, als dass sie so schießwütig hätten auftreten können wie der vierte, der auf Speed war. Aber nicht betrunken genug, um lebensmüde zu sein.

Von diesem Augenblick an dauerte das Drama keine drei Minuten mehr. Mit einer Faust voll Sprengstoff jagte das SEK das Türschloss zum Bunker in die Luft. Unter sechsfachem „Polizei! Keine Bewegung, Polizei!“ stürmten sie auf Kramp-Freder und seine Große Kornberg-Elite zu, drehten ihnen die Arme auf den Rücken und die Handschellen klickten.

Sekunden später konnte Wunderlich hören, wie Wenger ihm „Sicher!“ zurief, und dann konnte er sehen, wie Andreas Ebert, Franz Roberts, Charly Bäcker, Marietta Erichs, Udo Günther, Markus Roth und allen voran sein alter Sandkastenfreund Edmund Angermann unversehrt wieder das Tageslicht über ihrem Gefängnis aus Beton und Granit erblickten.

„Sie sind alle verhaftet“, warf er den sechs ehemals Großen Sieben hin, „wegen Freiheitsberaubung und wegen Vorbereitung des Hochverrats gegen die Bundesrepublik

Deutschland. Und für die beiden Morde gibt es nochmal lebenslänglich obendrauf."

„Morde?", schleuderte ihm Beate Höllwey entgegen. „Sie sind ja ein schäbiger Lump!"

„Ihre dümmlichen Nazi-Zitate helfen Ihnen jetzt auch nicht mehr", erwiderte Wunderlich cool, „ich weiß nun, wer der Mörder von Gunter Waldrau und Matthias Prolini ist. Wir sehen uns morgen Vormittag, Sie werden aus der Untersuchungshaft in unser Lagezentrum vorgeführt. Und dann werde ich alles aufklären."

Es war Viertel vor fünf am Nachmittag. Die Bundespolizei hatte sich über die asphaltierte Turmallee zum Gipfel durchgeschlagen, lud die ganze Bande in zwei Busse und fuhr sie in Handschellen zu Tal. Wunderlich blickte erleichtert und glücklich die Skipiste hinab auf die weiten, verschneiten Gipfel und Täler des nordöstlichen Oberfrankens. Jetzt war wieder Zeit, um die traumhafte Landschaft zu bewundern, die Ruhe, die sie ausstrahlte, die unversehrte Natur. Der Kampf in der Arktis war vorbei.

30

Welcher Raum rund um den Kornberg, welche Location wäre besser für den Showdown geeignet gewesen als der Platz, an dem sie sich eine Woche lang gemüht hatten, das Geflecht der Großen Sieben zu entwirren. Da saßen sie nun alle sechs am großen achtseitigen Konferenztisch im Sitzungssaal des Rathauses von Schwarzenbach, jeder vor einem der Fenster platziert: Theo von Egelkraut durfte sarkastischerweise ganz im Norden Platz nehmen, vor dem Hintergrund der Stadtkirche Sankt Gumbertus. Zu seiner Rechten, ebenfalls passend mit Blick auf die öffentliche Toilettenanlage, die Faschistin Beate Höllwey. Daneben, Richtung Osten, Viktor Puchta, der wohl ebenso gerne ein Denkmal für sich bekommen hätte wie der hinter ihm auf dem Schlossplatz stehende Jean Paul. Ihm zur Seite Dagobert Kramp-Freder, auf dessen Platzseite sein Namensvetter, zusammen mit Donald, Tick, Trick und Track, zu Ehren kam, weil dort drei Gedenktafeln für Erika Fuchs aufgestellt waren. An Reiner Thomas Edelmann, hinter dem sich draußen wie die Faust aufs Auge das Kriegerdenkmal befand, und Harald Waldstein vorbei blickte man schließlich auf das Schloss selbst, in dessen Außenbau sie gerade tagten.

„Also, meine Freunde, willkommen an diesem schönen Montagmorgen“, begann Wunderlich im Stehen, umringt von den sieben befreiten Bürgermeistern, seiner Kollegin und Freundin Sibylle sowie Veronika Eckert, Andreas Eberts Amtsleiterin. Und natürlich einem halben Dutzend schwer bewaffneter Polizeibeamter.

„Wie Sie sehen, hat der Sturm sich gelegt, es ist ein wunderschöner sonniger und schneeweißer Tag. Und ich, Moritz Wunderlich, kann Ihnen nun ganz genau erklären, wie sich Ihre Tat zugetragen hat." Er strich zweimal genüsslich mit dem rechten Zeigefinger über seiner Oberlippe entlang.

„Also, da sind wir ja mal gespannt, Wunderlich, wer von uns den Herrn Waldrau und den Herrn Prolini ermordet haben soll." Kramp-Freder hatte nichts von seiner Großspurigkeit verloren.

„Ein wenig Geduld, liebe Freunde. Lassen Sie mich erst zu Ihrem Motiv kommen. Wie wir inzwischen wissen, hatten Sie zu keinem Zeitpunkt die Absicht, auf dem Kornberg ein Eventzentrum für gewöhnliche Touristen zu eröffnen. Schon gar nicht die Eiswelten. Die hatten Sie sich zur Legendenbildung zurechtgelegt, für den Tag, an dem Sie sich vielleicht doch einmal der Öffentlichkeit hätten erklären müssen."

„Na, das ist doch kein Verbrechen, Sie überflüssiger bayerischer Provinzschnüffler", ereiferte sich Edelmann.

„*Oberfränkischer* Provinzschnüffler, mein Herr. So viel Zeit muss sein. Nein, ein Verbrechen ist das nicht, aber eine Straftat schon. Sie haben Ihre Vertragspartner hier nämlich in dem guten Glauben gelassen, dass Sie nichts anderes tun würden, als auf dem Gipfel eine frei zugängliche Infrastruktur zu errichten."

Marietta Erichs und ihre sechs männlichen Kollegen nickten mit versteinerten Mienen.

„Dass Sie das nicht vorhatten, würde natürlich irgendwann bemerkt werden, doch bis dahin wollten Sie vollendete Tatsachen schaffen. Also haben Sie spät im Jahr damit begonnen, zunächst das Gipfelgelände mit zwei Zäunen zu sichern, damit Sie dort Ihre Stickstofftanks eingraben können. Aber dann passierte etwas, was Sie nicht vorausgesehen hatten. Mein Freund hier, der Bürgermeister von Rehau, hat noch Mitte Oktober eine

Wanderung auf den Kornberg unternommen, mit seiner Frau und seinem fünfjährigen Sohn. Und dabei entdeckt, was Sie gerade begonnen hatten."

„Und von da an", ergänzte Angermann, „habe ich unsere Hausjuristen durch den Kaufvertrag gehetzt – mit dem Ergebnis, dass im Kleinstgedruckten das Zugriffsrecht auf die Filetgrundstücke der Kornbergdörfer verklausuliert ist."

„Wovon zuvor nie die Rede war", fuhr Wunderlich fort. „Also beschlossen unsere sieben Bürgermeister hier, den Vertrag umgehend wegen arglistiger Täuschung anzufechten. Das konnten sie im Gegensatz zum Verkauf auch als Einzelpersonen veranlassen und haben es auf Grund der Eile auch getan. Denn die Frist dafür endete am gestrigen Sonntag um 23:59 Uhr."

„Ich hatte mir das extra auf einen Spickzettel geschrieben, damit ich es auch ja nicht vergesse", bestätigte Andreas Ebert.

„Und die haben wir gestern auch noch eingehalten", frohlockte Selbs OB Udo Günther dynamisch.

„Der Notar ist so einer wie ich", grinste Angermann, „Montag bis Sonntag von fünf bis dreiundzwanzig Uhr im Dienst."

„Wegen der Frist mussten Sie also die sieben Bürgermeister unter allen Umständen davon abhalten, vor heute Morgen eine Unterschrift zu leisten."

„Hanebüchen, wie der Polizeipräsident in München seine Leute zu kruden Theorien anstiftet!"

„Bayreuth, Herr Kramp-Freder, die Hauptstadt von Oberfranken ist …"

„Jaja, schon gut!"

„Wie Sie sehen, leben die Herren aber noch", wandte Theo von Egelkraut ein. „Wir haben ihnen kein Haar gekrümmt."

„Oh, das nicht, aber es ist wohl unstrittig, dass es zwei Tote gibt. Und damit wäre ich nun bei dem eigentlichen Verbrechen. Womit Sie einfach nicht gerechnet haben, ist die bodenlose Dummheit Ihres siebten Mannes, Matthias Prolini. Erst fängt er an, so auffällig wie möglich die sieben von Ihnen verhassten Lokalprominenten zu bedrohen, denen Sie eigentlich nur heimlich, still und leise eins auswischen wollten. Und dann lässt er bedenkenlos einen Zeugen seine Aktionen fotografieren und nimmt ihn in den inneren Zirkel auf. Als Sie schließlich bemerkt haben, dass es sich um einen Journalisten handelt, musste der natürlich rechtzeitig zum Schweigen gebracht werden. Und als wir Prolini verhaftet haben, mussten Sie ebenso verhindern, dass er Sie um Kopf und Kragen redet."

„Sie können nichts davon beweisen, Wunderlich. Sie unterschätzen unser Ansehen in Oberfranken, unseren visionären Weitblick und unsere Möglichkeiten. Wir sind die Schlauen, die Guten. Die, die für die Gesellschaft Ungeheures leisten. Die, die das Große bewahren vor all den Feinden, die anders sind als normale Menschen. Vor denen, die nicht gut sind für unsere Region, die sie kaputtmachen."

„Soso, mmh. Lassen Sie mich Ihnen etwas über Ihren Weitblick und Ihre Möglichkeiten erzählen, indem ich Ihnen nun den Mörder präsentiere. Zunächst sah es für Sibylle Augsburger und mich so aus, als käme praktisch jeder von Ihnen in Frage."

„So ein Unsinn!"

„Aber wenn man sich die Taten konkret betrachtet, stellt man Erstaunliches fest. Viktor Puchta, der listige Ex-KGB-Agent, dem man einen Mord aus dem Hinterhalt ohne Weiteres zutrauen würde, hat in Wirklichkeit diese Armprothese, die ihn, pardon, zum Schwerbehinderten macht und mit der er niemals einen Menschen zum Ersticken bringen könnte. Herr Kramp-Freder und Herr Edelmann geben sich mächtig, durchsetzungsstark, ja skrupellos. Aber in Wahrheit haben sie nicht den geringsten technischen Sachverstand, um den Leichen das Blut abzunehmen und sie in Stickstoff einzulegen. Sie haben eigentlich überhaupt keinen Verstand für halbwegs komplexe Zusammenhänge. Sie sind, pardon, zu dumm, um ein solches Verbrechen zu begehen. Herr Egelkraut, Ihr Finanzgenie, lebt in Prunk und Pomp, aber tatsächlich ist er nichts als ein selbstgerechter, wehleidiger Narzisst. Herr Prolini kommt für den Mord an sich selbst nicht in Frage, und alles deutet auf denselben Täter in beiden Fällen hin. Außerdem war er, der ständig von dem Unrecht lamentiert hat, welches Oberfranken dauernd widerfährt, selbst derjenige, der den Ruf der Region am meisten beschädigt hat. Und Herr Waldstein ist einfach nur ein jämmerlicher Sexist, aber kein Mörder."

„Na sehen Sie", triumphierte Dagobert Kramp-Freder ungerührt, „dann ist ja alles geklärt, was wollen Sie denn von uns?"

„Bleibt noch die Frau", entgegnete Wunderlich. „Frau Doktor Höllwey", sprach er sie an.

„Wie bitte??!", plärrte die so laut zurück, dass Veronika Eckert, die gerade frische Mineralwasserflaschen brachte, zusammenzuckte.

„Sie sind die Einzige, die noch übrig ist. Und meine Kollegin Sibylle war so gütig herauszubekommen, dass vor vier Monaten eine Frau bei der Kältetechnik-Industrie ein Seminar besucht und sich dort intensiv über Kryonik informiert hat. Es war also eine Frau, die den Einfrierprozess gelernt hat, und es war eine Frau, die Gunter Waldrau und Matthias Prolini ermordete."

„Dafür werden Sie sich vor einem höheren Richter verantworten müssen, Sie Taugenichts!"

„Nanana. Beruhigen Sie sich doch bitte. Wer spricht denn von Ihnen?“

Alle hatten Wunderlich bei seinem Vortrag gespannt und mucksmäuschenstill zugehört. Bis jetzt. Nun brach ein verdattertes Murmeln aus einer Vielzahl von Kehlen los. Nur Andreas Ebert blickte grimmig und ahnungsvoll in die Runde.

„Sehen Sie, Frau Höllwey, wenn man Sie so reden hört auf Ihren Veranstaltungen von *BrainPower*, wenn man Ihre beschwörenden Gesten sieht und den Jubel der Menge vernimmt, dann meint man, Sie hätten eine visionäre Idee, kluge Pläne und hundert Millionen Follower auf der Welt. Aber in Wirklichkeit sind Sie nichts von alledem. Es ist verbittertes Geschwätz, das Sie von sich geben. Und das, meine Freunde, gilt für Sie alle hier, für alle sechs. Für Herrn Krampf-Reder, da muss man ja nur den Bindestrich richtig setzen. Für Herrn Edelmann, unseren Möchtegern-General. Für Herrn Puchta mit seinem lächerlichen ‚Ich mache hier nur Ferien‘, wenn er für jeden erkennbar an einem Verbrechen beteiligt ist.“

„Also das ist doch … so eine Unverschämt… wird er bezahlen … wir sind die Guten!“

„So dilettantisch, wie Sie Ihre Kornberg-Aktion aufgezogen haben, wie Sie vieles nicht bedacht haben, gibt es für mich, Moritz Wunderlich, nur eine Schlussfolgerung: Sie sind die eigentlichen Versager. Sie spielen sich zur Elite auf, zu den Herren über die Gesellschaft, die uns sagen wollen, was wir richtig und vor allem was wir alles falsch zu finden haben. Die sich für unersetzbar und unsterblich erklären. Dabei sind in Wirklichkeit Sie diejenigen, die keinen Plan von irgendetwas haben, die nichts für die Gesellschaft leisten und die, wenn Sie gnade uns Gott wirklich Macht besäßen, die ganze Region Oberfranken mit Anlauf gegen die Wand fahren würden.“

Die sieben Bürgermeister brachen in Standing Ovations aus.

„Und insbesondere sind Sie alle nicht in der Lage, einen Mord zu begehen“, fuhr Wunderlich in den Applaus hinein fort. „Sie haben in Ihrer Eitelkeit gar nicht gemerkt, dass die wahre Mörderin Sie nur benutzt hat.“

„Und die wäre?“, fragte Höllwey nun einerseits erleichtert, andererseits ungläubig und frustriert wie immer.

„Eine Person, die etwas viel Schlimmeres vorhatte als Stickstofftanks. Eine, die seit fast einem Jahrzehnt an dem perfiden Plan arbeitete, die Kornbergregion zu annektieren. Und zwar für keinen anderen höchst profanen Zweck, als sich hemmungslos zu bereichern. Endlose, traumhafte Ländereien als Privatbesitz sowie Abermillionen Euro durch den Weiterverkauf von Grundstücken mit Bergblick.“

„Und wer soll das sein?“

„Stutzig wurde ich, als die junge Frau immer fröhlicher wurde, je mehr wir im Dunkeln tappten. Schon da hätte ich es wissen müssen, spätestens am Freitag. Doch es gelang ihr, Moritz Wunderlich eine Weile hinters Licht zu führen. Tragisch, dass sie dadurch zwei Morde begehen konnte. Aber sie musste um jeden Preis verhindern, dass bekannt wird, wozu sie *BrainPower* wirklich gegründet hat – nur für Geld.“

„Die Gründerin? *Leader*??! Du??! Dir ging es nur ums Geld??!“ Sechs Augenpaare wandten sich um und starrten fassungslos die Person im Raum an, während Wunderlich eine Audiodatei zum Abspielen vorbereitete.

„Wie gesagt, spätestens am Freitag hätte ich begreifen müssen. Als ich erfolglos versuchte, Ihren *Leader* an seinem Arbeitsplatz zu erreichen. Eine äußerst agile, dienstbeflissene Person, die um vierzehn Uhr schon nicht mehr an Bord ist? Das erschien mir mehr als ungewöhnlich.

Aber sie *konnte* ja gar nicht anwesend sein, weil sie zu dieser Zeit bei Ihnen auf dem Kornberg war und dort den wahrlich eiskalten Mord an Matthias Prolini ausführte, den Sie, Herr Edelmann, tags zuvor entführt hatten. So wie sie Gunter Waldrau zuerst erstickt und dann schockgefrostet hat, Dienstagnacht. “

„Interessante Geschichte. Du hast sozusagen eine blühende Fantasie“, erwiderte die Angesprochene. Doch zugleich war sie zu Eis erstarrt.

„Ein einziges Wort hat dich schließlich verraten“, entgegnete Wunderlich kühl. „Sozusagen.“

„*Wenn alles sozusagen in trockenen Tüchern ist, was ich angeordnet habe, dann können Sie Ihr Kryonik-Projekt meinetwegen behalten. Mir egal.*“ Hilflos musste Veronika Eckert mit anhören, wie ihr der über Edmund Angermanns angezapftes Jackett-Mikro abgehörte Vortrag zum Verhängnis wurde.

„Den Stimmenverzerrer im Bunker zu decodieren war für unsere KTU gestern Abend ein Kinderspiel. Niemand, den ich kenne, verwendet das Wort *sozusagen* so inflationär wie du. Plötzlich habe ich mich an viele Details erinnert: Du hattest am Mittwoch behauptet, dich nie mit dem Kornberg-Vertrag beschäftigt zu haben. Das war völlig unplausibel, denn genau das ist die Aufgabe einer Amtsleiterin. Dann deine selbstgerechten Ansichten über die angeblich amateurhaften Bürgermeister – obwohl du immer so dienstbeflissen auftrittst. Da schlummert tiefenpsychologisch so einiges an Widersprüchen. Und zu guter Letzt bist du bist immer so überschwänglich heiter, so sehr, dass es bisweilen schon oberflächlich wirkt. Nur als die Sprache auf Beate Höllwey kam, da wurdest du knurrig.“

„Sag ich doch: Zickenkrieg“, murmelte Harald Waldstein.

„Sie war nämlich die Einzige, die sich nicht unterwürfig verhalten hat, die Einzige, die dir Widerstand geleistet hat."

„Weil ich finde, das Volk muss entscheiden, wer leben darf und wer sterben muss. Nicht so jemand wie die da!" Höllwey hob beschwörend die Hände.

„Du dumme Kuh! Die Leute aufhetzen, das kannst du. Aber wenn es drum geht, die Drecksarbeit zu machen, dann kneifst du! Alles muss ich selber machen!"

„Siehst du, Veronika", erklärte Wunderlich mit vor dem Bauch gefalteten Händen, „wenn du eines nicht ertragen kannst, dann Widerspruch. Letztlich hat dich dein überhöhtes Selbstbild um deinen eigenen Plan gebracht. Der Seminarleiter der Kältetechnik-Firma hat jedenfalls dein Foto problemlos wiedererkannt. Und ich nehme an, ich habe gerade auf wundersame Weise sechs Zeugen für deine Morde bekommen."

Kramp-Freder und die anderen sahen einander betreten an, dachten kurz nach und kamen zu dem Schluss, dass das der einzige halbwegs glimpfliche Ausweg für sie war, nachdem sie das Spiel haushoch verloren hatten. Sie nickten Wunderlich bestätigend zu.

„Veronika", flüsterte ihr Chef Andreas Ebert nur mühsam beherrscht. „Du warst doch so eine treue Seele in diesen fünf Jahren. Wer bist du wirklich?"

„Eine Meisterin der Tarnung", entgegnete sie selbstbewusst, „und diese Trottel hier mit ihrem Irrglauben an ihre eigene Intelligenz haben es mir abgenommen, genau wie du."

„Aber deine Bewerbungsunterlagen damals?"

„Sind alle echt, das schon. Ich bin ja gebürtige Schwarzenbacherin. Aber du ahnst nicht, wie weit man mit Mitte zwanzig auf der Welt herumkommt. Man sieht, wie komplette Idioten für die größten Genies gehalten werden aus dem einzigen, absurden Grund, weil sie das von sich selbst behaupten. Und da sagt man sich plötzlich: So ein System musst du ausnutzen."

„Und beinahe hätte es geklappt, und du hättest bis an dein Lebensende im Geldspeicher von Entenhausen verbracht. Aber Moritz Wunderlich war schneller." Er zog die Augenbrauen hoch.

„Na ja, das Gebäude, in das ihr mich nun bringen werdet, ist ja ähnlich gut gesichert", stellte sie resigniert fest, ohne dass es einen bewundernden Unterton verhinderte. „Bravo, Sibylle und Moritz, bravo vor euren kleinen grauen Zellen."

„Und, wie wird die Anklage lauten?", fragte Ulrike, als die Angermanns, die Wunderlichs und Sibylle am Montagabend in Tinas Tapas-Bar traditionsgemäß die Aufklärung des Falles feierten, während draußen der schneeweiße Rehauer Maxplatz festlich angestrahlt wurde.

„Mmh", schmatzte ihr Mann auf einer Serrano-Scheibe herum, „für die Möchtegern-Weltherrscher so, wie ich ihnen schon eröffnet hatte. Freiheitsberaubung und Hochverrat."

„Ups, starke Ansage", stellte Nadine Angermann fest und biss in ein Stück Weißbrot mit Hummus-Creme.

„Na, du bist doch die Juristin. Paragraf 81 StGB: Wer es unternimmt, mit Gewalt oder durch Drohung mit Gewalt den Bestand der Bundesrepublik Deutschland zu beeinträchtigen, wird mit lebenslanger Freiheitsstrafe bestraft. Und die Sieben wollten sich fast ganz Hochfranken einverleiben."

„Bei Veronika Eckert wird es natürlich auch nicht kürzer", meinte der Rehauer Bürgermeister. „Hätte ihr irgendwer einen Doppelmord zugetraut?"

„Ich traue jedem einen Mord zu, wenn die Versuchung groß genug ist“, konstatierte Sibylle nüchtern und hackte eine schwarze Olive schroff in zwei Teile.

„Aber wisst ihr, was das Schöne mit euch ist?“, fragte Ulrike in die Runde und erhob ihr Glas mit einem teuren Brunello darin. „Man kann sich jedes Mal darauf verlassen, dass unser wunderschönes Fleckchen Erde heil aus der Sache rauskommt. Alles wird gut.“

„Das sagt sie immer“, klärte ihr Mann auf, „es ist ihr Lebensmotto.“

„Und womit?“, fragte Angermann. „Mit Recht. Also – auf Hochfranken und den Kornberg!“

Ein fröhliches Lachen und fünf Gläser erklangen, und dann ein sechstes, als Tina sich zu ihnen stellte.

Danksagung

Auch an Kommissar Wunderlichs fünftem Fall haben wieder eine Reihe von Menschen mitgeholfen, die ich allesamt meine Familie, Freunde und gute Bekannte nennen darf, was mir bei jedem Einzelnen eine Ehre ist.

Meine liebe Isabel spielt nicht nur wieder die Ulrike Wunderlich, sie hat natürlich auch einmal mehr meine Muse gegeben. Ohne die ideenreiche, analytische, liebevolle und wo nötig auch kritische Ader meiner Ehefrau wäre keiner der bislang fünf Reh-Gionalkrimis durchgängig logisch, spannend und heiter geworden.

Mein Verleger Hanns Findeiß macht einen der besten Cappuccini von Rehau, was es ungemein erleichtert, auf seiner Terrasse nicht nur über meine jeweils nächste Veröffentlichung zu beraten, sondern auch über alle möglichen Aspekte des Literaturbetriebs zu plaudern. Ich lerne durch ihn unglaublich viel über den Buchmarkt, ganz abgesehen davon, dass er bei fast jeder meiner Lesungen zur Unterstützung vor Ort ist. Herzlichen Dank!

Meine Lektorin Marianne Glaßer hat wieder gewohnt schnell, gründlich und humorvoll zweimal das Manuskript durchgearbeitet. Ihre fachliche Kompetenz schätze ich genauso wie ihre gesellschaftliche Einstellung. Ich hoffe, dass wir noch oft Gelegenheit haben, zusammenzuarbeiten.

Lissy und Micha Koch danke ich für die Infos über Schwarzenbach und die Fotos aus dem Sitzungssaal des Rathauses, der so nicht nur für ihre Hochzeit, sondern auch für die Jagd auf die Großen Sieben zum zentralen Schauplatz werden konnte. Außerdem danke ich Lissy für ihren wie immer kreativen und professionellen Input zum Buchcover.

Nicole und Michael Abraham danke ich für die Kurzeinführung ins Kommunalrecht, durch die ich die finsteren Pläne der Großen Sieben so gestalten konnte, dass sie wenigstens im Ansatz denkbar sind. Die Gespräche mit den beiden machen mir immer wieder bewusst, wie wohltuend sich unser Rechtsstaat von einer Bananenrepublik unterscheidet.

Peter Strunz vom Fichtelgebirgsverein durfte ich, zufällig, direkt vor Ort am Kornbergturm mit einer ganzen Reihe von Fragen löchern, die er geduldig beantwortet hat. Auch dafür herzlichen Dank.

Schlussendlich habe ich auch den sieben Bürgermeisterinnen und Bürgermeistern von Rehau, Schönwald, Selb, Wunsiedel, Marktleuthen, Kirchenlamitz und Schwarzenbach zu danken. Um sie als Personen geht es in diesem Buch nicht, auch wenn ich mir des Lokalkolorits wegen erlaubt habe, meinen in Summe frei erfundenen Figuren die ein oder andere Eigenschaft aus der Vita der realen Amtsträger oder deren Vorgänger zu geben. Was vielmehr für die Handlung entscheidend ist, ist ihr Amt als solches. Denn dieses Amt dient uns allen, als Bürgern von Städten und Gemeinden. Und damit bildet es den Gegenpol zu Gruppen wie den Großen Sieben, die zwar mächtig Sprüche klopfen. Aber je großspuriger Menschen auftreten, desto weniger leisten sie in der Regel für das Gemeinwesen. Diesen Zusammenhang zu illustrieren ist ein Anliegen dieses Buches.

Torsten von Wurlitz, Pseudonym von Torsten Küneth, wurde 1970 in Rehau geboren und lebte hier bis ins junge Erwachsenenalter. Bis Mitte der neunziger Jahre war er in seiner Heimatstadt politisch aktiv, bevor er nach seinem Studium in München dort seine Tätigkeit für einen Versicherungskonzern begann. Der promovierte Mathematiker, passionierte Rennradler und internationale Tischtennisschiedsrichter engagierte sich anschließend lange in der Rehauer Sportwelt und gab im Jahr 2014 mit „Flussperlmuschel“ sein Krimi-Debüt in der Stadt, der er bis heute eng verbunden ist. Mit „Kartoffeldenkmal“ folgte Ende 2015 der zweite Roman und mit „Blutbräu“ 2017 und „Modellstadtkiller“ 2019 Wunderlichs dritter und vierter Fall. Küneth lebt mit seiner Frau im oberbayerischen Weilheim.